물의 시간

정영선 장편소설

물의 시간

산지니

목차

왕후의 장례식이 끝났다. 죽은 지 2년 1개월 만이다. 중년의 왕은 너무 늦어 미안하다는 듯이 아주 화려하게 장례를 치렀다. 귀신이 제일 무서웠던지 행렬 앞에 눈이 네 개 달린 방상시를 몇 개나 세우고도 관을 두 개나 만들어 귀신을 헷갈리게 했다. 두 편으로 나누어 두 개의 관을 습격하면 간단하게 끝날 일을, 귀신들도 그 생각은 하지 않았는지 어쨌든 장례는 무사히 마쳤다.

아무튼 왕은 늘 왕위를 위협하던 청과 아버지 대원군, 일본에게 차례로 판정승을 거두었다. 왕후를 잃은 백성들의 슬픔이 가장 큰 힘이었다. 그는 이제 왕이 아니라 꿈에도 그리던 황제가 되었으며 왜인의 칼에 무참히 죽은 아내에게도 명성황후라는 시호를 내렸다. 모든 것을 잃고 얻은 영광이었지만 뒷말은 무성했다. 매관매직에 능했다, 친당(親黨)을 만들어 권력을 좌지우지했다, 왕의 총명함을 가렸다 등등. 시비를 가릴 수 없는 말들이었지만 말이 말을 낳아 돌에 새겨질 정도였다. 물론 세상만사가 다 그렇듯이 시간이 지남에 따라 잊혀지는 이야기도 있었다. 물시계가 남긴 소금과 한 젊은이가 아버지를 위해 만들고 있던 기계 시계도 그중 하나이다.

물시계가 죽던 날

1

수수호(受水壺)에 꽂혀 있던 잣대가 한 눈금 더 떠올랐다. 아차, 5경 3점, 파루(罷漏)다. 분명 눈을 뜨고 있었는데 이번에도 파루가 되는 그 순간만은 보지 못했다. 졸아도 졸지 않아도 마찬가지였다. 늘 파루 전이거나 파루 후였다. 사실 이렇게 이야기를 늘어놓을 시간도 없다. 아래위로 놓여 있는 파수호(播水壺)의 출수구(出水口)를 막고 잣대를 빼내고…….

전루군(傳漏軍)은 청동 바가지로 수수호에 담겨 있던 물을 떠 누실의 동쪽 문을 열었다. 수수호 모양의 검은 옹기가 나란히 나무틀에 놓여 있다. 두 줄이다. 초하루에서 보름까지 하나, 열엿새에서 그믐까지 하나……. 오늘은 열이레, 그 자리의 옹기에 물을 채웠다. 을미년 팔월이었다.

옹기를 채우고 남은 물은 그 옆의 자리 위에 끼얹었다. 그 순간, 금방 끼얹은 물이 스며들기라도 한 것처럼 오징어 먹물처럼 진했던 어둠이 조금 엷어졌다.

수십 년간 해온 일이었고, 어제 같이 밥을 먹던 사람이 오늘 죽었다 해도 별로 놀라지 않는 전루군이지만 이 순간만은 늘 외롭고 가슴이 떨렸다. 그 자신만이 홀로 어둠과 빛, 죽음과 삶, 세상의 비밀을 지켜보고 있다는 고독감이 가슴 밑바닥에서부터 빠르게 차올랐다.

물을 다 버린 전루군은 오히려 가득 찬 물을 든 사람처럼 조심스럽게 일어났다. 누각 앞 낮게 깔린 달처럼 희뿌옇게 북이 보였다. 이제 그 북을 서른세 번 치면 짧은지 긴지 구별할 수 없는, 짧은 것 같기도 하고 긴 것 같기도 한 하루를 끝낼 수 있었다. 아니, 시작할 수 있었다.

우 우 웅, 물 알갱이들이 바람을 타고 북에 부딪치는 소리가 들렸다. 보폭이 소리 없이 커졌다. 그는 보는 사람이 없는데도 모든 사람이 보고 있는 것처럼 어깨와 허리를 쫙 펴고 누각으로 올라가 북채를 잡았다. 느리지도 빠르지도 않게 천천히 북을 쳤다. 둥 둥 둥. 북 안에 갇혀 있던 빛들이 그 소리를 타고 어둠 속으로 번져 나왔다. 세상의 적막이 북소리에 길을 내주고 북소리를 따라 빛이 스며들 시간이었다.

궁궐 안은 오늘 새벽 누각에서 울린 파루의 북소리에 대해 말이 많았다. 그때 마침 소변을 보러 나왔던 궁녀들은 하늘에 뜬 별을 보고 파루 시각이 맞다 했고 막 교대를 하고 숙소에서 자명종을 본 훈련대 장교들은 그 시간이 틀렸다고 했다. 서양 자명종이 들어온 이후로 몇 번 있었던 소란이었다. 해당 관청인 관상감은 익숙한 일이라는 듯 누각의 전루군이 잣대에 맞추어 알려준 시간이라 틀림없다고 했다. 물론 이미 관상감이 전루군을 불러 확인한 일이라는 말도 잊지 않았다.

전루군은 두 칸 남짓한 작은 방에서 금방 감은 머리를 빗고 있었다. 흰머리가 반이 넘게 섞인 긴 머리카락이 바닥까지 늘어졌다. 이가 빠진 낡은 참빗이 정수리에서 바닥으로 천천히 움직였다. 사옹원에서 이른 아침을 먹고 잠시 눈을 붙이다 벌떡 일어나 감은 머리였다. 하늘이 두 쪽이 나도 새벽에 친 파루 시각은 틀림이 없다고 관상감 첨정에게 알렸지만, 새벽에 파루의 순간을 확인하겠다고 투정을 부린 게 아무래도 부정을 탄 것 같았다. 물처럼 흐르는 시간의 한 순간을 어리석은 사람의 눈으로 확인하겠다는 것부터가 동티가 날 징조였다. 물론 처음 있는 일은 아니었다. 여자들 달거리하듯 잊을 만하면 생기는 일이기는 했지만 이번에는 조금 다른 느낌이었다.

왜국 영사관 직원이 인천으로 떠나기 위해 파루 시각을 기다
렸는데 한참이 지나서야 북이 울렸다고 불평을 털어놓았다고
했다. 그런데 더 놀라운 일은, 그 말을 하기 위해 관상감 첨정
이 사옹원까지 찾아온 것이었다. 아니, 그 일로 이렇게 오셨
소이까? 장국밥을 뜨다 말고 전루군이 물었다. 첨정은 자신이
생각해도 어이없다는 듯 수염을 쓰다듬으며 법부에서 사람을
보낸 터라 어쩔 수 없다고 했다.

솥뚜껑만 한 두꺼운 손으로 참빗을 잡고 천천히 머리를 빗
던 전루군의 손길이 자꾸 늦어졌다. 그만한 일로 법부에서 사
람을 보내다니, 아무래도 이상하다는 생각이 들었다. 그렇다
해도 법부대신이 체포 명령을 내렸을 것이라고는 꿈에도 생
각 못 한 일이었다. 의금사의 군사 서너 명이 누각으로 들어설
때도 마찬가지였다.
"무슨 일이시오?"
전루군은 목만 돌린 상태로 익숙한 솜씨로 머리를 틀어올
리며 물었다. 금방이라도 달려들어 전루군의 양팔을 비틀 기
세였던 군인들이 주춤거렸다. 시커먼 얼굴에 광대뼈가 툭 튀
어나오고 눈이 쭉 찢어진 것이, 뜻밖의 모습이었다. 그렇다고
의금사 군인이 두려워할 상대는 결코 아니었다.
"누구를 찾으시오?"

전루군이 조금 더 크게 물었다. 바로 그 목소리가 문제였다. 이제 갓 관례를 올린 청년의 목소리였다. 꼭 다른 사람이 대신 말을 한 것 같기도 했다. 얼굴과 목소리 중 어느 것이 진짜인지 헷갈린 듯, 고참 군인의 목소리가 조금 불안정했다.

"의금사에서 나왔다. 전루군을 체포하라는 대신의 명령이시다! 니놈이 분명하렷다."

전루군은 그 말을 일어나라는 말로 알아들었다는 듯이 부스스 일어났다. 그는 문 옆에 있는 횃대에 미리 걸어둔 새 저고리를 걸어 입으면서 퉁명스럽게 물었다.

"그렇소만, 무슨 일로 그러시오?"

"가보면 안다."

고참 군인은 그쯤에서 자신의 본분을 회복한 듯 목소리에 힘이 들어갔다. 어깨에 메고 있던 총을 곧 내릴 듯한 모습이었다.

"체포될 정도로 한가했으면 좋겠소. 저 해를 보시오. 곧 정오인데, 건청궁에 물을 길러 가야 하오."

고참 군인은 주위를 돌아보았다. 진짜 전루군 외 아무도 보이지 않았다.

"그렇잖아도 조금 쉬고 싶었는데 잘됐소이다. 대신 해주겠소?"

전루군이 시커먼 얼굴 속에 박힌 누런 눈을 찡그리며 되물었다.

"사람이 그렇게 없단 말이냐?"

고참 군인이 수작 부리지 말라는 듯이 쏘아붙였다.

"한 명 더 있소만 숙부상을 당해……."

군인들이 곤란하다는 표정으로 동료를 바라보았다. 누각에
사람이 모자란다는 말을 오래 전에 들은 것 같기도 했다. 병
사들이 머뭇거리고 있을 때 전루군은 마당으로 내려가서 물
통을 들고 밖으로 나갔다.

병사들은 되돌아가 그 말을 의금사의 늙은 주사에게 했다.

늙은 주사는 미결수와 기결수의 성명, 죄명, 형명, 징역일
자 등을 정리하는 일을 했다. 죄수가 늘면 자연히 일도 늘어
나기 때문에 한 명이라도 죄수가 붙들려 오지 않는 게, 어젯
밤에 세책가에서 빌려온 「장풍운전」을 읽던 그로서는 반가운
일이었다. 그깟 천날만날 치는 파루의 시각이 뭐가 그리 중요
하다고, 그는 콧구멍 밖으로 삐져나온 털을 뽑으며 의금사를
나섰다.

법부의 형사국과 검서국의 겸임 국장인 추(秋)는 한성 재판
소에서 올라온 질의서를 읽고 있다가 주사의 보고를 받았다.
책상 위엔 개혁 법령들이 산더미처럼 쌓여 있었다. 그는 붓을
잡고 있던 오른쪽 중지 손가락에 묻은 먹물을 문지르면서 날

카롭게 물었다.

"전루군이 법부의 체포를 거부한다는 말이냐?"

"그러하옵니다."

종7품 주사의 말이었다. 오랫동안 경아전에서 뼈대가 굵은 놈이었다. 틈만 나면 이야기책에 코를 박고 사는 늙은이였다. 그는 파루 시각이 맞고 틀리고는 둘째 치고 그걸 따지고 드는 일이 귀찮았을 것이었다. 여염집 촌부도 아니고 법부 관리조차 이 지경이라니……. 추(秋)는 화가 났다. 눈초리가 귀 뒤로 쭈욱 찢어졌다. 머리에 쓴 구두 모양의 관모가 흔들리는 것 같았다. 머리통이 작은 데다 숱까지 없어 제일 작은 관모도 컸다.

"뭐 어째, 누각을 지켜야 한다고! 멍청한 놈! 북이고 종이고 안 치면 되지, 그게 무슨 큰 문제라고. 요즘 북으로 시간을 알리는 나라가 어딨냐. 지금 당장 그놈을 끌고 와라."

의금사 주사가 허둥지둥 협오당의 출입문을 나설 때 그 앞에서 잔뜩 어깨를 웅크리고 있던 별감 한 명이 몰래 영추문을 빠져나가고 있었다.

국장은 왼손을 들어 관모를 눌렀다.

"원, 아직도 전루군 한 명 제대로 잡아들이지 못해서야."

한심하다는 듯이 혼자 중얼거린 뒤 휴, 한숨을 내쉬었다. 할 일이 산더미처럼 쌓여 있었다. 나라를 세우는 게 낫지 이건 끝도 없었다. 열흘 넘게 밤늦도록 일을 한 탓인지 눈이 뻑

백했다. 작년 양반과 백성의 신분 차별을 철폐한 이후로 양반은 양반대로 백성은 백성대로 불만이 많았다. 법부대신은 새로운 신분 제도에 맞는 형법 초안을 올해 안으로 마무리하라고 성화였다.

2

전루군의 나라는 백만분의 일 지도에서는 아주 작은 글씨로도 이름을 다 쓰지 못할 정도로 땅이 좁았다. 그렇게 작은 나라의 대부분이 그렇듯 그 나라 역시 이웃나라와 특별히 관심이 있는 몇 사람을 제외하고는 일려진 것이 별로 없었다. 그들도 마찬가지였다. 인접하고 있는 중국과 왜 이외의 다른 나라에 대한 관심은 없었다. 그럴 필요도 이유도 없었던 것이다. 목마른 사람이 샘을 판다는 이 나라의 속담처럼 교류가 필요했던 사람들이 접근하게 마련이었다.

전루군이 체포된 것은 그렇게 중국과 왜가 아닌 다른 사람들, 서양인이 이 나라에 접근한 지 이십 년이 조금 넘은 때였다. 그전에도 졸거나 시간을 잘못 알린 죄로 전루군이 체포되

는 일이 드물지 않게 있었지만 문제가 된 적은 없었다. 그러
나 이번에는 달랐다. 담당 전루군이 자신이 친 파루의 시각이
맞다고 우기기 때문이었다.

그 소식은 곳곳에 퍼져 있던 정보 제공자들에 의해 삽시간
에 궁 안팎으로 번져 나갔지만 관상감 이속(吏屬)의 체포 따
위에 이의를 제기하는 사람은 없었다. 그저 시각에 대해 조금
관심을 가지는 몇 사람이 고개를 갸웃할 정도였다. 예를 들면
불면에 시달리던 왕후와 그 전루군을 체포했던 검사국의 추
(秋), 조금 뒤 나오겠지만 전루군이 소속한 관상감의 영사(領
事)였던 민 대감 정도였다. 물론 그 외에도 더 있을 수 있을
것이다. 전루군을 법부에 처음으로 고발한 왜(倭) 고문관도
있고 법부와 왜국 영사관을 왕래하는 훈련대의 대대장, 아버
지를 위해 기계 시계를 만들고 있던 전루군의 아들 명선…….

조금 망설여지긴 하지만 영국에서 온 지리학자를 포함시켜
야 할 것 같다. 북대서양을 건너 미국으로, 태평양을 거쳐 일
본의 나가사키를 통해 부산항과 인천을 거쳐 한성으로 돌아
온 여자였다. 그 여자는 조선에 들어온 외국인 중 가장 낯설
었다. 육십이 넘은 고령, 그것도 여자가 어떻게 그 많은 나라
를 거쳐 이곳에 올 수 있단 말인지, 여우가 둔갑을 했다면 모
를까, 조선 사람들은 꿈에도 생각해 본 적이 없던 일이었다.

지리학자는 영국을 떠나기 전에 조선에 갔다 온 선교사로

부터 그 나라 사람들이 가장 많이 사용하는 말이 밥 먹었냐는 말이라고 들었다. 진짜였다. 아침 점심 저녁, 언제 만나도 사람들은 밥 먹었냐고 인사를 한다고 했다. 그런데 그 말보다 더 많이 듣는 말이 있었다. 왜 이 나라에 왔냐는 것이었다. 조선 사람뿐 아니었다. 그 말은 영국에서도 수도 없이 들었다.

1895년, 다시 여행길에 오르기로 하자 많은 사람들이 만류를 했다. 관절염과 고혈압 때문이었다. 그녀는 단호하게 꼭 가야 할 나라가 있다고 했다. 그들은 한결같이 그 나라가 어디 있는지 물었다. 지리학자는 너무 작은 나라라서 알 수 없을 거라고 운을 뗀 뒤, 조선이라고 했다. 그리고 미리 준비해 둔 지도를 펼치며 중국 아래 있다고 했다. 그렇게 해도 조선을 찾아내는 사람은 거의 없었다. 대부분이 베트남이나 태국을 찾고 있었다. 어쩔 수 없이 중국의 동쪽에 있는 그 나라를 짚었을 때 사람들의 반응은 한결같았다. 중국 땅인 줄 알았다는 것이다. 교양 있는 그녀의 친구들은 엄연한 독립국을 몰라본 데 대해 무척 미안해했다. 그녀는 그 나라 사람도 일본과 중국 외에 알고 있는 나라가 없다며 친구들을 위로했다. 그리고 이왕 말이 나온 김에 그 나라에 대해 조금 설명을 하기로 했다.

이십 년 전까지 그 나라에 정식 입국한 서양인은 한 명도 없었다. 간혹 배가 뒤집혀 표류한 사람은 있었는데 그 나라 사람들은 그들을 짐승 취급했다. 걸어 다니는 물고기라도 잡은 것처럼 그들을 격리시키고, 손으로 밥을 먹고 누워서 잠을 자는 모습을 신기하게 지켜보았다. 그들이 들고 있는 총에도 시계에도 아무 관심이 없었다. 그 총이 아무리 멀리 나가고 시계가 아무리 정확하다 해도 그것은 짐승의 것이었다. 당연한 말이겠지만 그 나라 사람들에겐 그 나라 것만이 정상이고 외국의 모든 것은 비정상이었다.

지리학자의 말이 다 끝나기도 전에 누군가 물었다. 왜 그곳까지 가냐고, 그런 나라는 가까운 아프리카에도 많다고 했다. 며칠 전 파티에서 한 시간 넘게 거울 속과 토끼굴에 들어간 앨리스 이야기를 하던 독서광 친구였다. 책만 잘 뒤적거리는 것이 아니라 마음속도 잘 뒤적거려 가끔씩 당황하게 만들었다. 지리학자는 물론 그놈의 토끼굴 때문이라고 하지 않았다. 어떻게 소설가가 지어낸 공간이 지구상에 진짜 있기라도 한 것처럼 사람들에게 이야기될 수 있는지 지리학자로서 듣기에 편하지 않았다. 이야기를 할 수 있으려면 진짜 토끼굴에 들어가 보아야 할 것이 아닌가. 단연코 말하건대 사람이 들어가는 거울이나 토끼굴 따위는 이 세상에 없을 것이었다. 그러나 그녀는 입을 꾹 다물고 아무 말도 하지 않았다. 그 말을 했다가는 허구 세계에 대한 설명을 한 시간 넘게 들어야 할 것이었다. 신대륙을 발견한 듯이 떠드는 그 꼴을 다시는 보고 싶지 않았다.

"그 나라에선 아직도 물시계를 쓴다네. 하루에 한 번, 정오가 되면 물통에 물을 붓지. 그 물은 해가 뜰 무렵까지 대롱을 타고 아래 물통으로 빠져나간다네."

독서광은 시시하다는 얼굴로 말을 끊었다.

"그것은 서양에서도 중세까지 사용했고, 중국에서도 지역에 따라 아직 사용하고 있지 않습니까."

역시 모르는 것이 없는 친구였다. 그녀는 중국 친구에게서 들은 그 나라 왕실의 비밀을 털어놓을 수밖에 없었다.

"그런데 그 나라에선 그 물을 햇볕에 말린다네. 깨끗이 증발되는 적도 있지만 한 번씩 결정이 생길 때도 있다더군. 그걸 그 나라의 왕후에게 준다는 거야."

"아니, 그건 왜 그렇지요?"

독서광은 그제야 눈을 동그랗게 뜨고 호기심을 보였다.

"결정이 생긴다는 건 뭔가 되돌아보아야 할 일이 생긴다는 걸 의미하고 그건 왕후들의 몫이라고……."

"왕후들의 몫이라고요……. 그건 또 왜 그렇지요?"

독서광이 턱을 앞으로 내밀고 말했다.

"글쎄, 나도 잘 모르지만……. 그 결정을 역사와 똑같이 보는 건 아닐까. 역사는 전부 중국의 문자인 한문으로 되어 있고 여자들은 그 글을 배우지 않으니."

"그것 참 재밌군요."

그녀는 겨우 그 독서광을 이해시킬 수 있었다.

영국을 떠난 지 거의 석 달 만에 조선에 닿은 지리학자는 남한강 상류를 따라 내려갈 계획을 세웠는데 통역자를 구하지 못해 애를 먹고 있었다. 몇 사람을 만나보았지만 모두 부적당했다. 그들은 육로 여행을 주장했거나 배에 싣기에는 너무 많은 짐을 들고 온 것이었다. 영어도 웬만히 되고 부모님의 허락도 받은 한 젊은이는 짐 때문에 도저히 고용을 할 수가 없었다. 자신은 깔끔해서 바지저고리와 두루마기를 세 벌 이상은 꼭 가져가야 한다고 했다. 그 풍성한 옷을 세 벌씩이나! 두 벌은 어떻겠냐고 말하려고 했는데 그는 더러운 것은 싫어한다며 새끼손가락으로 코를 후벼 파고 있었다. 그녀는 당장 그를 돌려보냈는데 짐보다는 깔끔한 것을 좋아한다면서 거리낌 없이 콧구멍을 파던 행동 때문이었다.

낙담한 그녀에게 공사관 직원은 적임자가 나타났다며 훈련대에서 근무한다는 젊은 청년 한 명을 데리고 왔다. 이름이 명선이라고 했다.

명선은 아주 점잖고 잘생긴 사람이었다. 코가 오똑하고 눈이 맑았다. 목소리도 낮게 우는 새처럼 부드러웠다. 명선을 데리고 온 직원은 그가 꼭 한 가지 결점을 가지고 있다고 했다. 그 정도 결점은 누구나 가지고 있다고 생각했으므로 지리학자는 대수롭지 않게 그것이 무엇인지 물었다. 공사관 직원은 명선이 영어는 잘하는데 한 번씩 시제를 구분하지 못한다고 했다. 공사관의 정식 직원이 되지 못하고 훈련대에 들어간 것도 그 때문이라고 했다. 늙은 지리학자는 너무나 예상하지 못한 대답에 잠시 멍하게 있었다. 직원은 지리학자의 충격을 이해한다는 듯 설명을 보충했다.

"가끔씩 과거 현재 미래 시제를 구분하지 못한다는군요."

그녀는 이미 일본을 방문하여 아이누족이 사는 곳도 가보았고 뉴질랜드에 가서 불을 뿜는 화산을 본 적도 있었다. 여행이 지리학자의 삶이 된 지 여러 수십 년이고 수십 가지 어려움이 있었지만, 이런 경우는 처음이었다. 늙은 지리학자는 어떻게 대처할지를 몰라 우두커니 서 있다가 물었다.

"가끔 가다 언제 말이죠?"

공사관 직원은 언제인지 꼬집어 말하기 어렵다고 하면서 그 자리에서 확답을 요구했다.

시제가 한 번씩 헷갈린다고 했지만 명선 이외에 다른 사람을 구하기도 어려웠고 공사관 직원의 배려를 거절하는 것도 미안한 일이었다. 무엇보다도 직원은 그 문제만 제외하면 명선이 여러 가지 면에서 적임자라고 몇 번이나 강조를 했다.

명선은 그렇게 해서 한성 아래의 강을 탐사하는 지리학자

의 짐꾼 겸 통역관이 되었다. 물론 그중 아무도 명선이 훈련
대에 들어가기 전에 톱니바퀴로 가는 기계 시계를 만들고 있
었다는 것은 알지 못했다.

　지리학자는 마포에 가서 나룻배 하나를 빌려놓고 온 명선
과 여행 준비를 하고 있었다. 이것저것 챙겨야 할 게 한두 가
지가 아니었다. 그렇게 부산하게 움직이고 있을 때 공사관의
직원이 다시 나타났다. 왕후께서 점심 후에 보자는 연락이 왔
다는 것이었다. 빨리 서두르라고 재촉까지 했다. 찡하고 머리
안이 울렸다. 영국 공사를 통해 왕 부부를 알현하겠다는 글을
올린 적은 있지만 그것은 어느 나라에서나 있는 의례적인 일
이었다. 실제로 그녀를 초대하는 사람은 지방의 장(長)이었
다. 그런데 왕후께서 직접 부르시다니……. 궁 안의 왕후보다
더 흥미로운 건 이 세상에 없었다. 지리학자는 잠깐 여행 준
비를 멈추고 궁에 들어갈 준비를 했다. 그녀는 급하게 옷을
갈아입고 왕후께 드릴 선물을 챙겼다. 작은 지구본이었다.
　잠시 후 왕후께서는 고맙게도 궁에 타고 갈 가마라고 불리
는 작은 집을 보내주셨다. 고개를 숙이고 허리를 잔뜩 구부려
야 탈 수 있을 높이였다. 창문이 없어 한성 거리를 볼 수 없음
은 물론, 어디로 가고 있는지조차 알 수 없을 것 같았다. 밖에
서 문을 걸어 잠근다면 위험할 수도 있었다. 지리학자는 저

가마에 들어갈 사람은 조선 옷을 입은 조선 여자여야 한다고
생각했다. 조선 옷을 입지 않고 조선말을 하지 않는 이상 꼭
저 답답하고 불편하게 생긴 가마를 탈 이유가 없다는 생각이
들었다. 조선에 온 지 며칠 지나지 않았지만 한성에서 본 조
선 여자의 삶은 오로지 순종과 의무만 강요된 불행한 것이었
다. 조선 여자가 되고 싶은 마음은 전혀 없었다. 그녀는 말을
타겠다고 했다.

그녀의 말에 직원은 곤란한 얼굴을 했다. 로마에 가면 로마
의 법을 따르는 것이 외교의 첫째 덕목이라고 말하고 싶은 눈
치였다. 그러나 그녀는 외교관이 아닌 데다가 공사관 직원이
가마를 강요할 만한 만만한 위치도 아니었다. 그녀는 아무나
쉽게 들어가지 못하는 왕립지리학회 회원이었던 것이다. 잠
시 후 지리학자는 직원이 궁내부에 다시 가마를 돌려보내는
것을 보고 있었다. 궁궐이 얼마나 먼지, 빤히 보이는데도 가
마 대신 교자를 타고 오라는 연락이 온 건 두 시간이 지난 후
였다.

교자꾼은 푸른 유니폼을 입었다. 소매 밖으로 나온 거무튀
튀한 손등이 쭈글쭈글했다. 오랫동안 그 일을 한 듯, 제법 무
거울 텐데도 교자를 잡은 손이 빗자루를 잡은 것처럼 가벼워
보였다. 발걸음도 앞서가고 있는 행인과 다름없이 빨랐다. 두
교자꾼은 끊임없이 이야기를 주고받았다. 앞사람과 뒷사람의

목소리가 너무 달라 더 정신이 없었다. 다행히 앞에 조랑말을 타고 가던 관리가 꽥 고함을 지르자 조금 잠잠해졌지만 잠시 뒤에 똑같이 떠들어댔다. 그 바람에 왕후를 만난다는 긴장감이 오간 데 없이 사라졌다.

첫눈에 봐도 대궐임을 알아볼 수 있는 웅장한 건물이 가까워지자 교자꾼은 조용해졌다. 조랑말을 타고 가던 관리가 궁궐이라고 서투른 영어로 말했다.

세 개의 아치형으로 된 장중한 문 앞이었다. 교자에서 내리자마자 구두 모양의 모자를 쓴(잠자리 날개 같은 게 달려 있었다) 관리임이 분명한 사람이 궁내부의 통역관이라고 자신을 소개했다. 알아들을 수 없는 영어는 아니었다. 미리 기다리고 있었다는 듯, 군인 두 명이 뒤에 서서 호위를 했다.

높은 돌계단 위의 2층 건물 앞에 흩어져 있던 보초병들이 통역관을 보자마자 자기 자리로 돌아가 차렷 자세를 했다. 보초병뿐 아니라 (잠자리 날개 같은 것이 없는) 구두 모양의 모자를 쓴 사람들도 길을 비키고 고개를 숙였다. 그들은 고개를 숙인 채 아주 능숙하게 곁눈질을 했다. 얼마나 집요한지 지렁이 같은 게 몸에 달라붙은 듯했다. 머리뿐 아니라 행동거지도 똑같아 그 사람이 그 사람 같았다. 건물도 똑같았다. 크기도 모양도 색깔도 심지어는 문고리의 위치도 같았다. 그래서인지 몇백 미터 걸어온 것 같은데 제자리인 것 같았다. 흰 블라

우스와 푸른색 치마 정장을 입고 챙이 있는 모자를 쓴 자신의
모습과 어울리는 것은 하나도 없었다.

왕이 거주하는 곳이라면 가장 큰 건물일 것 같은데 아무리
봐도 문 입구에 있던 장중한 건물은 보이지 않았다. 그 건물
옆에 있던 네모난 호수보다 작은 둥근 연못이 나타났고 그 뒤
로 새로 지은 외국식 건물과 조선식 건축물이 나란히 보였다.
어느 건물보다 많은 궁녀와 군인들이 보였다. 통역관이 숨을
가다듬고 있었다.

'왕후가 거처하는 곳이구나.'

지리학자는 입 안에 가득 고인 침을 삼켰다.

3

법부 국장이 전루군을 잡아들이라고 호통 치는 것을 보고
몰래 영추문을 빠져나간 별감을 기억할 것이다. 그가 멈춘 곳
은 안국동의 낡은 기와집, 작년까지만 해도 영상 자리에 있었
던 민 대감의 집이었다. 몇 번 심부름을 온 적도 있어 낯선 곳
은 아니었는데도 대문 앞에서 쭈뼛거렸다. 이상하게 낡고 쓸

쓸해 보였다. 몇 년씩이나 영의정을 지낸 사람이 개화 바람에
물러난 때문일 것이라고 생각했다. 그러고 보면 조금 모자란
다고 소문난 별감은 멀쩡한 편이었다. 보통 사람보다 목 하나
가 없는 작은 키에 마르기까지 해서 못 가는 곳도 안 가는 곳
도 없는 위인이었다. 죽은 부인의 친정 쪽 먼 친척이라는 말
을 들은 적이 있어 몇 번 심부름을 시킨 후로 영감의 주위를
뱅뱅 돌며 이것저것 듣고 본 것을 물어 나르는 친구였다. 훈
련대나 새로 생긴 경시청으로 자리를 옮겨달라는 청도 잊지
않았다. 양반과 백성의 구별이 없어지고 과거제도가 없어진
갑오년 이후로 사대육신 멀쩡한 조선 사람, 특히 궁궐 안에서
어슬렁거리는 치들이면 누구나 하는 일이라서 특별할 것은
없었다.

　별감은 반쯤 열린 바깥 대문을 열고 들어가려다 눈을 찡그
렸다. 영감을 무어라 불러야 할지 생각이 나지 않았다. 영의
정 벼슬자리는 없어졌고 요즘은 내각의 총리대신 시절이라고
했다. 그런데 영상 영감에게도 뭔가 새 벼슬을 내렸다고 했는
데 그게 무언지 도대체 생각이 나지 않았다. 그놈의 개혁 탓
에 관직 이름이 몇 번씩 바뀌니 정신을 차릴 수 없었다.

　"자고 나면 바뀌니, 원……."

　그는 문 안으로 들어가면서 투덜거렸다. 그래도 영상 영감
이라 하는 것이 무난할 것이라고 생각한 뒤 바깥담 끝의 안대

문을 두들겼다. 곧 문이 열리고 몇 번 본 적이 있는 하인 옥석이 얼굴을 내밀었다.

안대문을 지나자 안채와 사랑채가 마주보고 있는 마당이었다. 기둥 밑에 큼지막한 돌 기단을 깔아 다른 집보다 훨씬 높아 보이는 집이었다. 영감의 소실이 담뱃대를 손에 들고 옥석을 따라오는 별감을 내려다보고 있었다.

"웬 놈이냐?"

탕탕, 담뱃대로 장단을 맞추며 내는 쇳소리였다. 못생기고 거칠기로 소문난 소실이었다. 잘못했다가는 영감을 만나지도 못하고 쫓겨난다는 걸 별감은 알고 있었다.

"영상 영감께 긴히 드릴 말씀이……."

별감은 누가 들을까 두렵다는 듯이 목소리를 잔뜩 낮추었다. 소실은 대답 대신 담배 부리를 물었다.

"더 자세하게 아뢰시게."

옥석이 은근한 목소리로 나무랐다.

"법부 국장이 전루군을 체포하여 누각이 비었다고 하옵니다."

"누각이……. 저런 변이 있나?"

옥석의 맞장구를 듣고서야 소실은 마지못한 듯 영감에게 알리라는 손짓을 했다.

전루군이 붙들려 갔다는 말을 듣자, 영감은 나이가 믿기지 않을 정도로 빠르게 입궐 채비를 했다. 얼마 전부터 각통이 있어 바깥출입을 못한다는 말은 죄다 거짓말인 듯했다. 사랑의 횃대에 걸려 있던 관복과 책장 위에 놓여 있던 관모를 찾아 쓰는 데 시간이 조금 걸렸다. 매일 입궐할 때는 눈을 감고도 입을 수 있었는데 일 년 만에 입으려 하니 관대를 매는 일조차 서툴렀다. 성질만은 그대로여서 버선을 갈아 신다 말고 사랑문을 열고 아랫것들을 재촉했다.

영감의 집에서 육조거리는 반점도 걸리지 않았다. 급할 것도 없었다. 시각을 다투어 가야 할 일도 아니었다. 그런데도 영감은 습관적으로 북촌 골목을 벗어나자마자 고함을 질렀다.

"뭘 이리 꾸물거리냐. 냉큼 가지 못하고."

영감의 호통에 교군들의 걸음이 빨라졌다.

광화문을 돌아 나오자 몇 걸음 앞에 법부의 국장이 가고 있었다. 하도 빠르고 힘찬 걸음이라 도저히 따라잡을 수가 없었다. 어쩔 수 없었다. 영상은 입에 올리기도 싫은 국장의 이름을 불렀다.

"추 국장 아니신가!"

영감을 확인한 국장이 그 자리에 멈추었다. 지난해 영상 자리에서 물러났다 해도 만인지상 일인지하의 자리에 삼 년 넘게 있던 사람이었다. 사적으로는 집안 처형 되는 이의 남편이

니 손위 동서뻘이었다. 추(秋)는 영상의 교자가 지나가기를
기다렸다.

　이미 전루군 박봉출이 오라에 묶인 채 끌려와 있었다. 영감
이 교자에서 내리자 주사가 허겁지겁 사무실에서 의자를 내
왔다. 그는 조금 전에 의금사 군인을 대동하고 누각에서 전루
군을 체포해 온다고 얼굴이 벌겋게 달아 있었다.
　"어인 행차이십니까. 고문 영감."
　추(秋)는 영감이 의자에 앉기를 기다리다가 물었다. 영감은
빤히 국장을 바라보았다. 정확히 듣진 못했지만 얼마 전에 제
수받은 관직 이름 같은데……. 그때의 불쾌함이 되살아났다.
개화 바람 든 젊은 놈들이 지들끼리 다 차지하고 먹다 남은
밥 처리하듯. 으음, 영감은 큰 기침을 했다.
　"전루군이 체포되었다 하기에. 내 명색이 관상감의 영사였
지 않소이까."
　영감이 가을 햇빛에 눈이 부신 듯 미간을 잔뜩 찌푸렸다.
드문드문 검버섯이 몇 개 있지만 피부가 깨끗했다. 주름조차
도 찾을 수 없었다. 나이에 비해 주름이 많고 머리숱이 적은
추(秋)는 그것만으로도 영감이 부러웠다. 어디 그뿐인가, 영
감은 모든 벼슬아치의 꿈인 영의정까지 오른 사람이었다. 그
는 눈만 껌뻑거리고 있었다.

추(秋)의 생각 정도는 손바닥 보듯 알고 있다는 듯 영감이 흰 수염을 쓸어내리며 헛기침을 하고 부채로 반대편 손바닥을 몇 번 친 후 전루군에게 호통을 쳤다.

"시각을 알리는 일은 하늘의 일이고 하늘의 일은 왕실의 일이거늘 어찌 이리 소홀히 할 수 있다는 말인가."

"지당하신 말씀입니다."

전루군의 짧은 대답이었다. 목소리가 의외로 청명했다. 공중에서 목청 좋은 새가 울고 지나간 느낌이었다. 목소리와 목소리를 낸 전루군이 너무 달라 어리둥절했다. 혹시 자신이 잘못 들었나, 귀를 의심했다. 일흔이 넘었으니 귀인들 온전하랴. 전루군은 그 상황을 알고 있다는 듯이 또 한 번 또록또록한 목소리로 자신은 자지도 졸지도, 한눈을 팔지도 않았기 때문에 그 시각은 터럭만큼도 틀림이 없다고 했다.

'저 면상에 어찌 저런 목소리가……'

영감은 겨울에 핀 봄꽃을 보듯 전루군을 보고 섰다. 희끗희끗한 수염과 어울리지 않는 목소리였다. 빠진 앞니 사이로 말이 새는 게 조금 흠이긴 했다. 영감은 터무니없이 전루군에게 기울어지는 마음을 다잡기 위해 얼굴을 찡그리고 있다가 옆에 선 추(秋)에게 물었다.

"국장은 어떻게 관상감이 말한 시각이 잘못되었다는 것을 아셨소?"

영감의 질문에 추(秋)가 깜짝 놀랐다. 그것을 모르고 있을 영감이 아니었다. 다들 알면서 말하지 못할 뿐이었다. 조선의 시간과 왜에서 들어온 서양의 시간이 다른 것은 어지간한 사람은 다 알고 있었다. 조선에서는 해가 진 뒤부터 다음 날 해 뜨기 전, 즉 밤을 5경으로 나누고 각 1경은 다시 5점으로 나누었다. 따라서 밤은 25점이 되는데, 밤이 짧은 하지의 1점은 밤이 긴 동지의 1점보다 훨씬 짧았다. 다시 말해 조선은 해 뜨는 시간에 늘 해가 뜨지만 서양 시간은 일출이 계절마다 달라지는 것이었다. 그런데 어느 시간이 옳은지는 국장 역시 알 수 없었다. 갑오개혁 이후 일본의 고문관들이 1일 24시간은 균등해야 한다고 그렇게 시각을 바꾸라고 한 적은 있지만 귀담아 듣는 사람은 없었다. 그런데 영감의 질문을 받고 보니 머리 안이 휑하니 울리는 것 같았다. 늙은 영감은 목을 조금 수그리고 오른쪽 눈에 끼인 눈곱을 닦아낸 다음 다시 물었다.

"국장이 누각에 계시지는 않았을 테고……."

의금사 군인과 주사가 재미있다는 듯이 영감과 국장의 얼굴에서 눈을 떼지 못했다. 그들 모두 내심 개혁에 반대한다는 걸 국장은 알고 있었다. 일본이 하는 것은 콩으로 메주를 쑨다 해도 듣지 않을 위인들이었다.

"소생이 일하는 곳에 서양에서 건너온 시계가 있소이다. 해 시계는 낮에만 볼 수 있고 물시계는 끊임없이 일정하게 물이 흘러야 하지만 이 시계는 밤낮으로 다 볼 수 있사옵니다."

추(秋)의 말에 영감은 반대쪽 눈곱을 찍어내다 말고 시틋하게 말했다.

"농담도 잘하시오. 밤과 낮은 음과 양이거늘, 음양 모두에 소용되는 시계가 어떻게 있을 수 있단 말이오?"

영감은 국장이 음양도 모른다는 듯이 빈정댔다. 추(秋)는 입을 꾹 다물고 영감을 쳐다보았다. 음양, 양반과 백성, 남녀의 구별을 없애자는 것이 개혁의 중요 내용이지 않은가. 그런데 밤과 낮은 음과 양이니 누각의 시계로 밤 시간을 재야 한다고? 저러고도 영상이었단 말인가. 저 영감쟁이를 중추원 고문 자리에서도 쫓아내야만 속이 시원할 것 같았다.

"대감, 만약 내가 밤낮으로 가는 시계를 가져온다면 어찌하시겠소?"

추(秋)는 눈을 가늘게 뜨고 영감을 마주보며 물었다. 영감은 흰 수염을 손등으로 쓸어내리며 허허허 웃었다.

"서양오랑캐 놈들이 만든 얄궂은 물건을 가지고 국장은 나를 놀릴 참이오? 밤낮으로 가건 말았건 그건 오랑캐 것이 아니오?"

"청나라가 일본에 참패를 한 게 언제인데 아직도 그런 말씀을 하십니까? 하늘의 해에 서양 것이 따로 있지 않는 한 그 말씀은 거두셔야 하옵니다."

영감은 에헤엄, 기침을 했다. 작년에 끝난 청일전쟁을 들먹이는 이유가 훤했다. 일본의 세력을 등에 업은 자신을 돋보이게 하기 위한 것이었다. 십 년 전 갑신란 때 그렇게 철저하게 배신당하고도 또 저러고 있었다. 왜는 절대 믿을 수가 없는 나라였다. 젊은 것들이 그걸 모르고 날뛰니……. 영감은 습관적으로 혀를 서너 번 찼다.

"누각의 물시계가 서양 시계와 다르다 해서 저자를 잡아들인다는 게 말이 된다고 생각하시오. 국장은 도대체 어느 나라 사람이오?"

영감은 한심하다는 듯이 국장을 쏘아붙였다.

"이 자를 체포한 것은 시각을 잘못 알린 죄이지 물시계가 잘못되었다고 체포한 것은 아니지 않소이까."

추(秋)도 지지 않고 맞섰다. 원체 기가 약한 사람이라 한 번의 대꾸만으로도 관모 밑의 땀이 번져갔다. 그는 그런 자신이 못마땅하여 더 화가 치밀어 올랐다.

"어허. 내 말이 그 말이 아니오? 시각이 잘못되지 않았다고 하는데도 부득부득 잘못되었다고 우기니 말이오."

"어떻게 한쪽 말만 듣고……."

"이런, 답답한 일이. 관상감이 어떻게 한쪽이란 말이오? 수백 년간 이 나라의 천문과 시각을 담당한 관상수시의 중심이지 않소? 그 일이 제왕의 으뜸 되는 일이란 것쯤 국장께서 아실 테고……."

영감은 길게 혀를 찼다. 추(秋)도 발끈 성을 냈다.

"관상감의 판단이면 모두 다 맞는다는 법이 있소이까. 일단 조사를 하러 왔는데 무얼 그리 야단이시오니까! 지나치시오이다."

그는 바르르 떨리는 손끝을 감추느라고 두 손을 꼭 잡았다. 그 손을 본 영감이 더 거세게 몰아붙였다.

"오백 년 사직을 지켜온 조정의 관서를 능멸하는 것이 개혁이오?"

개화 전 같으면 궁궐 안에도 못 들어올 종자들이었다. 개화 바람에 살판난 서자 무리 중 한 명으로 얼마 전에 일본으로 도망간 박영효의 끄나풀이었다. 협판, 경무관까지 다 같이 도망갔는데 저자는 어떻게 아직도 국장 자리를 지키고 있는지 조금 의아했다. 박영효라면 자다가도 벌떡 일어나 극형에 처해야 한다는 상소를 하고 싶은 사람이었다. 게다가 영감 역시 전루군과 마찬가지로 오늘 새벽에 친 파루는 틀림이 없었다고 생각했다. 그건 평생 파루를 들어온 몸이 아는 일이었다. 여기는 조선 땅이었다. 조선에는 조선의 시각이 있어야 하고 그 시각만이 조선의 물상에 맞는다고 생각했다.

추(秋) 국장은 점점 영감을 상대하기가 벅차다는 것을 느꼈다. 손바닥 안까지 땀이 촉촉이 젖었다. 머리 안에 큰 구멍이 뚫린 듯 바람이 드나들었다. 양다리에 힘을 주고 이를 앙다물었다. 화가 치밀어 올라 그런지 무슨 말을 해야 할지 생각이 나지 않았다. 생각나는 대로 질문을 했다.

"태생이 어디냐?"

영감과 국장을 번갈아 보던 전루군이 당황한 듯 놀란 목소리로 말했다.

"경기도 여주의 섬학리입니다."

처진 눈꺼풀 아래 갇혀 있던 영감의 눈이 순간 빛났다. 섬학리는 왕후의 고향이었다.

"여주라고?"

영감이 잘못 들었다는 듯이 턱까지 앞으로 내밀며 되물었다. 전루군은 못 들은 척 대답을 하지 않았다.

'왕후를 알고 있구나.'

스쳐가는 직감에 영감조차 말문이 막혔다. 영감은 힐끔 추(秋)를 건너다보았다. 만약 들었다면 전루군은 무사하지 못할 것이었다. 그리고 그를 거둔 자신도 화를 면하지 못할 것이었다. 개혁에 반대하는 것들을 이름하여 왕후 같은 것들이라 하고 있는 세상이었다.

다행히 추(秋)는 전루군이 말한 것을 알아듣지 못한 듯했다. 마침 그때 의금사 안으로 들어오는 젊은 별감을 눈으로 쫓고 있었다(또 웬 별감이냐고? 구르는 낙엽처럼 흔한 사람들이니, 주상의 말을 전하는 대전별감 말고는 구별할 필요가 없다).

영감과 눈이 마주치자 별감은 가볍게 인사를 하고 국장에게 귓속말을 하고 있었다. 잘 알아들었다는 듯 고개를 끄덕인 국장이 영감을 힐끔 쳐다보았다. 영감의 가슴이 철렁 내려앉았다.

"저놈의 진술을 받아오너라."

다행히 추(秋)는 영감 옆에 섰던 주사에게 명령했다. 좀 전에 아들 같은 국장에게 된통 야단을 맞은 탓인지 늙은 주사는 뾰로통한 얼굴로, 그게 뭔지 잘 모르겠다고 했다.

"자네가 잘 읽는 이야기책 같은 것이네."

국장은 늙은 주사가 마음에 들지 않는다는 듯 쏘아붙인 후 영감에게 건성 인사를 하고 밖으로 나갔다.

4

오늘은 영국에서 온 늙은 지리학자를 만난다고 했다. 통역을 담당하고 있는 손탁 부인은 외교관을 대할 때처럼 엄격한

격식을 차릴 필요는 없다고 했다. 그 말을 기다렸다는 듯 김 상궁이 머리 염색을 하자고 했다. 가체 밑으로 흰머리가 하얗게 솟아나 민망하다고 했다. 왕후는 내키지 않았지만 알겠다고 했다. 이미 궁내부에서 세워둔 계획임이 분명할 것이었다. 그렇다면 특별한 일이 없는 한 그대로 따라야지 이렇다 저렇다 해봐야 뒷말만 무성했다.

역시나 미리 대기하고 있었다는 듯 궁녀들이 빗과 솔을 들고 들어오고 있었다. 왕후는 큰 숨을 들이마셨다. 나이 들어 가장 하기 싫은 게 염색인데 가장 자주 하게 되는 것이 염색이었다. 거기다 몇 년 전 서양에서 들여왔다는 염색약은 냄새가 지독했다. 구역질이 나고 머리가 아팠다. 냄새도 지독하게 오랫동안 남아 있었다. 이제 냄새가 가셨구나 하면 며칠 뒤 다시 염색이었다.

내의원에서 담배까지 못 피우게 했는데, 이제부터 한 시각 넘게 겹겹이 수건을 두르고 허리를 꼿꼿이 세워야 했다. 오직 말만 할 수 있었다. 말상대가 되어 줄 요량으로 김 상궁이 몇 발자국 앞에 엎드려 있었다.

"몇 살이라 했느냐?"

왕후가 대뜸 물었다. 김 상궁이 듣고도, 영문을 몰라 대답을 하지 못했다.

"오늘 온다는 지리학자 말이다."

"육십 넘었다 하옵니다."

말귀를 못 알아들어 송구스럽다는 듯이 허리를 잔뜩 수그리고 말했다.

"육십?"

귀밑거리에 까만 옻칠을 하던 중에 왕후는 머리를 돌렸다. 그 바람에 염색약이 코끝에 묻었다. 갑자기 다른 사람이 된 것 같아 김 상궁이 더 눈을 내리깔고, 듣긴 했지만 긴가민가한 음성으로 그렇다고 했다.

"육십이 넘은 나이에 석 달 넘게 배를 타고 조선에 왔다고? 부산에서 인천으로 와서 말을 타고 한성에 왔다는 말을 들은 것도 같구나."

왕후는 그제야 아침에 궁내부에서 보내온 자료들이 생각난 듯했지만 믿을 수 없다는 듯이 말꼬리를 흐렸다.

"그 나라는 일 년에 두 살을 먹는 모양이다."

왕후는 진정 그렇게 생각했다. 그렇지 않고서야 주는 밥도 못 먹을 나이에 어떻게 이 나라에 온다는 말인가. 왕후뿐 아니라 김 상궁도 그렇게 생각했다.

코끝에 묻은 염색약을 지운다고 평소보다 반점 더 걸린 화장을 끝냈을 무렵이었다. 궁내부에서 지리학자가 한 시각쯤 늦어질 것이라고 했다. 왕후는 고개를 끄덕였다. 이유를 물을 만도 한데 왕후는 말을 하지 않겠다는 듯이 팔걸이에 놓여 있

는 손을 움켜쥐었다. 대나무의 잔가지 같은 뼈가 하얗게 드러
났다. 왕후의 대답을 기다린다는 듯 잠시 서 있던 궁내부 대
신이 그대로 물러났다. 왕후는 몰래 큰 숨을 내쉬었다. 자신
이 한 말이 입과 입으로 전해져 자신을 겨누는 흉기가 되어
돌아오는 걸 여러 번 겪은 후 생긴 버릇이었다.

"한 시각이라."

궁내부 대신이 거처를 빠져나갔을 무렵 왕후는 입을 뗐다.
김 상궁은 조금 더 고개를 수그리는 것으로 수긍의 뜻을 나타
냈다. 가만히 있기에도 다른 일을 하기에도 어중간한 시간이
었다. 그런 데다 이미 모든 치장을 마친 뒤였다. 김 상궁 역시
좋은 방안이 없는 듯 고개만 숙이고 있다가 겨우 말문을 열었
다.

"차를 한 잔……."

왕후는 눈을 더 내리깔고 못 들은 척했다. 내키지 않을 때
의 버릇이었다. 물론 지척에서 왕후를 수십 년간 모셔온 상궁
만이 알 수 있는 몸짓이었다.

"재미있는 이야기나 할까."

왕후는 좋은 생각이 났다는 듯 몸을 앞으로 내밀고 말했다.
종종 있던 일이었다. 김 상궁은 침방나인에게 들은 이야기를
하기 시작했다. 안동의 한 여인이 병중이었던 남편을 위해 머
리카락으로 남편의 미투리를 삼았다는 내용이었다. 왕후께서

는 이미 들었다는 듯이 고개를 끄덕거리다가 그 남편은 미투리를 신었는지 물으셨다. 그 미투리에도 불구하고 남편은 돌아가셨고 부인은 치마에 편지를 써서 남편의 가슴을 덮었다고 했다.

"편지라고?"

왕후는 다른 사람과 마찬가지로 그 내용이 무척 궁금하다는 듯이 턱을 앞으로 내밀고 말했다. 김 상궁도 그랬었다. 입관하기 전 잠시 동안 자신이 제일 아끼는 비단 치마에 쓴 편지라고 했다. 쓰다 보니 할 말이 많아져 네 모퉁이의 여백에까지 빼곡하게 썼다고 했다.

"무얼 그리 썼다더냐?"

왕후께서는 정말 궁금하다는 듯이 몸을 앞으로 내밀고 물으셨다.

"그 편지 보고 꿈속에 나타나 보고 들은 모든 것을 말씀해 주시라고, 아직도 하고 싶은 말이 끝이 없다고……."

그 말을 들은 후 왕후는 아무 말이 없었다. 식탁 위에 얹힌 손가락이 조금 꼼지락거릴 뿐이었다. 금방까지 이야기를 하던 김 상궁이 말을 그치고 왕후의 기색을 살폈다. 동시에 자신이 했던 말을 되새겼다. 뭐가 잘못된 것일까. 세간에 재미있는 이야기가 없냐 물으시기에 서너 달 전에 들었던 안동의 한 부인 이야기를 했을 뿐이었다. 안동뿐 아니라 전국에서 유명한 이야기였다. 김 상궁은 다시 한 번 자신이 한 이야기를 떠올려 보았지만 그 이유를 찾을 수 없었다.

"휴……."

왕후가 큰 한숨을 내쉬며 팔받침을 톡톡 내리쳤다.

"담배 한 대 붙여오너라."

왕후의 말끝이 떨렸다. 얼굴빛도 어두워졌다.

"내의원에서 어떤 일이 있더라도……."

김 상궁이 큰마음이라도 먹은 듯 단호하게 잘랐다. 왕후는 듣고도 아무 말이 없었다. 휴, 더 큰 숨을 자주 쉴 뿐이었다. 저러다 머리가 아프다며 며칠 자리에 누울 때도 있었다. 달거리가 끊어진 이후 자주 있는 일이었다. 삼십 년 가까이 왕후를 모셔온 김 상궁도 이때만은 속수무책이었다.

"마마, 그러면 딱 한 대만……."

왕후는 머리를 끄덕였다.

"마마, 도착했다는 연락이옵니다."

문밖 나인의 말이었다. 왕후는 알아들었다는 듯이, 양볼이 패일 때까지 길게 한 모금 빨아들인 후 담뱃대를 내려놓았다. 곧 왕후의 코와 입에서 흰 연기가 뿜어져 나왔다. 그 연기들이 눈앞에서 사라질 때까지 앉아 있는 것도 왕후의 버릇이었다. 원래 말이 없지만 담배를 피울 때는 더 말이 없었다.

"마마, 도착했다는……."

김 상궁의 재촉을 한 번 더 받고 왕후는 자리에서 일어나고 있었다. 짙은 파랑색 치마에 금박으로 수놓은 아홉 폭 치마에 연분홍 당의를 입고 어깨까지 늘어진 비녀를 꽂은 왕후는 유일이며 전부인 조선의 국모였다. 삼십 년 넘게 왕후를 모신 김 상궁의 허리가 평소보다 조금 더 굽혀졌다.

녹수당 안으로 들어가던 왕후의 걸음이 뒤엉킨 듯 멈칫거렸다. 흰 실을 머리에 흩어놓은 듯한 여자가 앉아 있었다. 푸른색 서양 저고리 안으로 툭 튀어나온 가슴은 짐승의 뿔처럼 저돌적이었다. 목의 주름은 겹겹으로 흘러내렸지만 콧날은 얼음 조각처럼 싸늘했다. 이제까지 접견실에 온 어떤 사람보다 더 사나워 보였다.

왕후를 본 지리학자는 일어서서 두 손을 가지런히 모으고 공손히 인사를 했다. 파란 눈이 쉴 새 없이 움직였다. 왕후는 짧은 목례를 하고 자리에 앉았다.

"그 나라에도 재미있는 일이 있겠지."

왕후가 불쑥 꺼낸 말에 손탁 여사가 깜짝 놀랐다. 어제 미리 맞춰둔 이야기가 아니었다. 문밖에 있던 김 상궁까지 움찔했다. 당황한 건 지리학자도 마찬가지인 듯했다. 그리고 잠시 생각을 하는 듯 눈을 감았다 떴다. 그리고 토끼굴에 들어간 소녀 이야기를 시작했다.

참나리가 말을 하고 늘 달려야 제자리에 살 수 있는 붉은 여왕이 사는 곳도 있었다. 무엇보다도 재미있는 것은 하얀 여왕의 이야기였다. 그녀는 시녀도 없이 살고 있는데, 그곳의 시간은 과거와 미래의 양방향으로 흘렀다. 쉽게 이야기하면 아야 하고 비명을 지른 다음에 피가 나고 그 다음 바늘에 찔리는 것이었다.

지리학자는 그 자신 토끼굴에 들어간 것처럼 어리둥절한 표정으로 이야기를 했다. 이야기를 옮기는 손탁 여사도 조금 헷갈렸다. 왕후는 재미있다는 듯이 몸을 앞으로 조금 내밀고 듣고 있었다.

"이 나라 저 나라 다닌다더니 토끼굴에도 간 모양이군."

왕후의 말이었다. 손탁 여사가 깜짝 놀라 왕후를 바라보았다. 지리학자가 토끼굴에 들어간 것으로 생각하고 있는 게 분명했다.

"중전마마, 토끼굴에 들어간 것은……."

토끼굴에 들어간 주인공의 이름이 생각나지 않았다. 손탁 여사가 말을 하다 말고 도움을 청하는 듯이 영국에서 온 지리학자의 얼굴을 보았다. 은발이었을 머리가 하얗게 세고 잔주름에 둘러싸인 눈은 큰 나무의 옹이처럼 깊이를 알 수 없었다. 손탁은 토끼굴 속으로 들어간 여자의 이름이 그 눈에서 나온다는 듯이 눈을 바라보았다.

"영국에서 우리나라에 오는 것보다 토끼굴에 들어가는 것이 더 쉬울 것 같기도 하네."

왕후는 들릴 듯 말 듯 한숨을 내쉬며 혼잣말을 했다. 손탁 여사는 어디서부터 다시 이야기를 시작해야 할지 알 수 없었다.

"저 늙은 여자가 온 곳이 영국이라고 했지? 그 나라는 도대체 어떤 나라이기에 여자의 몸으로 태어나 이곳까지 온다는 말이냐. 시간이 거꾸로 흐른다는 토끼굴보다 더 요상하구나."

왕후의 중얼거림을 알아들었다는 듯이 지리학자는 고개를 끄덕였다. 갈수록 이상한 일이었다.

"김 상궁, 조선을 구경하러 왔다 하니 조선 음식을 대접하도록 하라."

성심이 담긴 목소리였다. 김 상궁이 허리를 더 깊숙이 수그렸다.

"분부대로 거행하겠사옵니다."

지리학자는 그림자처럼 서 있는 김 상궁을 재빠르게 훔쳐보았다. 그러나 다른 외국인처럼 불안과 기대가 빠르게 교차되는 눈빛은 아니었다. 어떤 낯선 것에도 이미 익숙한 모습이었다.

"왕후께서 조선에 오셨으니 조선 음식으로 대접하시라

고……."

여사는 딱딱한 영어로 말을 옮겼다.

"감사합니다."

늙은 지리학자는 미리 준비한 듯 서툰 조선말로 화답을 했다. 왕후가 얼굴을 찡그렸다. 콧등에 두껍게 바른 분이 갈라질 듯했다.

"뭐라고 하느냐?"

왕후는 천천히 물었다. 외국인의 어떤 말도 그것이 조선말이라 할지라도 통역을 해서 듣는 것이 왕실의 법도였다. 그렇다 하나 감사하다는 말을 통역하는 건 처음 있는 일이었다.

"감사하다 하옵니다."

손탁 여사의 발음이 더 어색했다. 내리깐 지리학자의 눈이 동심원을 그리며 접견실 안으로 번져갔다.

김 상궁이 유과와 식혜를 내왔다. 그릇도 식혜도 식혜 안에 든 잣도 유과도 모두 흰색이었다. 왕후 앞에도 똑같은 식혜와 유과가 놓였다. 왕후는 앞에 놓인 식혜 그릇을 입술에 갖다대고는 이내 내렸다.

"들게 하라."

손탁 여사는 왕후의 말을 그대로 전했다.

늙은 지리학자는 손잡이가 없는 식혜 그릇을 손바닥으로 감싸 들어 올리다 다시 내렸다.

"온통 하얗구나……."

늙은 지리학자가 그 나라 말로 중얼거렸다. 분명하게 들리지 않아 손탁 여사는 고맙다는 말일 것이라고 짐작을 했다.

"그렇긴 하다만 그게 이상한 일이냐."

왕후도 아주 작은 소리로 중얼거렸다. 손탁 여사는 통역을 하려면 한 번 더 들어야겠다는 듯이 왕후의 아래턱을 쳐다보았다. 왕후는 그 눈길을 외면하고 입을 다물고 있었다. 이미 들은 말도 흔적 없이 사라지고 있었다. 있을 수 없는 일이지만 두 사람이 자신의 도움 없이 말을 주고받은 꼴이었다. 지리학자는 두 손으로 그릇을 싸안고 천천히 식혜를 마시고 있었다.

"흰색이 이상한가?"

왕후는 늙은 지리학자가 식혜를 다 먹을 때까지 기다렸다가 물었다. 손탁 여사는 밑도 끝도 없는 말이라고 생각하며 통역을 했다. 그러나 지리학자는 역시 예상하고 있던 질문인 듯 담담하게 대답을 했다.

"조선 사람이 하도 흰 옷을 많이 입어 멀리서 보면 새떼처럼 보였사옵니다. 그런데 음식도 그릇도 하얀색이라서……. 하얀 세상에 들어온 듯하여……."

하얀 세상이라니, 그건 이야기 속에서나 있을 수 있는 일이었다. 손탁은 늙은 지리학자가 말을 잘한다고 생각했다. 아니면 왕후가 이야기를 좋아한다는 말을 어디에서 들었을 수도 있었다. 왕후는 아무 말이 없었다. 늙은 지리학자는 굳이 대답을 기다리지 않는다는 듯 유과 하나를 조심스럽게 베어 물고 있었다. 꽝 대포 소리가 났다.

"어찌된 일이냐?"

왕후는 이마를 잔뜩 찡그린 채 그림자처럼 서 있는 상궁에게 물었다. 손탁 여사의 눈길이 그 말을 따라 김 상궁에게 향했다. 십 년이 넘게 왕후의 귀와 입이 되어주었지만 저렇게 밑도 끝도 없이 하는 말은 알아들을 수 없었다.

"왜병이……."

왕후는 아무 말도 없었다.

"전루군이 체포되어……."

김 상궁의 말이 이어지자 의자에 놓인 왕후의 손가락이 살짝 들렸다. 김 상궁이 중도에서 말을 그쳤다. 파루의 북소리 논란 끝에 전루군이 체포된 것은 이미 알고 있었다. 그러나 알고 있다는 표시를 내어서는 안 된다는 것도 왕후는 알고 있었다.

"관상감 당상, 아니 영사였던 민 대감께 좀 뵙자고 해라."

"예에……."

김 상궁이 대답을 하자 구석에 서 있던 나인 한 명이 소리 없이 문을 열고 밖으로 나갔다.

왕후는 하얗고 가는 손가락으로 다시 식혜 그릇을 잡았다 놓았다. 내의원에서 수라간에서 올리는 음식 외에는 아무것도 먹지 못하게 했고 실제로 아무것도 먹지 못했다. 동학난 (東學亂) 이후 생긴 위병(胃病)이었다. 얼굴을 덮은 시커먼 기미는 두꺼운 화장으로 가렸고 앙상한 몸은 몇 겹이나 되는 옷으로 가렸다. 드러난 곳은 의자에 놓인 두 손뿐이었다.

"며칠 뒤에 한 번 더 보자고 해라."

조선을 두루 구경하고 편안히 귀국하라는 말을 준비하고 있던 손탁 여사가 깜짝 놀라 왕후를 바라보았다. 궁내부와 의논도 하지 않고 일방적으로 발표한 것도 그랬지만 공사관 소속이 아닌 외국인을 궁 안으로 초청한 적은 없었기 때문이다. 늙은 지리학자의 토끼 이야기가 재미있었던 걸까. 손탁은 그제야 그 토끼굴로 들어간 꼬마가 앨리스라는 걸 알았다.

5

알다시피 영감과 추(秋) 국장의 팽팽한 신경전은 추(秋)가 허겁지겁 전옥서를 빠져나감으로써 싱겁게 끝났다. 주사에게 전루군의 진술을 받으라는 말을 남기고 밖으로 나간 것이다. 영감은 추(秋)를 기다려야 할지 말아야 할지 어중간하기만 했다. 아무 말도 없이 모가지만 끄떡하고 사라진 국장이 괘씸하기도 했다. 그 사이에 주사는 전루군에게 지필묵을 갖다 주고 있었다.

미천한 전루군이 글을 쓴다?

영감은 잠시 전루군을 지켜보기로 했다.

가는 붓에 자꾸 먹물을 적실 때마다 전루군의 오른손 옆으로 새카만 글자들이 벌레처럼 기어나왔다. 평생 글을 읽고 쓴 영감이지만 한 번도 저렇게 토해내듯 글을 써본 적이 없었다. 세상과 내 몸에 없는 것을 찾아 쓰는 것이 글이라고 생각했는데, 그게 아니었다. 전루군은 몸 안에 있던 것을 뽑아내듯 글을 쓰고 있었다.

몸 안에 저토록 많은 글이 쌓여 있었단 말인가.

갑자기 영감은 자신의 전 생애가 하얗게 바래는 것 같아 핑, 어지럼증을 느꼈다. 으허엄, 영감은 서글픈 생각을 물리치기 위해 큰 기침을 하고 느릿느릿 의금사를 나섰다.

일본식 군복을 입은 훈련대가 발을 맞추며 이동을 하고 있었다. 서양 양복을 입은 사람이 곳곳에 눈에 띄었다. 갑오왜변 이후 수십 명의 고문관이 입궐했다. 각 부에 틀어박힌 고문관의 수가 수십 명이었다. 백성들 고혈 빨아 모은 세금도 모자라 일본에서 들여온 차관으로도 고문관들 봉급 주기에 바빴다. 작년, 갑오왜변 이후 개혁을 한답시고 온 나라를 들쑤시더니……. 으음. 영감은 불쑥 치밀어 오르는 울화를 큰 기침으로 겨우 달랬다. 남산 아래는 왜의 세상이라고 했다. 강화도 조약 이후 동도서기를 주장하며 서양문물을 받아들이자고 주장해온 영감이었지만 이런 날이 올 것이라고 생각해본 적이 없었다.

어지러웠다. 머리가 아픈 것이 아니라 세상이 뱅뱅 도는 것 같았다. 길 한가운데서 눈을 뜬 장님이 된 기분이었다. 들리는 말뿐 아니라 들리지 않는 말도, 보이는 것뿐 아니라 보이지 않는 것까지 보았다고 생각했는데 갈피를 잡을 수 없었다. 반대편에 있던 옥석이 교자꾼을 이끌고 달려왔다.

"관상감으로 가야겠다."

갑자기 떠오른 행선지 생각에 영감의 목소리가 조금 높아졌다.

가을 하늘이 푸른 비단을 펼쳐둔 것처럼 고왔다. 바람은 살랑살랑 불고 햇빛은 오곡이 여물기에 딱 좋았다. 바람도 햇빛도 오장을 녹일 듯이 부드러웠다. 얼마나 부드러운지 눈을 감고 있으면 영감 자신이 없어지는 것 같았다. 유월 염천에도 십이월 엄동에도 있을 수 없는 일이었다. 그러나 세상은 부드러움보다 강함으로 다스려지고 있었다. 말이 개화이지 왜의 총칼 앞에 조선의 대신들이 무릎을 꿇는 격이었다.

우정국 앞에서 영감은 당하관 복장을 한 관리를 만났다.

"영상 영감 아니오니까. 저는 관상감 수술관이오니다."

당하관 관복을 입은 삐쩍 마른 관리가 두 손을 모으고 관모가 벗겨지도록 고개를 숙였다. 안면이 있는 듯 없는 듯했다. 나이가 드니 이 사람이 저 사람 같고 저 사람이 이 사람 같았다. 영감은 일단 아는 척했다.

"오, 자넨가. 내 그러지 않아도 관상감 당상을 만나러 가는 길일세."

"저를 따라오십시오."

늙은 수술관(修述官)은 관복 깃 밖으로 사금파리와 같은 목뼈를 드러내고 앞서 걸었다. 창덕궁 금호문을 못 가서 나무 사이로 돌로 쌓은 관천대가 눈에 들어왔다. 수술관은 관천대를 거쳐 허름한 건물 앞에서 멈추었다.

"이곳이오니다."

영감은 그제야 걸음을 멈추고 사방을 둘러보았다. 공사당이라고 적힌, 열 칸 남짓한 건물이었다. 건물의 오른편 끝에 있던 동실의 문이 열렸다. 통기를 받은 당상이 버선발로 허겁지겁 나오다 가을 햇살에 눈이 아린 듯 주춤했다. 그는 눈을 감은 채로 인사를 했다. 영감은 인사를 받고 사방을 둘러보았다. 얼핏 보면 창고같이 보일 정도로 작고 낡고 좁았다.

세종 때는 말할 것도 없고 영정조 때만 해도 사직의 중심이었다. 중인이었지만 하늘의 뜻을 읽는 사람들이었다. 주상께서도 그들을 통해서만 하늘의 뜻을 알 수 있었다. 눈에 보이지 않는 시간을 재고 운명을 읽고 길일과 흉일을 가려내는 사람들이었다. 그들의 질서는 엄격했고 뜻은 명징했다. 조선 사람 아무도 그들의 세계를 의심하지 않았는데 서양의 학문과는 다른 점이 있었다. 오로지 그 이유 때문에 그들의 학문을 비웃는 무리들이 많아졌다. 가난한 나라의 국고로 외국 유학을 갔다 온 무리들이었다.

당상은 낡고 좁은 관상감의 집무실로 영감을 안내했다. 진한 먹물 냄새가 났다. 시꺼먼 먹물이 오른손 중지에 묻어 있었다.

"글을 쓰고 계셨던 모양이오."

"그러하옵니다."

영감은 몇 년 전부터 관상감 당상이 지(誌)를 쓰고 있다는 말을 들은 것 같았다.

"관상감의 역사는 개국과 함께 시작되었고 앞으로도 천년만년 계속될 듯하와……. 이쯤에서 역법의 유래와 제도의 연혁을 정리해둘 생각이옵니다."

당상이 말을 하다 말고 그때 마침 밖에서 들여온 차를 따랐다.

"작년 연행 길에 역관이 사온 차이옵니다."

영감은 고개를 끄덕이며 차로 목을 축였다. 늙어서 그런지 맛을 구분하기 힘들었다. 첫맛이 아니라 뒷맛이 나는 차 종류는 특히 그랬다. 영감은 잠시 머금고 있다 넘긴 차의 뒷맛에서 겨우 향을 맡았다. 망하고 있는 나라, 청의 차라 그런지 냄새조차도 사라진 듯했다. 영감이 찻잔을 내려놓으며 물었다.

"당상은 관상감이 천년만년 갈 것이라고 생각하시오?"

요즘같이 하루가 다르게 변하는 세상에 천년만년이라니, 말을 하고 보니 이만저만 싱거운 노릇이 아니었다. 영감은 말을 하다 말고 헛기침을 했다. 대답은 기대하지도 않았는데, 당상은 기다렸다는 듯 확신에 찬 어조로 대답했다.

"하늘과 땅, 양의가 있는 날까지 관상감의 일은 계속되리라 믿사옵니다."

영감은 잘 알아들었다는 듯이 고개를 끄덕였지만 내심을 알 수 없기는 마찬가지였다. 좀 더 뾰족한 질문이 필요했다.

"그렇다면 음과 양이 바뀌는 파루 시간이야말로 가장 정확해야 하는 것 아니겠소? 오늘 새벽의 파루 시간은 어떻게 된 것이오?"

예상대로였다. 당상은 대답을 미루고 차를 마셨다. 미간에 주름이 잔뜩 모였다. 영감은 재차 물었다.

"그자가 여주 섬학리 출신이라는데."

당상은 파루 시각이 아니라 전루군에 대해서라면 대답하기가 어렵지 않다는 듯 말했다.

"눈이 먼 박 첨정이 상처 후에 낙향한 곳이니, 전루군이 자란 곳은 맞사옵니다. 간혹 왕후 마마 이야기를 꺼내는 적도 있다고 하옵니다."

"틀림없소이까?"

처진 눈꺼풀 속에 숨어 있던 영감의 눈이 그 순간 모습을 드러냈다. 영감은 왕후에 대한 질문을 삼킨다고 턱을 앞으로 내밀었다. 입 안에 가득 고인 침을 삼킨 후에야 전루군에 대해 물었다.

"아니, 그 사람이 박 첨정의 아들이란 말이오?"

영감은 한 번 더 물었다.

"그렇소이다. 그런 사람이 어떻게 졸 수 있으며 한눈을 팔 수 있겠습니까?"

영감은 아무 말도 하지 않았다. 당상이 말한 첨정은 사십 년 전 해를 관찰하다가 눈이 먼 관상감의 관리였다. 얼마나 집요하게 해를 관찰했는지, 눈 안에 해가 남아 있었다. 그의 자식이라면 파루를 놓칠 리가 없었다. 십수 년 동안 한 번도 틀린 적이 없다고 하지 않았는가.

당상은 파루에 대해서만은 이제 더 이상 할 말이 없다는 듯

가라앉은 목소리로 말했다.

"세상 탓이지 전루군의 탓이겠습니까. 문명국에는 문명의 시간이 따로 있어야 한다고 하니 오백 년 이어진 조선의 시간을 어떻게 해야 할지⋯⋯. 그 아들이 누각의 구석에 바퀴로 움직이는 시계를 만든다는 소문도 있습니다만 아직 보지는 않았습니다. 물이 없으면 누각의 소금을 어떻게 해야 할지⋯⋯."

당상이 들릴 듯 말 듯 목소리를 낮추었다.

"어허 그게 무슨 말씀이시오. 물이 아니라 바퀴로 가는 시계라니요!"

"그러게 말입니다."

당상이 긴 한숨을 내쉬며 입을 다물었다.

영감은 더 이상 아무 말 말라는 듯 요란하게 기침을 하고 물었다.

"그자의 이름이 무엇이오?"

"박봉출이라 하옵니다."

바퀴로 움직이는 시계라니, 말도 안 되는 소리였다. 영감은 서둘러 자리에서 일어났다. 왕후를 위해 파루를 울린다는 전루군의 말이 떠올라 아득히 현기증이 돌았다. 비린내를 맡은 듯 울컥 비위가 상하기도 했다. 아무리 왕후와 백성 사이라 해도⋯⋯. 음심이 느껴지는 말이었다.

"고약한 놈. 사직도 주상도 아닌 왕후를 위해 종을 울리다니……."

파루의 시각이 제아무리 정확하다 해도 당장 곤장을 쳐서 누각 밖으로 내쫓아야 할 놈이었다. 엉뚱한 곳에서 전루군의 문제가 해결된 듯해서 어쨌든 개운했다. 영감은 가벼운 걸음걸이로 관상감을 나섰다. 당연히 영감을 기다리고 있어야 할 옥석이 보이지 않아 사방을 두리번거렸다. 뜻밖에 북쪽에서 내려오고 있었다. 영감을 본 옥석이 빠른 걸음으로 다가와 잠시 건청궁에 들르라는 왕후의 말을 전했다.

"사실이렷다! 누구에게 들었느냐?"

영감이 잔뜩 목소리를 낮추어 말했다.

"중궁전 나인의 말이옵니다. 북촌의 집에 갔다가 의금사에 들렀다고 하옵니다."

그 정도면 틀림없었다. 영감은 고개를 끄덕이며 오랜만에 왕후를 떠올렸다. 사사로이는 11촌 조카이다. 자손이 많은 집안에서 보면 남과 다름없지만 아버지를 잃고 선대봉사할 양오빠를 잃고 양 조카마저 청에 붙박여 살고 있는 왕후에게는 11촌이 형제와 마찬가지였다.

영감이 교자에 타려는 순간 아침나절에 집에 왔던 별감이 쪼르르 달려왔다. 왕후께서 영국의 토끼굴에서 나온 늙은 지리학자와 만났다고 했다.

"토끼굴?"

영감이 심드렁하게 물었다.

"중궁전의 나인에게 들었습니다만……."

영감은 더 이상 묻지도 듣지도 않았다. 마음 같아서는 그것을 말이라고 하는지 호통을 치고 싶었지만 정작 중요한 정보를 전해주지 않을까 봐 참을 수밖에 없었다. 미련한 놈, 영감은 그 말을 삼키느라고 길게 기침을 했다.

왕후는 하나도 늙지 않았다. 세자 혼례식 때와 마찬가지로 팽팽하고 고운 모습이었다. 소문대로 왕후가 늙지 않기 위해 말린 지네를 먹고 여우의 간을 갈아 얼굴에 바르는지도 모를 일이라고 생각했다.

"바쁜 대감을 뵙자고 했습니다. 제가 뵈러 갈 수 없으니 어쩔 수가 없어 모셔오라고 했습니다. 결례를 용서하십시오."

왕후는 진정 미안하다는 듯이 고개를 숙였다. 영감은 깜짝 놀라, 자주 문안드리지 못함을 용서해달라고 서둘러 말했다.

"어지러운 때 왕후 마마의 강령하심이 나라의 큰 힘인 줄 사려되옵니다. 하온데 무슨 일로 소신을 찾으셨는지."

영감은 손등의 저승꽃에 눈을 두고 말했다. 영감의 말투는 주상의 부름을 받았을 때의, 오랫동안 몸에 익은 것이었다. 오래간만에 하는 말이라서 조금 딱딱하다고만 생각했지 여기가 대전이 아니라 내전이라는 사실은 생각하지 않았다. 왕후에게 무척 낯선 대화 방식이란 것도 죽을 때까지 알지 못했을 것이다. 왕후는 그저 영감에게 파루 소리를 들었냐고 묻고 싶었다.

"그냥 차라도 한 잔 하자고……."

왕후는 말을 하다 말고 입을 다물고 영감의 등 뒤에 엎드려 있는 김 상궁에게 눈을 두었다. 아녀자들에게나 할 말이지 영감에게 할 말이 아닌 듯했다. 당황하여 잠시 말을 멈추었던 왕후는 주먹을 쥐고 허리와 가슴을 펴고 낮고 딱딱한 목소리로 물었다.

"뵙자고 한 것은 다름이 아니라 듣자하니 오늘 새벽에 친 파루의 시간이 문제라 하셨나이까."

영감은 묘한 일이라고 생각했다.

"그러하옵니다만……."

"아녀자라 할 일이 없어 시간 가는 것만 염주를 세듯 세고 있소이다. 멀리도 아니고 오늘 새벽이라면 기억이 생생한데, 그 시각은 한 치도 틀리지 않았소이다. 시간이란 게 원래 몸에 새겨지는 게 아니겠소이까. 내 수십 년간 그 소리를 듣고 아침저녁을 맞았습니다. 이제 내 몸이 그 북소리에 익숙해져 있을 터인데 오늘 새벽의 파루는 내 몸과 한 치도 빈틈이 없었소이다. 내 자세히는 모르나 그 전루군은 아주 오랫동안 누각에 있었던 것 같은데……. 오히려 장한 일이 아니겠습니까?"

왕후는 자신이 너무 많은 말을 하고 있다는 걸 느꼈다는 듯이 입을 다물었다. 한 마디도 놓치지 않고 듣고 있던 영감이 물었다.

"혹시 그 전루군을 아시옵니까?"

영감이 귀밑으로 번져오는 흥분을 지그시 누르며 물었다.

"내가 어떻게 전루군을 알겠소이까. 다만 수십 년 동안 친파루와 인정이 늘 일정했기 때문에 아는 것 같다는 느낌이 든다는 것이지요. 바다에서 해가 올라오고 산에서 달이 뜨는 것처럼 아주 묵직하게……. 커다란 바퀴를 돌리는 것처럼……. 그 소리를 듣고 있으면 시간은 흘러가는 게 아니라 쌓여가는 것처럼 생각되기도 하고……."

왕후는 입이 마른 듯 혀로 입술을 축였다. 왕후가 이렇게 많은 말을 하는 것을 영감은 처음 본 것 같았다. 그런데 바퀴라고 하셨나. 영감이 눈을 들어 왕후를 바라보았다.

"혹 바퀴시계를 보셨습니까?"

이번에는 왕후가 무슨 말인지 못 알아들었다는 듯이 눈을 크게 뜨고 물었다.

"바퀴시계라니요?"

"소신도 들은 이야기입니다요. 누각 창고에 전루군의 아들이 바퀴로 가는 시계를 만들었다고 해서⋯⋯."

"물시계가 아니라 바퀴시계라고요?"

왕후가 말끝을 흐렸다. 분명 소금 생각을 하고 있을 것이라고 생각한 영감이 잘라 말했다.

"그 맹랑한 자의 이름이 박봉출이라고⋯⋯. 여주 출신이라 하옵니다."

오줌이 새듯 저절로 말이 새나왔다. 영감은 사추리를 조이듯 인상을 썼다.

"그렇소이까."

왕후는 뜻밖이라는 듯 움찔한 반응을 보였다. 여주는 왕후의 고향이었다. 하필이면 여주가 고향인 자의 일에 끼어들다니, 아주 곤란한 표정이었다. 개혁당에서 알면 무슨 소리를 할지 모를 일이었다.

"고향이라 해도 떠난 지 오랩니다."

왕후는 단호하게 말했다.

영감은 그럴 수 있다고 생각했다.

왕후는 어릴 때 아버지를 잃고 여주를 떠났다고 했다. 집도 없이 인현왕비의 사가(私家)를 지키던 집안 처녀가 왕후로 간택되었을 때 놀라움은 생생했다. 누구나 노론 김병하의 여식이 왕후가 될 줄 알았다. 대원군이 이미 약조를 했다는 소문이 자자했다. 그런데 여주에 살던 고아였다. 노회한 대원군만

이 할 수 있던 계책이었지만, 열여섯 살 난 왕후가 거대한 노론의 세력을 맞선 꼴이었다. 폐비는 시간문제인 듯했다.

"박봉출이란 자가 왕후마마를 위해 북을 친다 하기에 혹 아시는가 하고."

영감은 눈꺼풀을 밀어올리고 왕후의 눈을 보았다. 왕후의 눈빛은 변함이 없었다. 꼭 아무 말도 듣지 못한 사람의 눈빛이었다. 벽 보고 혼자 이야기를 한 것 같아 조금 무안했다. 쓸데없는 말을 한 것 같기도 했다.

"소신, 이만 물러가겠습니다."

절을 한 영감이 뒷걸음질을 쳤다. 등 뒤에서 문이 열리는 소리가 들렸다.

"그자의 이름이 무어라 했소."

영감은 걸음을 멈추었다.

'이름을 두 번이나 말했는데, 그걸 기억하지 못하다니……'

왕후는 분명 이상했다. 토끼굴에서 온 사람의 이야기를 들은 것이 아니라 자신 토끼굴에 갔다 온 것 같았다.

"박봉출이라 들었사옵니다."

6

봉출은 태어날 때부터 다섯 살이기라도 한 것처럼 열 살이
었는데도 열다섯 살 난 아이처럼 컸다. 얼굴은 길쭉하고 주먹
은 커다란 고구마 같았다. 두 칸 초가집은 봉출이 움직일 때
마다 흔들거렸다. 삐꺽거리는 마룻장 소리가 날 때마다 봉출
의 아버지는 소리 나는 쪽으로 귀를 기울이고 주의를 주었다.

"지붕 내려앉겠다. 살살 걸어라."

봉출은 힐끔 아버지를 쳐다보고는 마당으로 뛰어내렸다.
휙 바람이 스쳐 지나갔지만 아버지는 아들이 무엇을 했는지
정확히는 알지 못했다. 그는 장님이었다. 종묘에 제사 지낼
시간을 잘못 알린 죄로 의금사에 끌려갔다. 주상께서는 당장
목을 칠 일이지만 누대로 관상감에서 일한 공을 생각하여 곤
장 백 대에 처하라고 했다. 그는 그 자리에 엎드려 애원을 했
다. 목을 쳐 주상 전하의 지엄하심을 만천하에 알려달라고 애
원을 했다. 애오라지 진심이었다. 그러나 한번 내린 주상의
명은 쉽게 바뀌지 않았다. 그는 곤장 백 대를 다 맞고도 더 맞
겠다고 떼를 썼다. 어떻게 매를 쳤으면 저런 말을 하겠냐고
형조의 관리가 고함을 질렀다고 했다. 형리들은 처음 보는 일

이라 서로 눈만 끔뻑이며 봉출의 아버지를 밖으로 끌어냈다.

그 일 때문인지 그가 눈이 먼 것을 두고, 스스로 눈을 찔렀다는 말이 있었다. 그는 그 말을 들을 때마다 귀가 먹은 사람처럼 아무 말도 하지 않았다. 일 년 뒤 괴질로 아내를 잃고 고향인 충청도로 내려왔다.

마당으로 뛰어내린 봉출이 마당 한가운데 서서 그림자를 재고 있었다. 아침 먹고 잰 것보다 한 뼘 정도 길었다.

"사람 키는 똑같은데 그림자 길이는 왜 달라요?"

봉출이 물었다. 아버지가 손으로 마루를 내리쳤다.

"저놈이 똑같은 질문을 몇 번씩 하는 게야?"

아버지의 답은 처음을 빼고는 똑같았다. 그런 쓸데없는 질문은 하지 말라고 한 것이 처음의 답이었다.

"곧 새어머니가 오실 게다."

아버지는 찌그러진 대문을 바라보며 남의 말 하듯 했다. 봉출은 그림자를 끌고 이리저리 뛰어다니다 그 자리에 멈춰 섰다. 갑자기 오줌 나오는 곳이 막힌 듯 아렸다.

바람만 불어도 눈썹에 먼지가 앉을 정도였다. 석 달 동안 비 한 방울 내리지 않았다. 아버지가 당산에 기우제를 하러 간 틈을 타 봉출은 산에 올랐다. 계모는 한 살배기 동생과 자고 있었다. 봉출의 겨드랑이에도 닿지 않을 정도로 키가 작았지만 닭 잡는 데는 귀신이었다. 지난여름엔 염소까지 잡았다. 새끼줄에 매인 염소를 끌고 오다가 슬쩍 다리 밑으로 처넣었다는 것이다. 계모는 염소가 제물로 떨어진 것이라고 했지만, 산에서 내려오던 친구가 차는 걸 봤다고 했다. 어느 쪽 말이 맞는지 알 수 없지만 계모는 목 졸려 죽은 염소 한 마리를 며칠 동안 잘 먹었다.

계모가 들어온 뒤부터는 집에 있기가 싫었다. 서당도 하루 걸러 한 번씩은 빼먹었다. 안 그래도 하기 싫은 공부가 더 하기 싫었다. 서당을 빼먹고 가는 데가 납산이었다. 민둥산이 된 다른 산과는 달리 그 산은 한 치 앞이 안 보일 정도로 나무들이 빽빽했다. 빽빽한 나무 사이로 넓디넓은 공터가 나왔다. 민씨 집안의 묘지였다. 아주 잘 다듬어진 묘지가 둘씩 셋씩 짝을 지어 있었고 묘 앞의 커다란 비석에는 깨알 같은 글씨가 가득했다. 다들 할 말이 많은 듯했다. 그 무덤 중엔 백 년 전 왕비의 무덤도 있다고 했다. 아직 떼가 제대로 앉지 않은 무덤도 있었다. 몇 달 전에 죽은 민 첨정의 것이었다. 민 첨정은 왕비의 묘지를 돌보던 사람이었다.

봉출은 묘지 끝에서 숨을 돌리고 산속으로 들어갔다. 산속엔 나무 열매가 많았다. 나뭇잎만 한 새떼들이 가지 위에 앉아 나무를 더 무성하게 했다. 새들이 날아갈까 봐 땅에 떨어진 열매 하나를 소리 나지 않게 주워 먹었다. 익기도 전에 떨어진 것이라 쓴맛이 났다. 아주 조금씩 쓴맛을 넘길 때면 비석에서 본 글자들이 자신의 몸에 새겨지는 듯했다.

하늘이 껌껌해지면서 빗방울이 떨어졌다. 나뭇잎이 축 처질 정도로 굵은 빗방울이었다. 뿌리를 덮은 흙들이 씻겨 내려갔다. 머리끝에서 물이 뚝뚝 떨어졌다. 빗줄기가 금방 옷 속으로 파고들었지만 봉출은 인상을 찌푸리지는 않았다. 아버지가 기우제를 지낸 것만 해도 세 번이었다.

잠시 동안이었는데도 물은 마른 땅을 적시고 골을 팔 정도로 무섭게 내렸다. 봉출은 미끄러지는 짚신을 벗어 손에 들었다. 냇가에 닿기도 전에 물 내려가는 소리가 콸콸콸 들렸다. 나뭇가지 사이로 돌에 부딪쳐 하얗게 부딪히는 물줄기가 보였다. 저쪽 산 너머에서 번개가 번쩍거렸다. 천둥소리가 세상을 동강낼 듯이 들렸다. 다 어디로 숨었는지 새 한 마리 보이지 않았다. 어쩐지 무서운 생각이 들었다. 계모가 있는 집이지만 처음으로 집에 가고 싶었다.

밟고 건너왔던 돌들이 물에 잠겼다. 하나도 보이지 않았다. 봉출은 잠시 걸음을 멈추고 물의 깊이를 가늠했다. 아무래도 허벅지까지는 물에 잠길 것 같았다. 젖은 옷이지만 물에 잠기는 것은 싫어서 바지를 걷어 올렸다. 왼쪽 바짓가랑이를 걷어 올리고 얼굴을 들었는데 아래쪽에 하얀 무엇인가가 있었다. 새도 아니고 짐승도 아니었다. 새보다는 분명 크고 짐승보다

는 작았다. 자세히 보니 머리가 까만 자그만 아이였다. 놀랍
게도 조금 전에 본 새 무덤, 민 첨정의 외동딸이었다. 아버지
의 무덤을 찾아왔다가 비를 만난 모양이었다.

함부로 아는 척할 수는 없었다. 권세가 조금 기울어졌지만
왕비를 배출한 부원군의 집안이었다. 천문관이었던 아비와
비교도 할 수 없었다. 그러나 냇물이 불어나는 지금 집안의
높고 낮음을 따질 때는 아니었다. 그런데도 딱 말문이 막혔
다. 소녀와 눈이 마주치자 얼굴까지 붉어졌다.

봉출은 흐르는 빗물로 얼굴을 씻고 여자아이 쪽으로 걸음
을 옮겼다. 여자아이는 눈을 반쯤 내리뜨고 몹시도 그를 경계
하고 있었다. 봉출은 두어 걸음을 남겨 두고 크게 외쳤다.

"빨리 업히시오!"

비는 더 세차게 퍼부어 앞을 분간할 수도 없었다. 여자아이
가 웅크렸던 몸을 폈다. 빗물이 얼굴을 타고 내리는데도 미동
도 하지 않았다. 새침한 처녀 같은 분위기였지만 예닐곱 살도
안 된 아이였다. 히익, 산 쪽에서 비를 앞세운 바람이 휘몰아
쳤다. 나뭇가지들이 부러질 듯이 휘어졌다. 비단 저고리와 치
마가 온몸에 착 달라붙어 여자아이의 가느다란 몸을 남김없
이 드러냈다. 소녀는 몸에 붙은 치마를 떼어낸다고 걸음을 멈
추었다. 떼어내도 소용이 없었다. 물에 젖은 비단 치마가 다
리를 칡넝쿨처럼 휘감았다. 허벅지 사이로 들어간 치마가 꼼

짝도 하지 않았다. 치마를 입지 않은 것 같았다. 아주 망측한 모습이었다. 여자아이도 그 생각을 한 걸까. 앙 울음을 터뜨렸다. 이제 돌 지난 아이와 같은 목소리였다. 부친의 장례식 때도 입술을 깨물고 울음을 삼킨 영악한 아이였다. 소녀가 눈물을 닦는다고 손을 들자 저고리가 딸려 올라가 치마 말기가 드러났다. 손가락을 갖다 대기만 해도 툭 하고 끊어질 듯 가늘었다. 봉출은 발갛게 달아오른 얼굴을 감추기 위해 얼른 돌아서 등을 내밀었다.

"빨리 업히시오!"

여자아이는 신기하게도 눈물을 뚝 그치고 그의 등에 업혔다. 살이 파일 정도로 어깨를 꽉 잡았다. 심장 뛰는 소리가 얇은 비단 저고리를 통해 빠짐없이 들려왔다. 자신의 심장 뛰는 소리와 똑같아서 더 어지러웠다. 다섯 걸음이면 건널 내를 여덟 걸음이나 걸었다. 내를 다 건넜을 때도 여자아이는 아무 말이 없었다. 봉출도 내려놓기가 싫었다. 멀리 소녀의 집이 보였다. 내려달라고 했다.

비는 조금 가늘어졌고 바람도 잦아들었다. 치마도 다리에 휘감기지 않았다. 여자아이는 언제 아기처럼 울었냐는 듯 다 큰 처녀애로 변해 마을 쪽으로 걸어갔다. 마을 안길에서 소녀의 어머니가 달려오고 있었다. 그 모습을 본 여자아이가 걸음을 멈추고 고개를 숙인 채 말했다.

"오늘 큰 신세를 졌구나. 이름이 무엇이냐?"

"봉출이라 합니다."

"봉출이라, 목소리가 더 좋구나. 내 잊지 않겠다!"

민 첨정의 외동딸이 한양으로 떠난 뒤 더 자주 산에 올라갔다. 나무는 여전히 울창하고 열매는 빽빽했다. 민 첨정의 무덤에도 고운 떼가 앉았다. 이제 그 무덤을 돌보는 일은 이웃 마을에 사는 또 한 명의 첨정이 한다고 했다.

산에서 활쏘기를 하다 돌아보면 무덤 앞에 나이 어린 처녀가 있는 것 같기도 했다. 비바람이 몰아쳐 허벅지를 휘감은 검은색 비단 치마와 박속처럼 드러났던 보얀 겨드랑이를 떠올리며 얼굴을 붉혔다. 그 처녀가 앉아 있던 바위틈과 돌 위에 서면 가슴이 두근거렸다. 그날 이후로 물에 담긴 적이 없는데도 늘 두 다리가 후들거렸다.

봉출은 머리만큼 키가 더 자랐다. 발은 작은 나룻배를 꽉 채울 만큼 커졌다. 그런데 목소리만은 변하지 않았다. 남자인지 여자인지 구별할 수 없이 여전히 고왔다. 그때쯤 왕이 죽었다는 소식이 봉출의 마을에도 들렸다. 후사가 없이 죽었으니 나라의 뿌리가 뒤흔들릴 일이라고 했다. 늘 먹는 것밖에 모르는 계모조차 나라 걱정을 했다.

남쪽 경상도 지방에 달포 전부터 민란이 일어났다고 했다.

난군들이 가담하지 않은 사람들의 불알을 깐다고 했다. 그 말을 듣는 순간 갑자기 오줌이 마려웠다. 여주에서 난이 일어난다면 자신의 불알도 무사하지 않을 것이라는 생각을 했기 때문이었다.

다행히 봉출이 사는 곳엔 난이 일어나지 않았다. 몇 번 떠들썩하다가 가라앉은 모양이었다. 아버지의 말에 의하면 난도 뼈대 있는 곳에서는 일어나지 않는다고 했다.

"이곳은 왕후께서 태어나신 곳이 아니냐?"

아버지는 중요한 사실을 잊지 말라는 듯이 눈을 소리 없이 파닥거렸다. 여섯 살에 이곳을 떠난 아이가 십 년 뒤에 왕후가 되었다는 소식을 들었다. 그때 봉출은 사흘씩이나 아무 말도 하지 않았다. 그 여자아이가 왕후가 되었다는 게 도저히 믿기지 않았다. 지금도 마찬가지였다.

"아버님, 아랫마을에 살던 민 첨정 집 외동딸이 맞습니까?"

아버지는 돗자리를 짜다가 짜증을 내셨다.

"벌써 가는귀가 먹었냐. 몇 번을 이야기해야……. 그런데 니놈 목소리는 왜 나이를 먹어도 그 모양이냐? 어린애처럼……."

봉출은 깜짝 놀라 입을 다물었다.

북소리를 기억하는 사람들

1

민 대감이 돌아가자마자 왕후는 화장을 담당하고 있는 한 나인을 찾았다. 김 상궁이 안색이 좋지 않다고 했다. 사실 머리가 깨질 듯 아팠다. 어제까지만 해도 위가 좋지 않아 전의를 하루에 한 번씩 불렀지만 사흘들이 푹푹 쑤시는 눈에 대해서는 아직 말하지 않았다. 그래도 이가 아프다 배가 아프다 소변보기가 힘들다며 전의를 바쁘게 했다. 내의원에선 왕후의 잦은 병치레에 이런저런 입방아를 찧었다. 팔십에 죽은 대왕대비만 못하다느니, 엄살이 너무 심하다느니 하는 말들이었다. 어떤 말이든 시간이 문제이지 꼭 왕후의 귀에까지 들어왔다. 듣기 좋은 말은 아니었다. 가장 듣기 싫은 말이 담뱃병

이라는 것이었다. 그런 소문까지 들은 터여서 갑자기 쑤셔오
는 앞머리에 대해서는 말하지 않았다. 안동 여인의 이야기를
들은 뒤부터였다. 이승과 저승의 경계가 엄연하거늘, 치마폭
에 편지를 쓴 것도 놀라운데, 그곳 소식을 전해달라고…….
뼈가 시릴 정도로 절절한 그리움이었다. 왕후는 가을 거미처
럼 까맣게 말라가는 몸뚱이가 새삼 서글펐다.

"왜 이리 늦느냐?"

왕후는 머리를 톡톡 치며 재촉을 했다. 김 상궁이 알아보겠
노라며 몸을 돌리다가 말았다. 곧 세수방의 한 나인이 비단
수건과 잠자리 옷, 사각거울을 들고 나타났다.

"마마, 갑작스런 부름이라 조금 지체되었습니다."

한 나인이 먼저 실토를 했다. 기름처럼 번들거리고 수양버
들처럼 낭창거리는 궁녀였다.

"서둘러라."

왕후는 짧게 일렀다. 한 나인이 짙은 화장 냄새를 풍기며
다가와 어깨까지 늘어진 긴 비녀를 뽑고 머리 위에 얹은 가체
를 내렸다. 검고 윤이 반들반들한 가체를 내리자 아침에 염색
한 머리가 가슴 앞에 늘어졌다. 그것만으로도 살 것 같았다.
휴, 숨을 내쉬자 한 나인이 얼굴에 끈적끈적한 기름을 발랐
다. 그 기름이 두껍게 바른 분을 지워낸다고 했다. 이번에는
두 손가락에 비단 수건을 감아 이마에서부터 화장을 지웠다.

살굿빛의 화장이 묻어나오는 만큼 그보다 더 검은색의 얼굴
이 드러났다. 눈가와 콧등의 주름, 성근 눈썹, 검은 기미까지,
왕후는 거울 속에 나타난 얼굴이 낯설어 눈을 감았다. 한 나
인이 새 수건으로 한 번 더 얼굴을 닦아냈다. 얼굴이 화끈거
렸다.

"그만 하거라."

왕후가 낮게 목소리를 깔고 말했다.

"황공하옵니다, 마마. 서양 분은 감쪽같기는 하나 지우기
가……."

한 나인이 변명을 했다. 왕후의 기미가 너무 심해 분을 두
껍게 발라야 하고 그러다 보니 지우기가 힘들다는 것이었다.
화장을 하고 비녀를 꽂을 때마다 듣는 말이었다. 깨끗이 닦아
내야만 다음 번 화장이 잘 듣는다는 말도 잊지 않고 덧붙였
다. 모두 주상 전하와 조선 왕실을 위한 일이었다. 개항 이후
로 화장을 하는 시간도 지우는 시간도 늘어났다. 머리와 옷은
갈수록 화려해졌다. 수시로 외국 공사관의 관리들과 조선을
방문한 외국인을 만나야 했다. 궁내부에선 그때마다 조선의
인상이 왕후에게 달렸다고 했다. 오직 그럴 때에만 왕후를 필
요로 하는 것 같았다.

화장을 지운 한 나인이 세안수를 대령했다.

"조금 데웠습니다."

따뜻한 물이 얼굴에 닿자 뻑뻑했던 살갗이 조금씩 풀리는
것 같았다. 그 다음 순서는 왕후도 알았다. 이젠 율무 가루를
탄 꿀을 바를 차례였다.

"가을이라 그런지 얼굴이 많이 상하셨사옵니다."

김 상궁이 언제 왕후의 눈을 훔쳐보았는지 눈을 내리깐 채
말했다. 왕후는 김 상궁 옆에 있던 거울을 당겨 얼굴을 비춰
보았다. 광대뼈 옆에 조그맣게 있던 기미가 코 쪽으로 빠르게
번지고 있었다.

"김 상궁, 이 시커먼 것들이 왜 유독 얼굴에만 돋아나는 것
이냐?"

"마마의 심신이 허약하여."

김 상궁의 말에 왕후는 눈살을 찌푸렸다.

"하나마나한 소리."

누군가 써놓은 자디잔 언문 글씨 같지 않냐는 말이 목구멍
까지 올라왔다. 누구에게도 말할 수 없어 가슴에만 묻어두었
던 말이 어느 순간 입이 아니라 얼굴에 거뭇거뭇한 글씨로 나
타난 것 같아, 두려운 느낌마저 들었다.

"마마, 자리에 누우심이……."

한 나인이 노란 꿀을 한 수저 떠올리며 가까이 다가왔다.
갑자기 모든 게 참을 수 없이 귀찮았다.

"됐다."

왕후의 말에 한 나인이 움찔했다. 조그만 변화에도 자신의 언동을 되짚어보는 것이 궁녀들이었다.

"머리가 좀 아프구나. 물러가라."

한 나인이 그제야 편안한 얼굴로 비단 수건을 치우며 일어났다.

"마마, 내의원에 통기를……."

김 상궁이 왕후의 턱밑에 눈을 고정시키고 안색을 살피는 듯했다. 왕후는 그 눈길을 피해 돌아누웠다. 머리가 아픈 건 아니었다. 마음 한구석이 아려오면서 몸에 있던 힘이 마디마디 빠져나갔다. 멧돼지를 때려누일 듯이 씩씩했던 영국 여자가 생각났다. 석 달 넘게 배를 타고 온 사람은 그 늙은 여자가 아니라 자기 자신인 것 같았다. 그게 가당키나 한 일인지……. 왕후는 안동 여자의 이야기를 들었을 때도 똑같은 말을 한 사실이 떠올라 입을 다물었다.

"그럴 필요 없다. 자고 싶을 뿐이다."

왕후는 눈을 감은 채로 말했다.

"왕후 마마, 저녁 수라이옵니다."

김 상궁의 목소리에 눈을 떴다. 방 안에 촛불이 켜져 있었다.

"내가 한참 동안 잔 모양이다."

왕후는 삐쭉 튀어나온 머리를 만지며 물었다.

"하도 곤하게 침수 드신 터라, 수라를 돌려보냈습니다. 야심해져……. 죽을 대령했사옵니다. 두통은 어떠신지."

"괜찮다."

비가 개인 듯 머리가 맑았다. 온몸을 흔들던 안동 여자의 이야기도 이젠 책 속의 글자처럼 얌전했다. 그런데 입맛은 전혀 없었다. 죽이든 밥이든 한 숟가락도 먹기 싫었다. 그래도 숟가락을 들었다. 숟가락에 담긴 노란 녹두죽을 멍하니 바라보던 왕후가 물었다.

"그런데 몇 점이냐. 인정 소리를 못 들은 것 같은데……."

왕후는 주변을 돌아보며 물었다.

"초로 보아 유시는 된 듯하옵니다."

김 상궁은 침장 위에 놓인 이룡촛대를 보고 말했다. 인정 소리를 듣지 못했다 뿐이지 시각은 도처에서 확인할 수 있었다. 왕후는 맞다는 듯이 고개를 끄덕거리다가 눈을 반짝 뜨며 물었다.

"늙은 지리학자 말이다. 토끼굴에 가면 시간이 반대로 움직인다고 했지."

왕후가 숟가락을 든 채로 말했다. 윗목에서 작은 밥상의 죽 그릇 뚜껑을 열던 김 상궁의 손이 순간 멎었다.

"예전에는 있을 수 없는 일이라고 생각했는데……."

김 상궁이 소리 나게 침을 삼키고 말했다.

"마마, 그건 지금도 있을 수 없는 일이옵니다. 물처럼 흐르고 살처럼 날아가는 시간이 어떻게 반대로 움직이겠습니까?"

"글쎄, 나도 그렇게 생각했다니까. 이야기 속에서나 있는 줄 알았어. 이야기 속에서는 시간을 거슬러 가는 일이 자주 있지. 십 년이 한 줄일 때도 있고 하루가 여러 장일 때도 있고……. 김 상궁도 하루가 길 때도 있고 짧을 때가 있겠지. 서양에는 새보다 빠른 마차도 있다는데."

왕후는 숟가락을 아예 내리고 있었다.

"그리고 보면 시간은 반대로 흐르기도 하고 뒤엉키기도 하는 것 같아. 그러니까 전루군이 친 시간이 틀렸다는 사람도 있지. 참, 누각에 물이 아니라 바퀴로 가는 시계가 있다는군. 그렇게 되면."

왕후는 숟가락을 들다 말고 갑자기 무엇인가 생각났다는 듯 급박하게 김 상궁을 불렀다. 김 상궁은 대꾸할 말을 잃은 채 왕후를 바라보기만 했다.

"누각에서 올라온 소금 말일세. 그게 어디에 있을까. 내 어디서 들은 것 같기도 하고……."

"누각에서 올라온 소금 말씀이오니까?"

김 상궁의 목소리가 뜻밖이라는 듯 가늘게 떨렸다.

"그렇다니까."

언뜻 짜증을 냈다. 김 상궁을 향해서라기보다는 날 듯 말 듯한 기억 때문이었다.

"아, 생각났다. 낙선재에 있다고 한 것 같은데."

"지금도 그러하온 줄 아옵니다. 그런데 어인 일로……."

김 상궁이 낮게 엎드리며 물었다. 삼십 년 가까이 왕후를 모시고 있지만 감히 질문을 하는 건 예법에 어긋난 일이었다.

"물시계가 멎은 적이 있는가."

왕후는 김 상궁의 질문이 들리지도 않는다는 듯 멀뚱한 눈으로 물었다.

"소신이 듣기에는 없는 줄 아옵니다."

"그렇겠지. 임란 때도 호란 때도 누각이 사직을 따라 움직였으니 물시계가 멈추었을 리가 없지. 그런데 지금은 누각이 비었으니 물시계가 멈춘 게야."

왕후는 혼자 중얼거리다 몸을 앞으로 내밀었다. 검긴 하지만 여전히 푸석푸석한 머리채가 가슴 앞에 드리워졌다.

"김 상궁! 그 소금을 가져와 보게."

왕후의 말이 끝나자마자 김 상궁이 납작 엎드렸다.

"마마, 전례가 없던 일이옵니다. 아뢰옵기 송구하오나 모든 선대의 왕비마마처럼, 왕실의 예에 따라 왕후마마의 장례식 때 같이 부장하는 걸로 알고 있사옵니다."

"나도 알고 있는 일일세. 보고 다시 갖다놓으면 되지 않겠

나. 그리고 내 듣기로 이 일은 내전의 일이라 들었으니 내각이나 대전의 주상께 고할 필요는 없네. 그래도 자네 말대로 전에 없던 일이니 다른 사람의 눈에 띄지 않는 것이 좋겠구면. 그리고 이 상은 물리게."

왕후는 보기 드물게 김 상궁을 재촉하였다.

김 상궁을 낙선재에 보낸 후 왕후는 다시 자리에 누웠다. 휘잉, 초가을 바람치고는 센 바람이 지나갔다. 딱, 무엇인가 땅에 떨어지는 소리가 났다. 나뭇가지가 부러진 것 같기도 했다. 다시 쑤웅, 바람 소리가 들렸다. 끊임없이 소리가 났다. 도대체 저 소리들이 어디서 나는 것인지. 인정을 치지 않으니 소리조차 시간을 잃은 것 같았다. 촛불은 그대로인데 방 저쪽은 더 어두워진 것 같기도 했다. 왕후의 머리 안까지 어둠이 밀려왔다.

툭, 다시 무엇인가 떨어지는 소리가 나고 불꽃을 따라 방 안 이곳저곳이 어두워졌다 밝아졌다. 분명 같은 방인데, 다른 방인 듯 낯설었다. 왕후의 머릿속도 어두워졌다 밝아졌다. 열이 나는 것도 같았다. 왕후는 눈을 감았다. 이상하다. 감은 눈 속에 또 눈이 있다. 그 눈이 자신을 보고 있었다. 어디서 본 듯한 눈이었다. 옆으로 긴 검은 눈. 아, 깜빡 잊고 있던 누군가를 뜻밖으로 만난 듯 짧은 탄성이 새어나왔다. 방 안 왼쪽 구석에 노란 저고리에 남색 치마를 입은 소녀가 왕후를 빤히 보고 있었다. 분명 어디선가 본 듯한 얼굴이었다.

그때부터 거뭇거뭇 퍼져 있던 기미들이 뭉치고 흩어지며 글자로 혹은 말로 변해 이야기를 하기 시작했다. 물론 소녀의 이야기였다.

세상 사람들은 소녀를 생각하거나 볼 때마다 소녀가 아닌 다른 사람을 떠올렸다. 소녀의 아버지는 죽는 순간까지, 심장 가까이 앉아 있는 소녀의 손을 잡고서도 소녀가 아닌 다른 것을 떠올렸다. 아무도 입 밖에 내지는 않았지만 소녀는 그것이 무엇인지 잘 알고 있었다. 그러나 왜 그렇게 해야 하는지에 대해서는 이해를 할 수 없었다.

어른들은 똑같아. 왜 나만 보면 아들 생각을 할까.

소녀가 나이 든 사람처럼 탄식을 했다. 바느질을 하고 있던 어머니가 아야, 비명을 질렀다. 손이 찔린 모양이었다. 어머니는 손가락이 아니라 가슴이 찔린 것처럼 여섯 살 난 딸을 물끄러미 바라보았다. 아들이었으면 얼마나 좋을까 하는 생각을 그 순간에도 하고 있었던 것이다.

예닐곱 소녀가 사람들의 마음을 들여다볼 수 있게 된 것은 소녀가 특별한 재능을 가졌기 때문은 절대 아니었다. 사람들이 모두 소녀를 보고 소녀가 아닌 다른 것을 생각하기 때문이었다.

집 뒤엔 숙종대왕의 장인, 민유중의 집채만 한 무덤이 있고 오른쪽엔 처녀의 방보다 큰 거북이 목을 왼쪽으로 구부리고 있었다. 아버지는 거북이 세상을 떠받들 만큼 힘이 세고 잡귀와 나쁜 기운을 몰아낸다고 했지만 소녀는 어쩐지 무서웠다. 움직이지 않는 것 같지만 조금씩 눈에 안 띄게 다가와 어느 날 둔하지만 날카롭게 생긴 앞발로 소녀를 낚아채 두꺼운 등껍질 속에 감출 것 같았다. 소녀는 몰래 흙을 개어 거북의 눈을 가렸다.

종종 큰 갓을 쓴 어른들이 하인을 앞세우고 소녀의 집을 찾아왔다. 하인의 지게에는 흰 떡과 팔뚝만 한 생선과 소녀의 머리통만 한 과일들이 얹혀 있었다. 아침나절까지 신음소리를 내며 누워 있던 아버지는 꾀병처럼 일어나 분이 오른 듯 뽀얀 두루마기와 검은 갓을 쓰고 민유중 대감의 무덤으로 손님을 앞세웠다. 소녀가 본 아버지는 늘 무덤으로 가기 위해 사는 사람이었고 사실 그 무덤 덕분에 살기도 했다.

아버지가 돌아가셨을 때 소녀는 울지 않았다. 차마 울 수가 없었다. 아버지의 죽음 뒤에도 삶은 계속되는지, 계속된다면 어떤 모습일지 숨이 막혔다. 그제야 사람들은 눈물을 안으로 삼키고 있는 소녀를 유심히 보기 시작했다. 소녀는 흘러내린 치마를 말아 올리지도 않고 빈소 한구석에 가만히 서 있었다.

눈여겨보지 않으면 눈에 띄지도 않을 아이였다. 그러나 어쩌다 눈이 마주친 사람들은 끔쩍 놀랐다. 분명히 아침저녁으로 몇 번씩 본 민 첨정의 외동딸이었는데 무척 낯설었다. 여섯 살이 아니라 열여섯 살 난 것 같기도 했다. 오늘 처음 본 것 같기도 했다. 왜 그렇게 보이는지 사람들은 알 수 없었다. 정 떼려는 거라고 나름 정리했다. 소녀는 곧 이 집을 떠나야 했다. 아녀자들은 묘막을 지킬 수 없기 때문이었다. 어쨌든 소녀가 그 집에서 더 이상 살 수 없게 되었을 때 소녀를 처음으로 발견한 것은 괴이한 일이었다.

앞서 걷던 늙은 노비, 치산이 걸음을 멈추었다. 여주읍의 나루에서 하루를 묵고 난 다음 배를 타고 강을 거슬러 올라 마포에서 또 하루를 묵고 그 다음 날부터 걷기 시작해서 꼭 사흘 만이었다. 여섯 살 난 여자아이가 걷기에는 험하고 긴 여행이었지만 아무도 소녀를 걱정하는 사람은 없었다. 소녀 역시 처음으로 읍내의 주막에서 잠을 자고 배를 타고 평생 처음으로 한성이라는 곳에 닿았지만 어머니의 손조차 잡지 않고 타박타박 노비의 뒤를 따랐다. 늙은 노비도 한두 번 돌아보며 업히겠냐고 물었지만 그때마다 소녀는 머리를 좌우로 흔들었다. 낯선 곳을 걷는 것보다 누군가의 도움을 받는 일이 훨씬 낯설었다.

오래된 나무 앞에서 노비는 걸음을 멈추었다. 옹이가 불거져 나와 비틀어진 나무는 절반은 죽고 절반은 살았는지 한쪽으로만 가지가 늘어졌고, 가지 위에 긴 꼬리를 늘어뜨리고 있는 까치가 앉아 있었다. 그 까치만이 유일하게 낯설지 않았다.

"이제 다 왔습니다. 아기씨."

치산은 터벅터벅 걸어오는 여섯 살 난 여자아이에게 처음으로 고개를 숙였다. 양반집 행랑채에서 잔뼈가 굵은 노비에게 시골 서너 칸짜리 초가에 사는 양반은 양반도 아니었다. 더욱이 아비도 없는 여섯 살 난 여식과 그 어미는 아무리 양반이라 하지만 행랑 사는 자신들과 별 다를 게 없다고 생각했다. 그러던 노비가 자기도 모르게 고개를 숙였다. 사흘 동안 입술을 꽉 다물고 몰래 큰 숨을 들이쉬고 내쉬는 여섯 살 난 소녀에게서 천한 것들은 차마 가질 수 없는 양반의 기질을 보았기 때문이다.

서른 칸이 넘는 안채와 사랑채가 마주 보고 그 밖에 행랑채가 있었다. 노비는 그 행랑채에 살며 안채와 사랑채를 살폈다. 안채의 마당 오른쪽에 조그만 쪽문이 있고 그 쪽문을 열면 별채가 있었다. 소녀와 그 어머니가 머물 곳이었다.

문을 열고 방 안 이곳저곳을 살피던 어머니는 치산이 마당을 돌아 행랑으로 사라지자 방 안으로 들어가 다리를 뻗었다.

소녀는 먼지를 툭툭 털고 툇마루를 오르다 고개를 돌렸다. 서쪽 하늘에 풀무질을 한 듯이 빨간 해가 걸려 있었다. 여주에서도 몇 번이나 봤던 것인데 한성에서 본 해는 장대로 따도 될 만큼 훨씬 가까워져 있었다. 소녀는 슬며시 손을 내밀어 보았다.

아무도 살지 않는다는 안채에서 들릴 듯 말 듯 소리가 나는 것 같았다. 웃음소리인지 울음소리인지 소녀는 구별할 수 없었다. 어머니는 바람 소리라고 했다. 고양이 소리라고도 했다. 어떤 땐 이웃집의 말 울음소리라고 했다. 소녀는 그 소리들은 아니라고 생각했다.

어머니는 소녀와 달리 치산 내외의 이야기 소리는 잘 들었다. 그 집 셋째 딸이 고뿔에 걸렸다든가 어느 대감 집의 제사라든가 혹은 전 승지 집 아들이 과거에 합격했다는 것이었다. 어머니는 때로 그 사람들과 간간이 말을 주고받기도 했다. 몇 번이나 되풀이하는 말도 있었다. 예를 들면 혼사 같은 것이었다. 참판 댁 규수가 대감의 동생 집 아들에게 갔다든가 승지의 아들이 군수 집 규수와 날을 받았다는 따위였다. 어머니는 분명 다른 사람의 이야기라고 했지만 소녀가 듣기에는 모두 비슷해 보였다. 한 달 전에 들은 것과 일 년 전에 들은 이야기를 구분할 수 없었다. 대신 고양이와 바람 소리, 이웃집 대감 집의 말 울음소리들은 날마다 들렸다. 분명히 다른 소리인데도 어머니는 들을 때마다 그 소리가 그 소리들이라고 했다. 그리고 어느 순간부터 안채에 함부로 들어가지 말라고 했다. 사람들의 눈에 나는 행동을 했다가는 다시 여주로 쫓겨 갈지도 모를 일이었다. 이상하게 그 말은, 들을 때마다 그 문을 열어보라는 뜻으로 들렸다.

햇빛이 무척 좋은 날이었다. 어머니는 빨래를 이고 청계천에 갔다. 행랑에서 치산댁이 아이를 야단치고 있었다. 아주 날카롭고 큰 음성이었는데, 그 음성이 별채 마당에서 사라지는 것을 느꼈다. 쨍하는 순간이었다. 지푸라기가 바람에 날려 담을 넘듯이 얼음이 녹듯이 잎이 바람에 날려 그 형체가 사라지듯이 말들이 흔적도 없이 사라졌다. 그 말들이 사라질 때마다 무엇인가 금이 가는 소리가 들렸다. 햇빛이 바람이기라도 한 것처럼 햇빛에 몸이 뒤로 밀리기도 했다. 소녀가 안채 툇마루 쪽으로 이동했을 때 안채 문이 저절로 소리도 없이 열렸다. 소녀는 햇빛에 밀린 듯 안채로 들어갔다. 늘 그곳에서 들려오던 말이 누군가 귀에 대고 속삭이는 것처럼 들려왔다. 그 말들은 분명 또렷했는데 소녀는 무슨 말인지 알 수 없었다. 그 말들은 귀 안에서 뒤엉켜 윙윙거리기만 했다.

하늘을 덮을 듯한 시커먼 기와지붕이 아래위로 마주하고 있었다. 커다란 대청마루 좌우로 입을 꼭 다문 하얀 장지문이 늘어서 있었다. 셀 수 없을 정도로 똑같은 모양의 문이었다.

마주 보고 있는 사랑에도 똑같은 문들이 쭈욱 늘어서 있었다. 언제 열었는지 모를 정도의 문들이 한꺼번에 활짝 열릴 듯 했다. 금방이라도 누군가 그 문을 열면서 문보다 더 하얀 버선코를 내밀 것 같았다. 아니 그중의 누군가 벌써 안채 뒤의 나무 옆에 서 있는 것 같기도 했다. 다시 여주로 쫓겨 갈지도 모른다는 어머니의 말이 떠올라 급히 별당으로 걸음을 뗐다. 별채로 통하는 문 입구에서 소녀는 걸음을 멈추었다. 아무래도 무엇인가 이상했다. 소녀가 발을 디딘 곳이 눈을 밟은 것처럼 파여 있었다. 소녀가 아니라 누군가 지나간 발자국을 다시 밟은 것 같기도 했다. 그 발자국을 뒤돌아본 순간 아주 먼 곳에서, 둥 북소리가 났다.

2

추(秋)는 무슨 소리라도 들은 듯 힐끔 뒤를 돌아다보았다. 벌써 세 번째였다. 장지문을 물들인 어둠이 더 짙어졌다. 책상 윗목에 놓인 서양초의 불꽃이 환해졌다. 책상 위엔 펼친 책들이 수북이 쌓여 있었다. 먹물이 묻지 않은 왼손으로 귀를 만졌다. 덩덩. 땅속에서 낮게 깔리는 인정 소리가 들리는 것 같았다. 머릿속까지 어둠에 완전히 물들었다.

시커멓게 먹물이 묻은 손가락을 내려다보다가 자리에서 일어났다. 우두둑, 허리와 오금에서 뼈 소리가 났다. 뒷목이 뻐근하면서 아려왔다. 더 일을 했다가는 곧 자리에 눕고 말 것이었다. 그는 협오당의 당직 별감에게 단단히 입직을 이르고 사무실을 나섰다.

영추문을 나서자 가마꾼 하나가 쪼르르 달려왔다. 북촌으로 가자고 말하기도 전에 가마꾼은 추(秋) 국장의 집을 안다는 듯이 동십자각 쪽으로 달아났다. 일을 할 때는 몰랐는데 가마에 오르니 사지가 녹아내리는 기분이었다. 머리 이곳저곳이 쑤시고 목 안도 따끔거렸다. 집에 가서 꿀물이라도 마셔야겠다, 추(秋)는 눈을 감았다.

가마꾼은 아주 빠른 걸음으로 동십자각을 지나 북촌의 골목으로 들어가고 있었다. 어두컴컴해서 조심스러울 듯도 한데 거침이 없었다. 걷어올린 바짓가랑이 아래로 드러난 정강이가 단단해 보이고 어깨가 딱 벌어진 게 스무 살쯤 되었을까. 병자년 강화도 조약 체결 후부터 집을 뛰쳐나와 개항장이나 한성을 기웃거리는 청년들이 부쩍 늘어났다. 그들 중 한 명일 가마꾼은 북촌의 외아문 북쪽, 민 대감의 집을 지나가고 있었다. 아침나절 의금사에서의 일이 생각나 저절로 목이 돌아갔다.

"저기 세우시게."

추(秋)는 골목 입구에 내려 백동화 두 닢을 건넸다. 가마꾼이 못 들어갈 것도 없지만 구불구불, 오르막길이어서 걷는 것이 더 빨랐다.

아래 위채로 된 작은 기와집이었다. 법부 국장이 된 이후 겨우 산 집이었다. 원래는 조금 더 넓은 앞집과 한집이었다고 한다. 노론의 한 세도가가 낙향하면서 판 집을 집장사가 둘로 나누었는데 그중 작은 집을 샀다. 그 집도 남산 밑 필동의 집이 오르지 않았다면 불가능했을 것이었다. 그곳에 일본인이 들어오면서 집값이 오르는 바람에 꿈에도 그리던 북촌으로 이사가 가능했다.

"단비야."

추(秋) 국장은 문을 열면서 열 살 된 딸아이의 이름을 불렀다. 두 살 아래였던 아들놈은 2년 전에 호열자에 걸려 죽었다. 오랫동안 빌고 빌어 얻은 아들이었는데, 그 이후 집안은 부쩍 적막했다.

"나으리 오십니다요."

찬모의 아들 도종이가 안방을 향해 고함을 지르자 혈색이 좋지 못한 아내가 그제야 안방 문을 열고 나왔다.

"아버지."

한 손에 책을 든 단비가 대청마루로 나와 인사를 했다. 아내가 그 책을 황급히 뺏어 감추었다. 추(秋) 국장은 언짢은 감정을 큰 기침으로 가리고 마루를 건너 안방으로 들어가 관복을 벗었다. 관복을 벗으니 머리카락 몇 올이 방바닥에 떨어졌다. 머리카락이 왜 이렇게 빠지지, 곧 양복을 입고 단발을 한다는데⋯⋯. 그의 숨겨진 걱정거리였다.

그는 배추꼬리만 한 상투를 조심스럽게 매만지며 탕건을 쓰고 아내를 바라보았다. 저고리 고름이 축 늘어져 있었고 치마는 쭈글쭈글했다. 비녀에서 빠진 머리카락이 뺨 위로 흘러내렸고 손가락엔 먹물까지 묻어 있었다. 그렇게 못 하게 해도 아내는 또 언문 소설을 필사한 모양이었다. 꼿꼿하게 화가 치밀어 올랐다.

방에는 역시 세책가에서 빌린 책들이 몇 권 뒹굴었다. 추(秋)는 사랑으로 나가다 말고 그 책을 주워 올렸다. 『숙향전』이었다. 얼마나 많이 빌려봤으면 표지는 삼베로 싸고 책장마다 기름칠을 해놓았다. 공부를 이렇게 했으면 진작 과거에 붙었을 게야⋯⋯. 속으로 혀를 차면서 책 표지를 넘겼다. 책 안 표지에는 별의별 욕이, '무식하게 욕을 하지 말라'는 당부를 깔아뭉개고 있었다. 가히 난장판이었다. 추(秋)는 더 볼 것도 없다는 듯이 책을 집어던졌다. 아내 옆에 선 딸아이가 비슷한 책을 들고 움찔했다.

"단비, 너 또 이딴 걸 보고 있느냐!"

추(秋)의 고함에 얼굴이 붉게 물든 단비가 입을 삐쭉거리더니 아내의 치마 뒤로 숨어버렸다.

"집에서 애는 가르치지 않고 뭐하는 거요?"

추(秋)는 아내를 나무랐다. 아이의 손에서 소설책을 뺏어들던 아내가 곁눈으로 힐끔 쳐다보았다. 검은 눈동자가 한쪽 구석으로 몰려가고 붉은 핏줄로 조각난 흰자위가 드러났다. 금방이라도 핏줄과 핏줄이 연결되어 눈 전부가 붉게 물들 것 같기도 하고 붉은 핏줄이 더 깊이 파고들어 흰자위가 조각조각 떨어져 내릴 것 같기도 했다. 그 순간이면 늘 이상하게 숨이 멎었다.

아내는 곧 눈을 내리깔고 안방을 나갔다. 저녁 밥상을 차리려 부엌으로 가는 모양이었다. 마루를 건너가는 아내의 걸음걸이가 조금 휘청거렸다.

"꿀물만 한 잔 주시구려."

추(秋)는 기둥을 짚고 마루 아래로 내려서는 아내의 뒷모습에 대고 말했다. 아내가 충분히 알아들을 수 있는 목소리였다. 그래도 아내는 아무 대꾸도 하지 않고 마루로 내려갔다. 아들을 잃은 후부터 아내는 말을 하지 않았다. 꼭 말을 해야 하는 순간이면 검은 눈동자를 한쪽으로 몰고 흰자위를 드러내며 힐끔 바라볼 뿐이었다.

"단비, 이리 오너라."

추(秋) 국장은 큰 숨을 내쉬고 두 팔을 벌리고 딸을 불렀다. 단비가 쭈뼛거리면서도 품에 와 안겼다. 보들보들한 살결에서 달착지근한 냄새가 났다. 죽은 아들놈의 땀내와 야물어가던 뼈가 떠올랐다. 이놈이 아들이었으면 얼마나 좋을까. 단비를 안을 때마다 느끼는 고통이었다. 팔에 힘이 들어갔던지 단비가 곧 품을 빠져나갔다. 팔이 허전해서 윗목에 놓여 있던 조그만 서탁을 끌어당겼다. 아내는 역시 언문 소설을 옮겨 쓰고 있었다.

아들이 죽은 뒤 아내는 넋이 빠진 듯 앉아 있다가 문득문득 울기도 했다. 자다가도 아들의 이름을 흐느껴 불렀다. 아내마저 어찌 될까 두려웠다. 그는 여전히 아침에 나갔다 저녁에 들어왔다. 긴긴 하루해에 울며 지낼 아내가 안쓰러워 세책가에서 언문 소설을 빌려다준 사람은 다름 아닌 자기 자신이었다. 처음에는 거들떠보지도 않던 아내가 조금씩 언문 소설을 읽는 것으로 해를 보내고 세책가에 들러 책을 빌려보는 것 같았다. 자제가 언문 소설에 빠지면 경사 공부를 게을리 하고 재상이 이를 일삼으면 묘당의 일을 보잘것없는 것으로 여기고 부녀자가 이를 일삼으면 길쌈하는 일을 끝내 폐지하게 된다고 했으나 마음이 상해 몸을 잃는 것보다는 낫다고만 생각했지, 이렇게 언문 소설에 빠져들 것이라고는 생각하지 못했다. 아내는 두어 달 전부터 세책가에서 빌린 책을 베끼기 시작했다. 빌리기도 귀찮다고 했지만 그 책을 가지고 싶거나 혹은 그 소설의 일부를 바꾸어서 세책가에 내다 파는 모양이었다. 그 허무맹랑하고 음탕한 것들을. 내 발등을 내가 찍은 거지, 추(秋)는 입술을 꽉 깨물었다.

아내가 유과와 꿀차를 내왔다.

"웬 거요?"

추(秋) 국장이 뚱한 목소리로 물었다. 단비의 손에도 유과가 들려 있었다. 보기만 해도 비싸 보였다.

"영상 댁에서……."

"영상이라니?"

하나 집으러 가다 말고 날카롭게 되물었다.

"동네 입구의 집안 동생이 보내왔기에……."

아내는 조금 질린 기색으로 대답했다.

"중추원 고문 자리도 괜찮은 모양이군. 이 비싼 게 다 있고……."

그는 유과 하나를 집어 올리며 빈정댔다.

"언니가 진고개에 갔다 왔다고……."

추(秋)는 고개를 끄덕였다. 대감이 영상 자리에서 모아둔 살림을 소실이 몇 년 만에 덜어먹는다는 소문을 들은 것도 같았다.

"다른 말은 없었소?"

추(秋) 국장은 유과를 깨물며 물었다. 역시 일본과자는 예쁘고 맛있었다.

"다른 말이라뇨?"

아내가 의아하다는 듯이 되물었다. 그는 없으면 됐다는 듯이 손을 저었다. 영상 자리에 있을 땐 어쩌다 마주쳐도 아는 척도 안 하던 못생기고 뚱뚱한 처형이었다. 무슨 꿍꿍이라도 있는 듯했다.

"세상에 공짜가 없다는 말 못 들으셨소?"

추(秋) 국장이 좀 전의 언짢은 감정까지 실어 차갑게 되물었다.

"그 댁에서 무슨 청탁질을……"

아내는 고개를 숙인 채로 대꾸했다. 아무리 세상이 바뀌었지만 영상대감 댁에서 법부 국장짜리에게 청탁할 일이 무엇 있겠냐는 소리였다. 딴은 그렇기도 하겠다 싶으면서도 꽥 고함을 질렀다.

"소설 나부랭이나 읽고 있으면서 무얼 안다고 그러시오? 그나저나 아침에 이른 대로 협판 댁에 물건은 보내었소?"

"도종이가 갔다 왔습니다."

아내는 깜빡 잊고 있었다는 듯 황망한 표정이었다.

"가서 보니 우리 집 선물이 제일 초라하더라고……"

"전복 말린 것이 초라하다니……. 다른 집에서는 뭘 가져왔더란 말이오?"

"홍삼도 있고 쇠고기 말린 것, 일본서 건너온 서양 술……."

그는 아내의 말을 듣다 말고 아직 뜨거운 꿀차를 꿀꺽 마시고 사랑으로 건너왔다. 협판도 아니고 협판 모친의 생일까지 챙겨야 하는 세상이 점점 힘에 부쳤다.

일을 재촉하는 듯 멀리서 개 짖는 소리가 들렸다. 법부대신은 올해 말까지 형률명례를 정리하라고 했다. 양반과 천민의 신분 제도가 없어지자 모든 법률을 다시 만들어야 했다. 대명률과 대전회통에 의거한 법률은 이제 소용이 없었다. 모든 유배형을 징역형으로 바꾸어야 했다. 그렇다면 전국에 징역소를 설치해야 하고, 재판소를 두어야 하고, 재판소마다 관리를…….

"나리, 밖에 손님이……."

아내의 목소리에 눈을 떴다. 깜빡 잠이 든 모양이었다. 머리에 썼던 탕건이 떨어져 있었다.

"영상 댁에서……."

그는 몇 시간 전에 본 유과를 떠올리며 잠에서 덜 깬 목소리로 비몽사몽 물었다. 아내는 가타부타 말이 없었다. 그런 모양이군, 추(秋)는 반갑지 않은 손님이라 느릿느릿 일어나 탕건을 쓰고 문을 열었다. 장옷을 둘러쓴 여자가 댓돌 아래 머리를 숙이고 있었다. 한눈에 보아도 여장한 남자였다.

"이런, 얼른 모시지 않고……."

추(秋) 국장이 말을 끝내기도 전에 여자는 성큼 방으로 들어왔다. 그는 자신의 것보다 훨씬 큰 가죽신을 마루 밑으로 감추었다. 영상 댁 사람이 아니라 훈련대 대대장이었다.

아침나절 의금사에서 영감과 옥신각신하다 별감의 귓속말을 듣고 갑자기 자리를 떠난 추(秋)였다. 훈련대 대대장이 찾는다는 바람에 어쩔 수가 없었다. 일본 공사와 누구보다도 친하다는 소문이 장안에 좌악 퍼져 있는 사람이었다. 말만 들었지 한 번도 본 적이 없어 마음이 더 급했다. 추(秋)는 허겁지겁 관아로 갔다. 문 앞에 엉덩이가 반질반질한 말과 군인 서너 명이 서 있었다. 훈련대 대대장이면 꿀릴 게 없는데도 그는 모자를 고쳐 쓰고 잔기침을 해서 목을 가다듬었다. 그 소리를 듣고 사무실을 서성거리던 대대장이 돌아보았다. 딱 벌어진 어깨에 얼굴이 땅에 닿을 듯이 길었다. 대대장이 먼저 인사를 했다.

"바쁜 분을 급히 뵙자 해서 미안하오이다."

"근데 무슨 일로……."

너무 뜻밖이라 추(秋)는 앉으란 말도 빼먹고 대뜸 용건부터 물었다. 대대장 역시 그럴 참이었다는 듯 한 걸음 성큼 다가오더니 귀에 바싹대고 말했다.

"오늘 파루를 울린 전루군을 체포하란 명령이오."

조용했지만 강압적인 말이라 눈이 저절로 동그랗게 커졌다.

"벌써 체포했소만."

"그렇소이까? 내 그것도 모르고 부랴부랴……. 별도의 지시가 있을 때까지 의금사에 가두란 명령이오."

그 말을 하자마자 허둥거리며 관아를 빠져나간 위인이었다.

"너무 자주 만나는 것 같소이다."

대대장이 장옷을 벗으면서 말했다. 추(秋)는 이번에도 여장에 놀라 인사를 제대로 하지 못했다.

"사람 눈을 피한다고……."

대대장은 여장에 대해 짧게 설명부터 했다. 추(秋)는 뭐든 좀 대접해야겠다는 생각으로 자꾸 바깥을 내다보았다. 저녁에 본 유과가 적당할 것 같았다.

"단비야, 엄마 이리 좀……."

"그럴 필요 없소이다. 몇 마디만 하고 곧 갈 거외다."

대대장이 팔을 내저으며 추(秋)를 말린 뒤 더 낮게 말을 이었다.

"영상 영감이 의금사에 나타났다고 들었소만."

추(秋) 국장은 그렇긴 하다는 듯이 천천히 머리를 끄덕였다. 이미 다 알고 온 듯해서 더 할 말도 없었다.

"내일도 올 게요. 와서 전루군을 풀어달라고 하면 풀어주시오."

"예?"

아침에 관아까지 찾아와 체포하라고 한 사람이 날이 바뀌기도 전에 풀어주라고 하니 영문을 알 수 없었다. 대대장도 아침 일을 떠올린 듯 단호한 어투로 대답했다.

"왕후께서 전 영상, 민 대감을 만나 부탁을 하셨다 하오. 그리고 은밀히 확인해주어야 할 일이 하나 있소이다."

"그게 무엇인지……."

추가 되묻기 전에 대대장이 한 걸음 다가와 낮게 말했다.

"누각 구석에 바퀴로 가는 시계가 있다 하오. 한번 찾아보시구료."

대대장은 정색을 하고 말했다.

"바퀴로 가는 시계라면 서양 시계이지 않소이까."

추가 되묻자 대대장은 고개만 몇 번 끄덕인 후 다시 장옷을 쓰고 있었다.

"따라 나오지 마시오. 남의 눈에 띄기 쉬우니까."

대대장은 명령하듯 말하고 마루로 내려섰다. 대문 옆에 있던 누군가 쫓아와서 마루 밑에 숨겨둔 신을 꺼내 대대장 앞에 놓았다.

추(秋)는 대대장이 대문 밖으로 사라진 뒤에도 한참 그 자리에 있었다. 미천한 전루군의 문제로 대대장이 여장까지 하고 찾아왔다는 게 심상치 않았다. 거기다 바퀴로 만들었다는 시계는 또 무엇인지. 추(秋)는 전루군 박봉출이 어떤 사람인지 그제야 궁금해졌다.

3

아버지는 눈이 완전히 어두워져 더 이상 글을 읽을 수 없을 때도 아침 일찍 일어나 책을 읽었다. 눈앞의 책을 읽는 것이 아니라 머리 안의 책을 읽는다고 했다. 책만 읽는 게 아니었다. 집 앞을 지나가는 발자국 소리만 들어도 기가 막히게 사람을 알아맞히고, 이마에 닿는 바람만으로도 옆집에 핀 꽃을 알아맞히고, 내일 올 비를 알아맞혔다. 그 소문이 돌자 한두 사람이 신수를 보러 왔고 또 몇 사람은 가족의 병을 치료해달라고 했다. 아버지는 못 들은 척 묵묵부답이었다. 그들은 땅이 꺼질 듯이 한숨을 내쉬었다. 그 소리까지 듣고도 모른 척할 수 없었던지 아버지가 어렵게 입을 열었다.

"도와주고는 싶네만 앞도 못 보는 사람이 어찌 귀신을 보겠나."

방문 하나를 사이에 두고 하는 말인데도 마을에서 가장 높은 납산 뒤에서 들려오는 듯했다. 눈앞에 있는 아버지 말고도 보이지 않는 곳에 다른 아버지가 있는 것 같기도 했다. 목소리는 갈수록 차가워졌다.

"아이고 봉사 나리, 어찌 그런 말씀을. 천 리를 내다보고 만리를 돌아본다고 이미 소문이 났는데. 살림이 없어 많이는 못드려도 힘껏 가져온 쌀입니다. 제 정성이 부족하다면 올 가실에 추수해서……."

그쯤에서 아버지는 방문을 열어젖혔다.

"어허, 그 사람 그 말이 아니래도. 그렇게 원이라면 내 한번 가봄세. 조금만 기다리시게."

아버지는 아주 잠깐 고개를 숙였다. 뒤에 걸린 도포와 오른쪽 벽에 걸린 갓을 느끼기 위해서였다. 육신의 눈이 아니라 마음의 눈으로 보는 시간, 나비가 꽃잎에 앉아 있는 것처럼 조용한 순간이었다. 그 순간이 끝나면 아버지는 곧 두루마기와 갓을 눈으로 본 것처럼 찾아 입었다. 마루 끝에 세워둔 지

광이와 섬돌에 놓인 신을 신을 때도 아버지는 몇 번 눈을 깜빡거릴 뿐이었다. 그때마다 섬광처럼 흰자위가 희번덕거렸지만.

"어쩌 저리 영험하실까. 눈 뜬 우리보다 더 잘 본다니까."

아버지를 모시러 온 아낙이 자식의 병을 잊고 호들갑을 떨었다.

"아무런들 마음으로 보는 것을 눈으로 보는 것과 비교하겠는가. 쓸데없는 말 말고 어서 가세."

아버지는 고개를 들고 마을길을 나섰다.

아버지가 갔다 온 뒤에 열이 내려 병이 나은 사람도 있고 죽은 사람도 있었다. 그때마다 사람들은 입에 침이 마르도록 아버지를 칭찬했지만 아버지는 담담하게 사람이 살고 죽는 것은 하늘의 일이지 사람의 일이 아니라고 했다.

춘분 다음 날 아침, 봉출은 아버지를 모시고 읍내 박 현감 집으로 가야 했다. 한 달 전부터 앓아누웠던 박 현감의 병이 점점 심해져 이제 식구들도 알아보지 못한다고 했다.

톡 톡 톡.

아버지는 지팡이로 땅을 짚었다. 조그만 돌부리 하나가 닿아도 아버지는 숨을 멈추었다. 아주 잠시, 눈을 몇 번 깜빡거린 후 다시 걷기 시작했다. 봉출은 아버지가 보고 있는 세상이 궁금했다. 길옆에 핀 꽃과 바람에 날리는 나뭇잎을 보고 있기는 한 것일까.

"아버지, 금방 지팡이에 부딪힌 것이 무엇인지 아십니까."

아버지는 그 말에 발밑에 혹은 지팡이에 무엇인가 부딪힌 것처럼 걸음을 멈추었다. 귀로 들은 것이 아니라 마음으로 봉출의 말을 들은 것 같았다. 그리고 아주 낯선 것과 마주친 것처럼 눈을 깜빡거렸다.

"나한테 중요한 것은 니가 눈으로 본 것이 아니라 내가 기억으로 본 것이다. 니가 눈으로 본 것을 생각하면 나는 아마 한 발짝도 걷지 못할 것이다."

기억으로 본 것이라면 지나간 것이 아닌가. 그것으로 어떻게 지금 이 순간을 볼 수 있다는 말인가. 시시각각으로 변하는 것이 세상의 이치이거늘, 봉출은 아버지가 눈이 먼 것이 새삼스러워 물끄러미 보고 있었다.

"뭘 보고 있냐, 이눔아. 천지가 개벽하지 않는 한 세상의 변화는 능히 짐작할 수 있는 법이다."

아버지는 아들의 마음을 듣기라도 한 것처럼 혀를 차며 나무랐다. 그러나 이상하게도 반대쪽을 보고 있었다. 봉출은 아버지가 보는 곳에 또 다른 자기가 있는 듯한 느낌이 들었다. 아버지가 목을 바로 하고 걷기 시작했다.

아버지를 청한 박 현감은 오래전에 고을의 현감을 지냈지만 안동김씨가 득세를 하고 난 다음에는 벼슬을 얻지 못했다. 그 울화 때문인지 앓아누운 지 몇 년이 되었다.

한 번도 가본 적은 없지만 그 집을 찾는 일은 어렵지 않았다. 동네 입구에 들어서자마자 위 아래채가 나란히 늘어선 기와집이 한눈에 들어왔다. 아버지도 그 집을 보았다는 듯이 박 현감 집의 골목으로 들어서고 있었다. 집 앞 골목 양쪽에 병자가 뱉어놓은 피가래 같은 붉은 흙이 한 줌씩 줄을 지어 있었다. 별채 담 너머로 처녀의 머리가 쑥 올라왔다 사라졌다. 남상이라고 소문이 난 박 현감의 딸인 것 같았다.

봉출이 처녀 때문에 머뭇거리는 사이에 아버지는 한 발 한 발 일정한 보폭으로 걸어 집 안으로 들어갔다. 통기를 받았는지 처녀의 어머니가 마중을 나왔다. 집 안에는 약 냄새가 진동을 했다.

"어서 오세요. 영감이 아침부터 기다리고 있었습니다."

안주인은 눈을 내리깔고 아버지에게 인사를 했다. 아버지는 평소보다 몇 배나 자주 지팡이를 톡톡 짚었다. 지팡이 끝을 통해 이 집의 뭔가를 알아내려는 듯 보였지만 긴장할 때의 버릇이었다.

아버지는 곧 박 현감이 누워 있는 사랑으로 안내되었고 봉출은 마루 끝에 앉아 있었다. 설핏 해가 서쪽으로 기울어졌지만 햇볕은 따뜻했다. 머리와 몸 안의 습기까지 까슬까슬하게 마르는 것 같았다. 땀구멍마다 들어온 햇빛 탓일까, 머리가 가벼운 듯하기도 하고 무거운 듯하기도 했다. 봉출은 벽에 머리를 기댔다. 방 안에서 아버지가 경 외우는 소리가 들렸다. 졸음이 쏟아졌다.

"가자!"

아버지의 말에 깜짝 놀라 일어났을 때 이미 해는 서쪽으로 한 뼘 기울어져 있었다. 봉출은 자신이 조는 모습을 이 집 사람, 특히 사내처럼 생겼다는 딸이 봤을지도 모른다는 생각에 얼굴이 붉어졌다. 봉출이 아버지의 뒤를 따라 그 집을 천천히 걸어 나오는데 안주인이 복채를 쥐어주었다. 다른 집보다 몇 배나 더 많은 돈이었다. 너무 많아서 받을 수가 없어 아버지를 찾았는데, 벌써 대문을 넘어서고 있었다. 아버진 이 집에 올 때와 똑같은 속도로 집을 향했다.

해가 거의 넘어갔을 무렵 집에 닿았다. 저녁 준비를 하다가 아버지를 본 계모가 쪼르르 달려왔다. 등 뒤에 업힌 복돌이가 엿을 먹고 있었다. 그놈은 한 번도 형에게 먹어보란 말을 하지 않았다. 봉출이 노려보자 겁은 나는지 계모에게 바짝 엎드렸다.

"뒷집 영감이 똑똑하다고……."

계모는 아버지의 얼굴을 힐끔 쳐다보았다. 아버지는 손을 내밀어 복돌이의 머리를 쓰다듬었다. 복돌이는 엿이 아버지의 손에 닿을까 봐 뒤로 급히 감추었다.

"똑똑하다고……. 허허."

"오늘도 책을 펴놓고 얼마나 열심히 공부를 하는지."

계모가 그 틈을 타서 복돌이 자랑을 했다.

"공부를……. 그래야지. 지금은 비록 이 모양이지만 엄연한 양반집이고 너 형도 곧 박 현감네 딸과 결혼을 할 거고……."

"예?"

봉출은 너무 놀라 고함을 질렀다. 아버지는 그 소리를 듣고도 태연하게 말했다.

"결혼날은 다음 달 초이렛날이다."

아버지는 그 말만 하고 똑같은 걸음걸이로 걸어갔다. 봉출은 그 자리에 얼어붙은 듯 서서 한 마디도 할 수 없었다. 한 대 맞은 것처럼 코끝이 찡하고 말문이 막혔다.

"박 현감의 딸하고……."

끽, 계모는 봉출을 바라보고 웃었다. 계모가 아니라 다른 사람들도 그렇게 웃을 것 같았다. 장가들고 싶을 때도 있었지만 박 현감 집 딸하고는 절대 아니었다. 눈이 노랗고 어깨가 벌어진, 오랑캐 여자 같다고 소문이 자자했다. 아무리 눈이 멀어도 들리는 건 있을 텐데, 어떻게 박 현감의 딸하고 결혼을 하라고 하는지. 봉출은 쌩, 뒤로 돌아 밖으로 나갔다.

어디로 갈지 생각나는 곳이 없었는데, 발은 갈 곳을 알고 있다는 듯 망설이지 않고 강 쪽으로 난 길을 따라 내려갔다. 아직 배가 있을까, 있으면 어떻게 할까. 좀처럼 결심이 서지 않았다. 어둠보다 물색이 더 짙었다. 봉출은 사공이 보이지 않는 빈 배 옆에서 한숨을 내쉬었다. 뺑덕어멈 같은 계모에게 눈먼 아버지를 맡길 수는 없었다. 그렇다면 그 처녀와 결혼을 해야 하는 걸까. 휴, 큰 한숨을 내쉬었다. 너를 잊지 않겠다는 소녀의 말이 떠올랐다. 등으로 스며들던 가느다란 심장 소리, 뼈를 녹일 것 같던 부드러운 살, 왕후가 되었다는 소식을 들은 지 몇 년이 지났지만 잊히지 않았다. 감히 왕후를 마음에 품고 있다니. 사지를 갈가리 찢어 죽여도 시원찮을 죄인이었다.

'이 죄를 짓고 무슨……'

봉출은 돌아섰다. 몇 걸음 앞에, 제정신이 아니라는 아랫마을의 처녀가 서 있었다. 우물에 빠진 친구의 혼을 덮어썼다는 말을 들은 것도 같았다.

쉿! 쉿!

정신 나간 처녀가 이상한 소리를 내며 봉출을 가로막았다. 손으로 뭔가를 쫓는 시늉을 몇 번 하더니 바싹 다가왔다. 봉출은 지독한 비린내에 고개를 돌렸다. 어느새 처녀는 몇 발자국 앞에 걸어가고 있었다.

"운명은 피할 수 없는 거다."

언제 들었는지 그 말이 귀 안에 남아 있었다.

초엿새 날 밤부터 가늘게 비가 왔다. 밤새도록 내려다보니 땅이 질퍽거렸다. 날이 새자 기럭아비와 배행꾼이 모여들었지만 혼인날의 벅적거림은 없었다. 봉출은 그들을 앞세우고 박 현감 집으로 향했다. 아버지를 모시고 갈 때는 길고도 길었던 길이 아득할 정도로 짧았다.

"좋은 날에 왜 자꾸 죽은 너 어머니 생각이 나는지 모르겠다."

외삼촌은 우는 대신 팽하고 코를 풀었다.

"눈먼 너 아부지를 어떻게 원망하겠냐. 두 눈 멀쩡한 네 계모님이 원망스럽지. 논 두 마지기에 눈이 멀어……."

외삼촌의 말에 봉출은 기어이 눈물을 흘렸다. 기럭아비가 신발에 붙은 흙을 턴다고 잠시 멈추었다. 눈이 노랗고 얼굴이 붉은 박 현감의 딸은 아들 가진 집이면 집안을 가리지 않고 꺼리는 며느릿감이었다. 그렇다고 상민에게는 딸을 줄 수 없었던 박 현감은 이런저런 생각 끝에 봉출을 선택한 것 같았다.

잠시 그쳤던 비가 다시 내렸다. 초례청 위에 천막을 쳐두었지만 천막을 받친 기둥이 바람에 흔들렸다. 사랑에 누워 있던 박 현감이 서두르라는 말을 전했다. 혼인을 시작하기도 전에 구경꾼이 절반 넘게 줄어들었다. 우산을 받고 입장하는 신부의 화장한 얼굴이 비로 얼룩이 졌다. 이마와 양볼에 찍은 연지곤지가 번져 신부를 더 흉하게 했다.

봉출은 사흘 뒤 신부를 데리고 집으로 왔다. 아버지의 눈이 멀었다는 사실 때문인지 아내는 눈에 띄게 뻣뻣했다. 큰절을 받은 아버지는 정확하게 신부의 치마폭에 대추와 밤을 던졌고 두 눈이 멀쩡한 계모가 던진 대추는 신부의 치마폭 앞에서 흩어졌다.

"쑥 쑥, 아들을 낳아라."

아버지의 말에 아내는 또렷하게 예라고 대답했다. 아내의 대답 소리는 당신 부모님의 말을 잘 들었냐고 다그치는 것 같았다. 처가에서 보내는 삼 일 동안 봉출은 단 한 번 아내와 관계를 했다. 그것도 아내가 봉출의 손을 자신의 가슴에 얹고 두 다리로 봉출의 아랫도리를 감쌌기 때문이었다. 아내는 입을 쫙 벌리고 봉출의 입술을 덮쳤다. 미끈거리고 냄새나는 침이 입술에 묻었다. 봉출은 겨우 아내를 밀쳐내고 입을 닦았다. 아내가 감싼 허벅지가 끈적끈적했다. 아내의 몸이 불덩어리 같았다. 아내는 꼭 귀신에 홀린 사람처럼 아아 소리를 지르며 봉출에게 다시 몸을 붙여왔다. 봉출의 몸속으로 스며들어올 것 같았다. 봉출이 아내의 다리를 풀자 이번에는 두 팔로 머리를 감싸 안았다. 아내의 커다란 가슴이 봉출의 얼굴을 덮쳤다. 숨을 쉴 수가 없었다. 자신의 물건이 막대기처럼 빳빳해지고 굳어진다는 걸 알았다.

다음 날부터 봉출은 배가 아프다고 엄살을 부렸다. 뜻밖에 물만 먹어도 설사가 났다. 장모가 근심스런 표정으로 신방 앞을 서성거릴수록 봉출은 반점에 한 번씩 뒷간을 들락거렸다. 아내는 그날 밤, 조금 떨어져 잤다. 다행이었다.

아버지에게서 아침 문안 인사를 하고 나온 신부는 옷을 갈아입고 부엌으로 나갔다. 아내보다 서너 살 더 먹은 계모의 입에서 카랑카랑한 잔소리가 벌써 들렸다. 매운 시집살이가 시작된 것이다. 그 생각을 하니 아내가 불쌍하기도 했다.

해가 납산 뒤로 지자 머리가 아팠다. 밤이 두려웠다. 봉출은 슬그머니 읍내의 술청으로 갔다. 술청은 왕후의 이야기로 시끄러웠다. 왕후의 원자 아기씨가 태어난 지 며칠 만에 돌아가셨다는 것이었다. 궁에 들어간 지 육 년 만에 낳은 아들이라고 했다. 봉출은 이를 앙다물고 눈물을 참고 있을 왕후를 떠올렸다. 불어난 냇물을 건너지 못해 쩔쩔매던 소녀적 왕후도 생각났다. 십 년도 더 지난 일인데 어제 일처럼 선명했다. 왕후는 지금도 그러고 있을 것만 같았다. 남아 있는 술을 단숨에 비우고 자리에서 일어났다. 읍내 술청의 담벼락에 강화의 진무영에서 포수를 모집한다는 방이 붙었다는 말을 들은 후였다.

4

(뒤에 나올) 한 점쟁이의 말처럼 우리는 다가오지 않은 시간뿐 아니라 지나간 시간과 현재에 대해서도 아는 게 별로 없을지도 모른다. 왕후는 김 상궁이 처소를 나서자마자 나인 한 명이 주상전의 대전별감에게 달려간 것을 알지 못했다. 주상이 왕위를 노리는 대원군(그는 아들의 왕위를 뺏어 장손에게 주고 싶어 했다)과 일본 공사와 함께 왕후를 감시한 것은 나라 안의 일을 모두 알고 싶어 한 천성이었지, 별 뜻은 없었는데 그날 밤 뜻밖의 보고를 받은 것이었다. 물론 그때쯤엔 왕후가 전 영상 민 대감을 불러 전루군을 석방하라고 명령을 내렸다는 소문이 궁 안에 쫙 퍼졌다. 그런 사실을 꿈에도 알지 못한 왕후는 김 상궁이 아무도 몰래 낙선재에 갔다 올 거라고 믿었다.

"왕후마마, 왕세자 저하 납시었습니다."

한 나인의 음성이었다. 아까부터 팔걸이에 몸을 얹고 김 상궁을 기다리던 왕후가 깜짝 놀랐다.

"세자가 이 시각에……"

왕후는 오늘 처음 궁에 들어온 소녀처럼 허둥거렸다.

"좀 기다리시게 하고, 들어오너라."

왕후는 어깨까지 늘어진 머리를 말아 급한 대로 쪽을 쪘다. 아무리 아들이라 할지라도 지아비가 된 지 벌써 십 년이었다. 잠자리 옷차림으로 머리를 늘어뜨리고 만날 수는 없었다. 한 나인이 비녀와 당의를 챙기는 동안 재촉하는 듯한 세자의 기침 소리가 들려왔다. 왕후는 비녀를 꽂자마자 다급하게 일렀다.

"어서 드시게 해라."

장지문이 양쪽으로 끝까지 열리면서 세자가 들어섰다. 며칠 새 살이 더 붙은 듯 턱이 두툼했다.

"어마마마께 잠시 아뢸 말씀이……."

무릎을 꿇고 절을 하던 세자가 숨을 몰아쉬고 말을 멈추었다. 몸이 불어 절을 하기도 쉽지 않았다. 거처를 서양식으로 바꾼 후 부쩍 심해졌다. 서양식 이부자리와 의자에서 생활을 했고 음식도 밥보다는 과자나 우유, 커피를 많이 마신다고 했다. 서양의 과자는 조금만 먹어도 몸에 좋아 살이 찐다고 한 것 같았다.

"이 밤에 무슨……."

왕후는 자세를 고쳐 앉으며 물었다. 부부 사이에 무슨 일이 있나 안색부터 살폈다. 결혼한 지 십 년이 되었지만 생산을 하지 못해 애를 태우고 있었다. 그 모든 책임이 세자에게 있다는 말을 들은 이후로 세자비는 아예 세자의 얼굴을 보려 하지 않는다는 말도 들렸다. 그 생각이 들자마자 머리 뒤쪽이 뾰족한 것으로 쑤시는 것처럼 따끔거렸다. 후사를 보지 못하면 세자의 자리도 안심할 수 없었다. 후궁 소생 왕자들이 한둘이 아니었다. 장성한 장조카도 있고.

"오늘 물러난 영상 영감을 뵈었다고 들었습니다만……."

덩치에 비해 목소리가 너무 가늘었다. 수염이 나지 않은 얼굴 역시 혼례 때와 별 다름이 없었다. 그런데 이렇게 따지듯이 대드는 일은 처음이라, 왕후는 조금 어리둥절했다. 더욱이 야심한 밤이 아닌가.

"그렇긴 합니다만……."

왕후는 말끝을 흐렸다.

"이미 물러난 분을 건청궁으로 불렀다고 말이 많다고 하옵니다. 소자 걱정되어……."

말은 그렇게 했지만 목소리에 조금 뻣뻣한 노기가 서렸다. 저렇게 속에 든 것을 훤히 보여서야, 주상께서는 저 나이에 표정 하나 변하지 않고 부친인 대원군 대감을 내치셨는데……. 어쨌든 세자로서 충분히 할 수 있는 말이라고 생각했다.

"다른 일이야 있을 리 있겠소? 단지 파루 시간 때문에 불렀소. 잠귀야 잠 없는 노인들이 더 밝지 않겠소. 사사로이는 세자의 외숙이시고 해서……."

며칠 만에 본 세자인지, 이 구석 저 구석 숨어 있던 말들이
앞다투어 나오려고 해 입 안이 간질간질했다. 토끼굴 이야기
까지 목구멍을 간질이는 걸, 겨우 입을 다물었다. 세자가 못
마땅한 듯 입술을 깨물고 있었다.

"그 말씀은 늙은 대감의 잠귀로 나라의 시각을 정할 수 있
다는 뜻이옵니까. 궁 안의 일과 궁 밖의 일을 구별해야 한다
고 한 지 벌써 일 년이옵니다. 외숙이라고 해도 무시로 궁으
로 부를 수는 없는 일이옵니다."

세자의 손끝이 부르르 떨렸다. 왕후는 팔받침에 기대 있던
몸을 바싹 일으켰다. 손을 폈다 오므렸다. 당황할 때마다 생
기는 왕후의 오래된 버릇이었다. 입 안에 가득했던 말들이 순
식간에 사라졌다.

"내 어찌 그걸 잊겠소. 혹시 그 일로 무슨……."

왕후의 목소리 끝이 떨렸다. 궁 밖의 일에 나서지 않는 것
이 주상과 세자를 돕는 길이라는 말을 몇 번이나 들은 터였
다. 그런데 그 일이 국정간섭이라니……. 왕후는 입 안 가득
한 침을 삼켰다.

"물시계도 믿을 수 없다고 난리인데 사람의 몸으로 시간을
안다 하시니……."

세자는 늙지도 않은 왕후가 답답하다는 듯이 한숨을 내쉬

었다.

"오백 년 사직과 함께한 물시계이옵니다. 어찌 그런 말씀을……. 하긴 누각 안에 바퀴시계가 있다고도 합니다만 그렇게 되면……."

왕후는 문득 입을 다물었다. 누각에서 소금이 난다는 것을 세자는 아직 모를 것이었다.

"바퀴로 만든 시계라 하셨사옵니까. 혹시 그 시계와 무슨 관련이라도……."

세자가 황망한 얼굴로 날카롭게 물었다.

"그럴 리가 있겠소. 내 단지 궁 밖의 일과 궁 안의 일을 구별하기가 쉬운 일이 아니어서……. 어떻게 그 일을 무 자르듯이 간단히……."

"일본 쇼켄 황후가 좋은 예가 될 듯하옵니다만."

왕후가 천천히 하는 말을 견딜 수 없다는 듯이 세자가 불쑥 말했다.

왕후의 얼굴이 확 달아올랐다. 손을 꽉 쥐었다. 문명개화 시대의 덕을 갖추었다고 소문난 일본의 왕후였다. 개혁당이나 일본 고문관들이 입만 열면 본보기로 삼으라고 들먹이는 사람이었다. 며칠 전엔 내의원에서도 일본의 왕후는 담배를 피우지 않아 건강하다는 말을 들었다. 그런데 이제 세자까지. 내가 무슨 일을 했다고, 사사건건……. 코끝이 시리면서 눈물이 날 것 같았다. 설움이 목구멍 끝까지 치밀었다. 눈물을 보였다간 또 무슨 말을 들을지 알 수 없었다. 눈물 대신 몸 깊숙이 숨어 있던 말이 먼저 튀어나왔다.

"그렇소이까. 세자, 그렇다면 나도 한 가지 궁금한 게 있는데……."

왕후는 코를 훌쩍이며 말했다.

"세자가 아니라 아들이라 생각하고. 그러면 궁 안의 일이 되지요."

왕후는 말을 꺼내고도 계속 할까 말까 망설였다. 최소한 갑신년 이후 십여 년 동안 가슴에 묻어둔 것이었다. 대부분의 질문들은 스스로 풀리거나 사라지기도 하는데 이 질문은 사라지지도 풀리지도 않고 더 가지를 뻗치고 올라와 목구멍을 메울 때가 많았다. 그렇지만 가슴에 묻어두었던 것을 이렇게 말로 해도 되는 것인지 판단이 서지 않았다. 그 망설임을 눈치 챘는지, 세자가 곧 일어설 기미를 보였다. 왕후는 급하게 말을 이었다.

"쇼켄 황후 역시 현모양처의 귀감이라고 하시니……. 개화 세상이 되면 될수록 여자들은 더욱더 집 안으로, 그러니까 여사서나 내훈의 가르침이 더 강해지는 것 같아서……. 원래 개화라는 게 그런가 하고……. 아마도 내가 잘 몰라서……."

왕후는 말을 꺼내긴 했지만 어떻게 마무리를 해야 할지 알 수 없어 쩔쩔맸다. 세자의 낯빛이 표나게 굳어지는 것도 마무리를 힘들게 하는 이유 중의 하나였다.

"어마마마, 참 답답하십니다. 여사서나 내훈의 가르침이 뭐가 어떻다고. 그것은 천 년이고 만 년이고 부녀자가 갖추어야 할 덕목이 아니오니까? 다른 사람이 들을까 봐 두렵사옵니다. 소자는 못 들은 것으로 하겠사옵니다. 그리고 바퀴시계 이야기는 차후 입 밖에 내지 마옵소서. 어마마마께서 관여하실 일이 아니오니다."

세자는 벌떡 일어나 인사를 하는 둥 마는 둥 했다.

"왕후마마."

왕후는 눈을 떴다. 벌떡 일어나 문 밖으로 나가는 세자를 보고 있던 그대로였다.

"마마, 다녀왔나이다."

누각의 소금을 가지러 갔던 김 상궁의 숨 가쁜 목소리였다.

왕후는 듣고도 대답을 하지 않았다. 파루의 시각뿐 아니라 누각의 소금을 가져온 것이 궁 안의 일인지 궁 밖의 일인지 잘 분간이 가지 않았다. 궁 밖의 일이면 또 국정간섭이라고 할 터인데.

"왕후마마, 소신 돌아왔나이다."

아까보다 조금 더 큰 목소리였다. 왕후는 김 상궁을 가로막

고 있는 미닫이문을 뚫어지게 바라보았다. 촛불의 그림자가
큰 나뭇가지의 그림자처럼 문을 덮고 있었다.

"왕후마마, 김 상궁이옵……."

"들어오너라."

왕후의 목소리가 갈래갈래 갈라졌다.

"잠이 드셨사옵니까?"

김 상궁이 여전히 가쁜 숨을 몰아쉬며 물었다.

"그런 모양이다."

왕후는 서둘러 변명을 했다. 갈라졌던 목소리가 이번에는
꽉 막혔다. 김 상궁은 깜짝 놀라 왕후의 얼굴을 바라보았다.
촛불의 그림자에 덮인 왕후의 두 볼에 덮인 기미가 넓고 짙었
다. 입술의 잔주름도 더 깊이 팬 듯했다.

김 상궁이 붉은 비단 보자기를 풀어 밥공기만 한 옥단지를
내밀었다. 왕후는 그렇게 재촉하고도 그 사실을 잊은 듯 멀거
니 바라보았다.

"낙선재를 지키는 상궁의 말로는 이런 일이 처음이라, 받아
오기가 수월하지 않았사옵니다."

김 상궁은 왕후가 너무 오래 기다려 심기가 상하신 것 아닌
가, 변명했다. 왕후는 들은 척 만 척 소금 단지를 반쯤 보고 반
쯤 보지 않았다.

"생각보다 작구나."

마지못해 한 마디 한다는 듯 떨떠름한 표정이었지만 작은
게 백 번 다행이다 싶었다.

"소신도 처음입니다. 돌아가신 대비마마, 왕대비마마, 대왕
대비마마의 소금 단지는 대비마마, 왕대비마마, 대왕대비 마
마께서 돌아가셨을 때나 낙선재 밖으로 나왔다 하옵니다."

김 상궁은 지금이라도 소금 단지를 낙선재에 갖다놓아야
된다고 말하고 싶은 눈치였다. 왕후도 그래야겠다는 듯이 고
개를 끄덕이며 살짝 단지의 뚜껑을 열어보았다. 진짜 쌀알보
다 작은 소금이 그 안에 들어 있었다. 그중 한 알을 들어 불빛
에 비추어 보았다.

"마마, 낙선재 상궁의 말로는 이제껏 그 소금 단지를 내어
간 왕후께서는 단 한 명도 없다 하옵니다. 혹시 내각에서 아
는 날엔……."

김 상궁이 다시 납작 엎드렸다. 왕후는 도로 갖다놓기에는
너무 야심한 밤이라고 생각했다.

"개혁으로 눈코 뜰 새 없는 내각이 소금 단지 하나 내간 걸
어떻게 알겠느냐. 그렇게 마음이 편하지 않다면 내일 갖다놓
으면 될 일, 그때 낙선재 상궁을 찾아가 한 번 더 입조심을 부
탁하거라. 그런데 말이다. 이것은 물이 남긴 것이냐. 시간이
남긴 것이냐."

갑작스런 질문에 김 상궁은 답을 찾지 못하고 고개를 살짝

들었다.

"그건 관상감이나 전루군에 하문하심이……. 그러하온데 오늘 밤 그 소금은 어떻게 하실 생각이신지. 소첩의 처소에 보관하는 것이……."

김 상궁이 눈을 살짝 들어 소금 단지를 바라보았다.

"걱정할 것 없다. 물러가 쉬어라."

왕후의 말을 듣고도 김 상궁은 할 말이 있다는 듯 머뭇거렸다. 안 들어도 뻔한 말이라서 왕후는 모르는 척했다. 또 폐위를 주장하는 무리들이 있을까 봐 두렵사옵니다, 일 것이다.

왕후도 역시 마음속으로 중얼거렸다.

'내 감고당에서 어린 시절을 보냈다. 폐비가 되신 인현왕비께서 기거하시던 곳이 아니냐. 누구보다도 그 아픔을 잘 알고 있다.'

말이 아니라 생각을 주고받은 셈이었다. 오랫동안 곁을 지키다 보면 종종 그럴 때가 있었다. 김 상궁이 그 말을 들었다는 듯이 한 번 더 납작 엎드리다 밖으로 나갔다.

왕후는 텅 빈 감고당을 지키던 아비 없는 계집아이였다. 말은 거는 사람은 없었지만 늘 말소리가 들려왔다. 가장 이야기를 많이 하는 사람은 백 년 전에 죽은 인현왕비였다. 그녀의 목소리는 감고당 구석구석에서 들려왔다. 목소리는 여러 가지였다. 앙칼질 때도 있었고 무너질 듯 흐느낄 때도 있었다. 소름이 끼칠 정도로 원망에 차 있기도 했다. 한밤중에도 들려왔고 아침에도 들려왔다.

감나무 잎이 다 떨어진 뒷담 아래서 왕비는 뭔가를 기다리는 듯 목이 뻣뻣할 정도로 대문을 보고 있었다. 누구를 기다리느냐는 계집아이의 말 없는 질문에 왕비는 대궐에서 올 소식을 기다린다고 했다. 곧이어 숨죽인 울음소리가 들렸다. 분명히 울음소리인데도 피냄새가 느껴졌다. 시뻘건 진홍의 피를 본 것 같기도 했는데 어느 순간 왕비마저도 보이지 않았다. 왕비가 거처하던 쪽문으로 들어섰다. 마당가에 선 나무에서 새 울음소리가 들렸다. 까마귀인지 까치인지 알 수 없었다. 그 새 울음소리를 왕비의 울음소리로 착각을 한 것 같기도 했다. 나이가 들어 처녀가 되어도 마찬가지였다.

처녀는 안채 마당으로 내려섰다. 왕비는 어느새 가늘고 흰 목을 빼 대문 밖을 보고 있었다. 왕비의 눈은 마을 입구로 이어지는 큰길을 벗어나는 법이 없었다. 긴 한숨 소리가 들려왔다. 기다림에 지친 모습이었다.

처녀는 간간이 왕비가 섰던 자리에서 대문을 보고 있었다. 등짐을 지고 큰 갓을 쓴 재동 숙부와 양자가 된 승호 오라버니가 아랫것에게 짐 꾸러미를 들리고 감고당으로 들어오고 있었다. 열다섯 살 된 주상의 왕비 간택령이 내려진 다음 날이었다.

처녀는 승호 오라버니를 앞세우고 대궐로 향했다. 창덕궁
의 정문인 돈화문 앞은 도성과 지방에서 올라온 처녀들로 북
새통을 이루었다. 민씨 처녀는 손으로 이마를 가리고 돈화문
을 바라보았다.

"오라버니, 대궐은 얼마나 넓사옵니까."

새 주상의 외숙이 된 승호 오라버니는 얼마 전에 평생 처음
으로 벼슬자리를 받았다고 했다.

"그걸 우리 같은 사람이 어떻게 알겠느냐. 일 년 전에 벼슬
자리를 얻어 대궐에 몇 번 들렀는데 발부리만 보고 걸어, 어
디가 어디인지 알 수가 없었다."

오라버니의 말에 처녀는 배시시 웃었다. 새 한 마리가 대궐
쪽으로 무리 지어 날아갔다. 하늘은 높고 맑았다. 금방이라도
꽃들이 싹을 틔울 것 같은 날씨였다. 대궐 안이 어떤지는 몰
라도 이렇게 밖에 나온 것만 해도 즐거운 일이었다. 많은 사
람들이 처녀를 보고 김 대감 집 따님이냐고 했다. 승호 오라
버니는 아니올시다라는 말을 연발했다. 처녀는 자신이 입은
치마저고리와 타고 온 가마가 돈화문 밖에 모인 어느 처녀보
다 화려하고 큰 사실이 조금 의아하기는 했다.

그날은 궁궐에서 자고 다음 날 간택을 한다고 했다. 집에서

데리고 온 몸종도 돌려보내고 서너 명이 한방에 기거를 했다. 조금 소란스럽다 싶으면 손을 저고리 아래에 감춘 상궁이 나타나 목소리를 낮게 깔고 꾸중을 했다.

"지엄하신 대궐 안이오. 입을 다물고 조용히 하시오."

입을 꾹 다물었던 처녀들은 상궁이 돌아가면 다시 재잘거렸다.

분은 발라도 되고 성적(成赤)은 금한다고 했다. 그런데도 처녀들은 몰래 감추어둔 화장품으로 성적을 했다. 민씨 처녀는 일찌감치 몸단장을 마치고 김천에서 왔다는 어린 처녀의 머리 손질을 도와주었다. 가마를 타고 배를 타고 또 가마를 타고 왔다는 경상도의 처녀는 꼭 왕비가 되고 싶다고 속마음을 털어놓아 방 안을 웃음바다로 만들었다. 상궁이 걸음 소리도 내지 않고 다시 나타났다. 또 야단을 맞겠구나, 생각했는데 다들 밖으로 나오라고 했다. 처녀들이 앞다투어 방을 빠져나왔다.

아주 커다란 방이었다. 방 끝에서 보면 끝이 잘 보이지 않았고 기둥 근처에는 늘 꾸중하던 상궁보다 더 매섭게 생긴 궁녀들이 입술을 꽉 다물고 서 있었다. 얼굴은 회칠을 한 것처럼 하얗고 입술은 붉었다. 처녀들이 방 안에 줄지어 앉자 반대편 문으로 대비, 왕대비, 대왕대비가 들어오셨다.

"나라의 제일 큰 어른들이시오. 한 명씩 호명을 할 때마다

앞으로 나와 큰절을 올리고 질문에 또록또록하게 대답 올려
야 하오."

상궁은 입도 벌리지 않은 것 같은데 아주 큰 목소리를 냈
다.

이름을 불린 처녀가 대비의 앞까지 걸어가는데 그 거리가
백 보였다. 대비들은 걸음걸이를 쏘아보듯이 지켜보았다.

"전 첨정 민치구의 여식……."

드디어 처녀의 차례였다. 마음을 크게 먹자고 다짐하고 천
천히 일어났음에도 갑자기 일어난 것처럼 머리가 핑 돌았다.
한 걸음 한 걸음 내디딜 때마다 다리가 흔들렸다. 아버지의
산소에 갔다가 물이 불어 건너지 못한 냇가에 선 기분이었다.
발밑에서 잠시도 눈을 뗄 수 없었다. 큰 기둥 앞에 붉은 비단
방석이 놓여 있었다. 큰절을 올리는 곳이었다. 세 분 대비들
의 시선이 바늘처럼 전신을 찔렀다. 두 손을 이마 위에 올리
는데 귓속이 먹먹했다.

"대궐이 어떻더냐?"

누군가 물었다. 대왕대비인지 왕대비인지 대비인지 알 수
없었다. 누가 한 질문이건 어젯밤에 들었던 예상 질문이 아니
었다. 대궐이 어떻다니? 커다란 돌멩이가 들어찬 듯 머리가
무거웠다.

"두려워 고개를 들지 못해, 보지를 못했사옵니다."

"고개를 들지 못했다고……."

대비 중 한 분이 처녀의 말을 받아 되물었다.

"그러하옵니다."

민씨 처녀는 그 모습을 보여주기라도 한 것처럼 발부리에 눈을 두었다.

으음.

마른기침 소리가 났다. 대비인지 왕대비인지 대왕대비인지 알 수 없었다. 아마도 다음 처녀를 부르라는 신호인 것 같았다.

사흘 뒤에 6인교가 와서 처녀를 태웠다. 무예별감이 둘이나 따라왔으니 승호 오라버니도 할 일이 없었다. 초간택과 달리 방이 하나씩 주어지고 몸종까지 한 명 붙었다. 며칠 뒤 내전에 모여 차를 한 잔 마시는 것이 재간택의 전부라고 했다. 5첩이상의 밥상을 받아야 했고 잘 때에도 명주로 된 잠자리 옷을 입어야 했고 바깥 사람과 함부로 이야기를 할 수도 없었다. 몸에 익지 않아 불편하다고만 생각했는데 소란스럽고 비루하기만 한 세상을 떠난 듯해서 무척 마음에 들었다. 마음에 들다니, 처녀는 순간적으로 자신의 생각에 놀라 당황했다. 다음날 김씨 조씨 유씨 서씨 처녀와 함께 대비전으로 불려갔다. 대비와 왕대비가 김씨였고 대왕대비가 조씨였다. 그리고 명문가인 유씨와 서씨가 있었다. 그 처녀들과 같이 재간택을 받는다는 것만으로도 너무 높이 올라온 듯했다.

대비와 왕대비는 김씨 처녀를 가까이 했고 대왕대비는 조씨 처녀를 반가워했다. 서씨나 유씨의 여식에게는 명문 가문에 대한 예를 갖추었다. 민씨 처녀는 구석에 있었다. 아무리 생각해도 자신이 끼일 자리가 아닌 것 같았다. 인삼차가 쓰기만 했다. 대왕대비가 찻잔을 들다 말고 턱을 내밀고 물었다.

"민 규수는 한문글자를 아오?"

가슴이 너무 깊이 내려앉아 두근거리지도 않았다.

"조금 할 줄 아옵니다. 돌아가신 아버님께 심심파적으로 배웠습니다."

처녀의 얼굴이 붉게 물들었다. 한문은 남성들의 세계였고 그걸 배우는 것은 여자들이 할 일이 아니었다.

"조금 아는 것도 곧 잊어야 할 게요. 궁궐 내명부의 글자는 언문이오. 언문으로 글을 쓰면 대소 관료들이 한문으로 옮겨 적는다오. 내명부는 기록을 남겨서는 안 되오. 혜경궁 한씨의 한중록 이후 그것은 더욱 엄격히 금지되어 있소. 우리가 남길 수 있는 흔적은 누각의 소금뿐이외다."

"예에……."

대답은 했지만 대왕대비의 말이 너무 엉뚱해서 말뜻을 알아들을 수 없었다. 누각의 소금이 여자가 남길 수 있는 기록의 전부라니.

5

서쪽 하늘에 발갛게 달구어진 쇠 같은 해가 떠 있다. 누군
가 탕탕, 고루 망치질을 한 것처럼 아주 동그랗다. 집게로 집
어다 찬물에 빠뜨리면 양동이 바닥까지 자지러지게 흔들릴
것 같았다. 그 생각을 한 순간 붉은 해가 영감의 몸속으로 들
어올 것처럼 온몸이 자글자글 끓었다. 이마에 식은땀이 번져
가고 바람이 휙 소리를 내고 머리 안을 스쳐 지나가는 것 같
았다. 어지럽고 메슥거렸다. 영감은 왼손으로 이마를 짚었다.
이제 영추문에서 건청궁까지 갔다 오는 것도 힘에 부치는 모
양이라고 생각했다. 관모 밑으로 흘러나온 땀을 닦은 뒤 걸음
을 뗐다.

이상했다. 삼십 년 넘게 드나든 궁궐인데 갑자기 길을 잃어
버린 느낌이다. 발갛게 번져가는 노을에 정신이 아득하다. 지
나왔던 것과 다가올 먼 미래의 시간이 갑자기 헷갈린다. 영감
은 눈이 침침해서 그렇다는 듯이 눈을 한 번 비볐다. 비비고
나서 보아도 하늘은 똑같았다. 마치 낯선 곳에 들어온 것처럼
어지럽다. 다리가 후들거렸다.

'칠십 나이를 헛먹은 건 아니구나.'

영감은 손등을 덮은 검버섯을 내려보며 중얼거렸다.

'죽을 때가 지나긴 했지. 주상이 등극하기 전부터 궁을 드나들었으니까. 사십 년 세월이 어디로 갔는지…….'

영감은 잠이 깬 새벽에 하게 되는 생각을 붉은 놀을 바라보며 하고 있었다. 이제 당신도 그러하냐고 물을 친구가 없다는 사실이 뼈저리게 서러웠다. 영상 자리까지 올랐지만 찾아오는 사람도 없었다. 권력이란 무상한 것이었다. 그런 줄 알면서도 그것을 받아들이지 못해 고통스러웠다. 영의정 자리에 있을 때 죽는 것이 백 번 나았을 것 같기도 했다.

등 뒤에서 사람의 목소리가 들렸다. 누구를 부르는 소리인지 알 수가 없으나 자신은 아니라고 생각했다. 영감은 다시 서너 걸음 떼기 시작했다.

"고문 영감!"

바로 옆까지 걸어온 사람은 예조참판, 지금은 학부대신이란 자였다. 왜군이 경복궁을 점령한 작년 갑오왜변 때 참판에서 대신으로 승진한 사람이었다. 아직도 영감은 그 학부라는 명칭에 익숙하지 않았다. 이름을 바꾸거나 새로 만든다 해서 개혁이 되는 것인지 영감은 늘 못마땅했다. 그런데 이자가 나를 보고 무엇이라고 불렀나. 영감은 학부대신을 빤히 바라보았다.

"무얼 그리 골똘히 생각하십니까?"

영감은 그제야 자신이 영상이 아니고 중추원의 고문이란 걸 알았다. 고려 때의 중추원과는 달리 내각의 자문기관이라고 하는데 들어도 뭐하는 기관인지 영감은 알 수 없었다.

"법부의 국장에게 들으니 누각의 전루군이 의금사에 구속되어 있다고."

학부대신은 영감의 눈치를 요모조모 살피며 대수롭지 않게 말했다.

'내가 의금사에 갔다 온 것도 알고 있으면서 반만 이야기하는 꼼수하고는.'

으흠, 영감은 잔기침으로 불쾌함을 표시했다.

"그랬소이다. 내 명색 이 나라 관상감의 영사였던 터라 가만 있을 수 없어 참례를 했소이다. 들리는 말로는 왜인이 문제를 제기했다고 들었소만, 어찌 조선의 시간을 왜인이 문제삼을 수 있단 말인지. 대감께서 시시비비를 명확히 가려야 할 듯하오이다."

영감은 왜인들을 드러내놓고 비난했다. 학부대신은 그 말에는 대답을 않고 갑자기 생각났다는 듯이 눈을 화들짝 떴다.

"고문 영감께서 왕후 마마의 부르심을 받았다고 들었습니다만……."

영감은 모골이 송연했다. 아무리 실핏줄처럼 왜인과 그 일당 수하들이 깔려 있다고 듣긴 했지만 그곳을 빠져나온 지 얼마나 지났다고, 몇십 년간 왕후를 지키고 있는 늙은 상궁들조차 의심스러웠다.

"허어 참. 학부라는 곳이 그런 일까지 하는 줄은 몰랐소. 왕후께서는 전루군이 친 시각이 맞으니 그자를 석방시켜 누각을 지키라고 하셨소이다."

영감은 더 숨길 필요가 없다고 생각하고 왕후의 말을 그대로 전했다. 학부대신의 얼굴이 표나게 굳어졌다. 비아냥 때문인지 왕후의 명령 때문인지는 알 수가 없었다. 둘 중 어떤 것이든 당황한 얼굴을 보니 기분이 괜찮았다.

"누각의 일은 궁내부의 소관이 아니라 학부의 소관이거늘, 어찌 왕후께서…… 모범을 보여야 할 왕후마마께서 이렇게 법을 어기면……."

왕후께서 법을 어기셨다고? 뜨거운 것을 삼킨 듯 영감의 온몸이 화끈거렸다. 전루군의 문제가 왕후의 국정 간섭으로 옮겨갈 조짐이었다. 영감은 사래라도 들린 듯 연거푸 기침을 했다. 얼굴이 발갛게 물이 들었다.

"뭐 그리까지 생각할 게 있소이까. 운양의 소식을 알고 싶다고 노신을 부르셨소. 운양은 알다시피 양손이긴 하나 민문의 유일한 손이 아니오. 그런 자가 청에 들어간 지 수년째 소식이 없으니…… 답답한 마음에 새벽까지 잠을 이루지 못하고 계시다가……."

기침을 그쳤는데도 얼굴은 계속 붉었다. 조카뻘 되는 서출에게 변명을 하는 것이 부끄러웠다.

"운양은 언제 귀국할 예정입니까?"

대신은 예상대로 민영익에게 관심을 보였다. 왕후와 내각 그리고 내각에 반대하는 사람들까지도 운양의 귀국을 기다렸다. 주상만이 예외였다. 몇 년 전 청의 감국 대신과 주상의 폐위 문제를 의논했다는 것이 그 이유였다. 어쩔 수 없어 듣고만 있었다 해도 소용없었다.

"아직……."

영감은 짧게 대답했다. 학부대신은 고개를 끄덕이며 그대로 서 있었다. 영감은 잔기침을 하고 학부대신을 지나쳤다. 바람조차도 차가워진 것 같았다. 기침이 서너 번 더 터져 나왔다. 영추문 밖에서 영감을 기다리던 옥석이 목을 빼고 영감을 돌아보는데도 영감의 걸음은 자꾸 늦어졌다.

"영감마님, 어디 들르실 작정이시오니까?"

옥석이 물었다. 누군가를 만나야 할 것 같기는 한데 만날 사람이 없었다. 영감은 억지로 큰 기침을 한 번 더 하고 대답했다.

"아니다. 집으로 가자."

영감의 집은 북촌의 외아문을 지나 두 번째 집이었다. 서쪽

으로 난 바깥 대문을 통해 사랑으로 바로 갈 수 있도록 되어
있었다. 한단 석축을 쌓아올린 사당은 남쪽을 보고 있었다.
아침부터 저녁까지 늘 햇빛을 받아 환한 사당이었다. 그 음덕
으로 영감의 관운이 창창하다고 했다. 시세의 서너 배를 주겠
다고 나서는 자가 한둘이 아니었다. 그런데 김홍집 내각이 들
어서고 영감이 사직하니 빈말이라도 그런 말을 하는 사람이
없었다. 그 사람들뿐 아니었다. 예쁜 데라곤 한 군데도 없는
같잖은 소실까지도 영감을 귀찮아했다. 소실은 동무들과 어
울려 진고개에 들러 박래품 살 줄만 알았지, 등 한 번 시원하
게 긁어준 적이 없었다. 어깨와 다리를 주무르는 일은 부탁을
해야 마지못해 했다. 그것도 시늉만 하다 팔이 아파 못 하겠
다고 엄살을 부렸다. 다시 말하지만, 한 군데도 예쁜 데가 없
었다. 얼굴은 검고 거칠고 눈은 작았다. 입술은 두껍고 목은
굵고, 목소리도 거칠었다. 자수에도 바느질에도 재주가 없었
다. 영감의 소실이 아니었다면 꼼짝없이 처녀로 늙거나 끼니
걱정해야 하는 몰락한 양반집 자제에게 논이나 서너 마지기
들고 가야 할 판이었다. 사실 영감은 그 점 때문에 그녀를 소
실로 맞이했다. 야들야들한 처녀에게 혼과 넋을 빼앗길까 염
려했기 때문이었다. 영감은 예상대로 소실에 빠져 입방아에
오른 일은 없었지만, 적적했다. 죽은 부인 생각이 간절했다.
　저녁상을 물리고 나면 젊은 소실은 손으로 입을 가리지도

않고 보라는 듯이 하품을 했다. 옆에 다가가기라도 했다가는 물어뜯을 듯이 앙살을 부릴 것이었다. 영감은 느릿느릿 일어나 안방을 나섰다. 잠이 와서 정신을 못 차리겠다는 듯 연신 하품을 하던 소실이 암고양이처럼 가늘게 눈을 떴다. 젊은 것들은 나이가 들면 등 뒤에도 눈이 있다는 것을 모르는 모양이었다.

등과(登科) 이후 수십 년간 사람의 발길이 끊이질 않던 사랑에 사람의 발길이 뚝 끊겼다. 문중의 대소사를 의논하러 왔던 사람들은 일어서기가 바빴다. 이젠 소실의 눈치를 받아가며 사랑에 머물 이유가 없다는 걸 아는 모양이었다. 늘 영감을 따라 사랑으로 건너온 옥석이 담배를 채워 불을 붙여주었다. 옥석의 아비, 할아비도 영감 집의 노비였다. 옥석의 아버지 명보가 영감의 동무 겸 시동이었다면 옥석은 아들 같은 시동이었다. 작년 노비제가 폐지된 후 집안에 있던 십여 명의 노비들이 속량을 빌미로 세경을 요구할 때도 주인을 먼저 챙기는 자식 같은 놈이었다.

'저놈마저 없었으면 어쩔 뻔했을까.'

영감은 이때마다 드는 처량한 생각을 담배로 달랬다. 느는 게 담배였다. 먹을 갈던 옥석이 힐끔 뒤를 돌아보며 중얼거렸다.

"인정 칠 때가 된 것 같은데……."

영감은 못 들은 척 또 담배 부리를 물었다.

'대신이란 자들이 죄다 왜놈 눈치나 보고…….'

혼자 중얼거리던 영감은 옥석이 놀라서 쳐다볼 정도로 담뱃대로 화로를 내리쳤다. 답답하고 화가 났다. 그 소리에 화답이라도 하는 듯 쿵 대포 소리가 들렸다. 왜군들이 알리는 인정 소리였다.

"걸핏하면 대포질이니……. 그런데 저놈들은 이미 몇십 년 전부터 바퀴로 시간을 잰다고 했던가."

영감은 담뱃대를 놓고 붓을 잡으며 중얼거렸다.

영상 자리에서 물러난 이후로 영감은 책을 쓰고 있었다. 관직에 있을 땐 벼르고 벼르던 일이었는데 닥치고 보니 눈이 침침하고 글자도 잘 보이지 않고 몇 시간 동안 글을 쓸 손목의 힘도 없었다. 막상 글을 쓰려고 하면 익히 알고 있다고 생각한 것도 자신이 없어 서책을 찾아야 하는 게 번거롭기 짝이 없었다. 몇 가지 책을 뒤져 겨우 정리한 것도 마음에 들지 않아 또 몇 번이나 찢거나 지웠다. 그렇게 고생해서 얻은 것들도 남에게 보일 정도도 아니어서 영감은 겨우 산고(散考)라고 이름 붙였다.

영감이 그렇게 애를 쓰면서 책을 쓰는 이유는 딱 한 가지였다. 개항 후 청국과 왜에서 들어온 책들이 도대체 마음에 들지 않았기 때문이었다. 서양 것이 최고고 우리 것은 버려야 한다고 했다. 이러다가 조선의 것은 하나도 남아 있지 않을 것 같았다. 영감은 그 생각을 한 날부터 조선의 것을 기록하고 싶었다. 요즈음은 1일 수양법을 정리하고 있었다. 어제 진시에 이어 오시를 정리할 차례였다.

'오시에는 선향 한 자루를 피우고 일정한 곳을 맴돌아 기와 신을 안정시키고 소탕을 든다. 배가 고픈 뒤에 식사하되 배부르지 않아서 그만두며, 차는 입 안을 먼저 씻어낸 뒤에 마신다.'

"대감 나으리, 대전별감이옵니다요."

옥석의 목소리에 영감은 깜짝 놀랐다. 대전별감일 리가 없었다. 영상 자리에서 물러난 게 언젠데, 주상께서 사람을 보냈을 리가 없었다. 나이가 드니 귀조차 옛날에 들었던 소리를 또 듣는 것 같았다. 영감은 다시 오시에 해야 할 일을 정리하고 있었다.

'식사 후에 약간 걸으며……'

"영감마님."

옥석의 목소리가 분명했다.

"무슨 일이냐?"

영감이 느리게 바깥쪽으로 몸을 기울이며 말했다.

"대전별감이옵니다."

영감은 들고 있던 붓을 떨어뜨렸다. 대전별감이 아니었다.

내관의 장(長) 상선(上善)이었다. 검은 두루마기에 작은 갓을 쓴 그는 날렵하게 방으로 들어와 고개를 숙였다.

"영감 안녕하신지 하문하시더이다."

상선은 인사를 전하고 두루마기 소매에서 작은 주머니를 꺼냈다.

"은전이옵니다. 주상께서 전하라 하셨사옵니다."

영감은 납작 엎드려 그 주머니를 받았다.

"어제 왕후마마의 분부를 속히 받자옵시라고……."

상선은 입술을 움직이지 않고 빠르게 말했다. 영감은 말뜻을 단번에 알아들었다. 주상은 바위 같은 사람이었다. 잘 움직이지 않았다. 갓 친정(親政)을 한 이십대나 마흔이 넘은 지금이나 마찬가지였다. 주상이 조금 움직이면 어느 쪽에선가 큰 바람이 불었고 누군가 혹독한 시련을 겪었다. 대원군 대감일 때도 있었고 왕후일 때도 있었다.

왕후는 미국과 노서아 사람들과 잘 어울렸다. 미국이나 노서아 사람들이 왜를 무시하는 것을 듣기 좋아한다고 했다. 특히 손탁이라고 하는 노서아 여자를 가까이하고 그녀에게 유다른 친절을 베풀었다. 노서아 사람들은 진심인지 아니면 왕후의 가려운 곳을 긁어준다는 의미에서인지, 왜의 부당함과 야만스러움을 자주 지적했다. 그 말은 궁궐을 넘어 왜 공사관에 바로 전달되었다. 새로 부임한 일본 공사는 그 모든 말을 듣고 가만히 있기만 했다. 주상은 그 사실을 알면서도 가만히 있었다. 그런데 이제 와서 왕이 움직인 것이다.

상선이 돌아간 뒤에도 영감은 그 자리에 앉아 있었다. 벼루의 먹물이 말라들어 붓끝조차 적실 수 없었다. 한 시각 넘게 생각했지만 왕후의 뜻을 받들어 전루군을 석방시키라는 주상의 마음을 알 수 없었다. 단순히 누각의 문제만은 아닐 것이었다. 다른 무엇인가가 있는 게 분명했다.

'왕후를 통해 주상의 존재를 드러낸다, 왕후를 통해 왜의 개혁에 제동을 건다, 왕후를 통해……'

영감은 큰 소리로 옥석을 불러 요강을 대령하라고 일렀다. 이미 반 넘게 옷을 적신 후였다.

여주

1

　왕후를 만나고 온 다음 날 지리학자는 배가 준비되어 있다
는 마포로 가기 위해 조랑말 두 마리를 준비했다. 명선은 그
중 한 마리에 매트리스와 옷, 감자, 미숫가루, 녹차를 싣고
있었다. 무엇보다도 돈이 문제였다. 이 나라에선 달러가 통
용되지 않았고 한성과 개항장을 벗어나면 환전도 되지 않는
다고 했다. 뱃삯, 조랑말, 숙박료까지, 필요한 모든 돈을 네
모난 구멍이 있는 동전으로 바꾸고 보니 거의 한 자루였다.
엄청나게 무거웠다. 들어도 꼼짝을 하지 않았다. 어떻게 가
져갈지 걱정이었다. 조랑말은 돈만 실어도 주저앉을 것처럼
왜소해 보였다.

"저래 가지고는 마포는커녕 대문 앞 골목도 빠져나가지 못하겠어."

지리학자는 도저히 보고 있을 수만 없어 한마디 했다. 명선은 돌아보지도 않고 이 말이 보기보다 힘이 세 괜찮다고 했다. 그러고는 그녀 옆에 있던 화폐 자루를 들어 짐 위에 얹었다. 진짜 조랑말은 화폐 자루까지 얹고도 태연했다.

명선이 조랑말의 엉덩이를 찰싹 때렸다. 출발이었다. 지리학자도 미리 준비해둔 말을 타고 그 뒤를 따랐다. 명선의 말대로 조랑말은 힘이 센지 자기 키보다 더 높은 짐을 지고도 끄떡을 하지 않았다. 단지 길에서 다른 조랑말을 만나면 원수라도 만난 것처럼 성질을 냈다. 콧김을 내쉬며 머리를 들이받는 폼이 죽기 아니면 까무러칠 기세였다. 명선이 허둥대며 말의 눈을 가리고 겨우 길섶으로 끌어내었다. 반대편 말이 지나가고 나면 원수를 갚은 듯이 당장 차분해졌다. 그런 실랑이를 몇 번 벌인 후에야 마포에 닿았다.

아, 무던히 말을 끌고 오던 명선이 탄식을 했다. 길 아래 모래밭이 세상 밖으로 나가는 길처럼 하얗게 펼쳐져 있었다. 지리학자의 마음에 그 탄식만큼 구멍이 났다. 이것저것 세상의 많은 것과 싸웠고 죽음조차 두렵지 않았지만 이렇게 이 세상 것이 아닌 듯 아득한 것을 볼 때는 할 말이 없었다. 빤하게 보이는데도 과거인지 현재인지 미래인지 구분할 수 없는 곳이었다. 아무도, 설령 북극을 등반한 사람일지라도 저 강변에 다다르지는 못할 것이었다. 그곳은 삶 이전의 것이고 삶 이후의 것이었다. 그 어떤 것도 흔적도 없이 사라지는, 영원의 공간이었다.

"배는 저기 마을에 대기시키겠습니다."

명선은 팔을 뻗어 모래밭 옆의 작은 마을을 가리켰다. 지리학자는 그의 손가락 끝 대신 얼굴을 바라보았다. 공사관 직원에게 들었던 것처럼 시제가 이상했다. 대기시키겠습니다가 아니라 대기시켰습니다가 맞을 듯했다. 그러나 지리학자는 시제가 틀렸음에도 상황을 이해하는 데 아무런 문제가 없음에 더 놀랐다.

명선은 서너 걸음 앞에서 배를 준비해둔 조선의 키 작은 관리를 만나고 있었다. 그가 쓴 검은 모자의 끝부분이 명선의 머리 아래 있었다. 뭐가 잘못되었는지 미간을 찡그리고 있던 명선이 지리학자에게 왔다.

"약속한 배를 구할 수 없었다고……."

지리학자는 그제야 큰 나무 밑에 매여 있는 작은 배를 보았다. 분명히 15미터 이상이라고 했는데 그 반도 안 될 것 같았다. 길이는 6미터, 폭은 1미터를 겨우 넘을 것 같았다. 조랑말에 실은 짐을 모두 싣기에는 터무니없이 작았다.

"저 배도 겨우 구했다고 이 돈을 돌려주었습니다."

명선이 한 꾸러미 돈을 보여주었다. 검은 모자를 쓰고 하얀색의 펄럭한 코트(그녀는 그것이 갓과 두루마기라고 한다는 것은 알고 있었다)를 입은 남자는 지리학자를 보고 있었다.

'여행을 포기하고 돌아가기를 기다리는군.'

지리학자는 곧 상황을 판단했다. 어쩌면 큰 배를 구할 수 있음에도 불구하고 작은 배를 구했을지도 모를 일이었다. 그러나 여행은 이미 진행 중이었다. 그녀는 그 거스름돈을 관리에게 심부름값으로 주라고 했다. 예상대로 돈을 받은 관리의 얼굴이 당혹감으로 일그러졌다. 그것이 유일한 소득이었다. 준비해 온 물건을 절반 넘게 버려야 할 판이었다. 일본식 냄비, 몇 개의 컵과 옷 두 벌, 접은 의자는 실었다. 식량으로 가져가려던 밀가루와 감자의 절반을 포기했다. 침대용 매트리스도, 침대 위에 덮을 계획이었던 커다란 천막도 가져갈 수 없었다. 그 물건들을 다시 정동의 게일 선교사 집으로 돌려보낸 다음에야 배를 탔다.

조선의 강은 넓지도 깊지도 않았다. 강 건너편이 손에 닿을 듯했고 깊이는 알 수 없었지만 바닥은 가까이에서 느껴졌다. 배가 뒤집힌다 해도 조금만 헤엄치면 붙잡을 수 있는 바위가 강 양쪽에 솟아 있었다. 곳곳에 급류가 있긴 하나 그녀가 봐왔던 어떤 강보다 위험하지 않았다. 그런데도 두려움이 터무니없이 짙게 다가왔다. 늘 가지고 다니던 매트리스를 두고 온 탓일까. 그녀는 고개를 갸우뚱 기울였다. 어디서든 누울 수만 있다면 잘 수 있겠지. 지리학자는 매트리스에 대한 미련을 버리기로 했다. 하, 숨을 들이마셨다. 비릿하고 향긋한 풀 냄새가 났다.

삐꺼덕 삐거덕. 노가 뱃전에서 내는 소리가 사공의 숨소리 같았다. 그 소리만큼 배는 강을 따라 내려갔다. 팔뚝까지 드러난 사공의 팔은 꼭 노처럼 딱딱하고 검게 그을려 있었고 맨발은 바닥에 들러붙은 듯이 보였다. 뒤를 돌아다보니 금방 지나온 강 꼬리가 산과 산 사이에 끼여 있었다. 눈에 보이지만 이미 돌아갈 수 없는 과거였다.

삼십 년 넘게 한강에서 노를 저었다는 사공은 엄살이 심했다. 조금만 물살이 세어도 앓는 소리를 하더니 곧 쉬어야겠다고 했다. 강둑에 배를 댄 사공이 허리에서 담뱃대를 뽑아 담배를 피우는 동안 지리학자와 명선은 말린 과일 조각을 씹었다. 그는 제법 많은 말을 했는데 명선은 한 마디도 하지 않았다. 조선말은 맞는데 알아듣지 못하겠다고 했다. 한성의 말하고는 다르다는 것이었다. 명선의 무뚝뚝한 말투로 보아 사공이 웃돈을 요구한 것 정도는 알 수 있었다. 조금 더 돈을 주면 그는 쉬지 않고 노를 저을 것이었지만 지리학자 역시 모르는 척 강물을 보고 있었다. 혼자 말하기에 심심했는지 사공은 다시 노를 잡았다.

　강 속에서 사금파리 같은 것이 솟구쳐 올라왔다 사라졌다. 물고기였다. 강둑에는 황소가 무릎을 덮은 풀밭에서 풀을 뜯고 있었다. 물은 수정처럼 맑았고 반짝이는 물비늘은 별이 청청한 밤하늘 같았다. 청둥오리와 쇠오리가 강을 하얗게 덮고 있었다. 그림 같은 곳만 있는 건 아니었다. 큰 바위에 배가 부딪쳐 흔들리기도 했으며 거품 속에서 소용돌이치며 맴을 돌기도 했다. 그렇게 몇 번 바위에 부딪치자 배 바닥에 구멍이 뚫렸다. 명선이 큰일 났다는 듯 허둥대다 익숙한 일이라는 듯 냄비로 물을 퍼내고 있는 지리학자를 보자 잠잠해졌다. 그는 처음이겠지만 그녀로선 몇 번 경험한 일이었다. 물론 처음 그 일을 경험했을 때도 그 모습이었지만.

　사공은 배를 고쳐야 하니 이곳에서 하룻밤 묵자고 했다. 이미 해가 지고 있으니 그렇게 할 수밖에 없을 것 같았다.

　숙소는 수력을 이용해 벼 껍질을 벗기는 방아 옆에 있는 초가였다. 무섭게 생긴 돼지와 두 마리의 개가 서로 으르렁거리고 있었다. 주인인 듯한 여자가 그중 개 한 마리를 발로 걷어차면서 이곳에서는 제일 깨끗한 곳이라고 했다. 명선은 사공과 함께 나무 베개가 있는 큰 방에서 잠을 자게 되었고 지리학자는 주모가 자는 뒤채의 방을 얻었다.

　방 안이 아니라 창고인 것 같았다. 짚으로 된 푸대에 뭔가를 잔뜩 넣어두었다. 불쾌한 냄새가 나는데도 창문을 내면 세금을 내기라도 하는 듯 창문이 하나도 없었다. 창문 역할을 할 수 있는 건 출입문밖에 없었다. 지리학자는 방문을 조금 열었다. 언제 왔는지 머리에 하얀 수건을 덮은 여자들이 포도알처럼 검은 눈으로 방 안을 뚫어지게 보고 있었다. 깜짝 놀라 문을 닫았다.

그 문이 다시 바깥에서 열리며 주모가 밥상을 들고 왔다. 작은 화분만 한 밥그릇에 가지나물과 이미 맛본 적 있는 김치, 찐 생선이 한 토막 있었다. 그러고 보니 아침을 먹은 후 점심으로 말린 과일 몇 조각이 전부였다. 지리학자는 망설이지 않고 숟가락을 들었다. 조선의 쌀밥은 일본의 쌀밥보다 훨씬 찰기가 있고 구수했다. 참깨를 많이 뿌린 가지나물도 맛있었다. 절반도 먹지 못했는데 배가 불렀다. 지리학자가 숟가락을 놓자마자 어디에선가 그 모습을 보고 있었다는 듯 여자 한 명이 밥상을 들고 나갔다. 그 여자 뒤로 열 명이 넘는 여자들이 방 안으로 눈을 밀어 넣고 있었다. 아까보다 그 수가 많아진 것 같았다. 지리학자는 반쯤 열린 문을 소리 나게 닫았다. 바깥에서 스윽, 스윽 짐승처럼 다가오는 발자국 소리가 선명하게 들렸다.

문을 바른 종이 이곳저곳에 손가락만큼의 구멍이 났다. 그 구멍과 구멍이 연결되자 그 사이로 포도알처럼 검은 눈이 또 나타났다. 그 옆에 또 다른 눈이 몇 개 더 나타나자 문짝이 방 안으로 넘어왔다. 문까지 몰려왔던 여자들이 비명을 지르며 마당 가운데로 물러갔다.

여자들이 다시 움직이기 시작했다. 커다란 엉덩이를 치켜들고 좁은 마루를 지나 방문 앞까지 다가왔다. 거기서부터는 짐승이 된 듯 기기 시작했다. 그들끼리 이상한 말을 주고받았는데 한 마디도 알아들을 수가 없었다. 1미터 정도의 거리였다. 마음만 먹는다면 한꺼번에 달려들 것 같은데 그들은 입을 꽉 다물고 한곳을 응시하며 조금씩 움직였다. 지리학자는 너무 두려워 명선을 부를 수가 없었다. 여자들이 다가오는 만큼 뒤로 물러났다. 어느 틈에 벽에 닿았다. 짚을 섞어 바른 벽의 흙이 두두둑 떨어졌다. 이제 더 물러날 곳도 없었다.

그들 중 두 명이 바싹 다가와 머리카락을 뽑고 소지품을 만졌다. 붉은 피가 나는지 확인하려는 듯 팔도 꼬집었다. 그러고는 소곤소곤 자기들끼리 이야기를 시작했다. 단 한 마디만 알아들을 수 있었다. 이곳이 여주라고 했다.

제일 가운데, 눈초리가 찢어지고 광대뼈가 툭 튀어나온 여자가 그 옆에 있는 여자에게 무엇이라고 말을 했다. 낮은 목소리였다. 너무 낮아서 기어다니는 짐승이 내는 말 같기도 했다. 그 말을 들은 여자의 눈이 반짝 빛났다. 무슨 말을 한 걸까. 뒤에 있던 여자들이 다가오기 시작했다. 지리학자는 충동적으로 조끼 호주머니에 깊숙이 감추어두었던 권총을 끄집어 냈다.

"나가!"

동시에 탕 총성이 울렸다. 기어오던 여자들이 몸을 돌릴 틈도 없이 데굴데굴 뒹굴어 방을 빠져나갔다. 그 총소리 때문에 명선이 달려왔다.

"무슨 일이 일어날 것 같습니까?"

그는 또 시제가 잘못된 영어를 썼다.

"여자들이 떼를 지어 와서……."

갑자기 지리학자도 시제가 헷갈렸다. 시제쯤 헷갈려도 아무 상관이 없기는 했다.

"그래서 총을 쐈습니까?"

이번에는 정확했다. 그녀는 빈 탄창을 열어보았다. 그래도 명선은 찌푸린 눈살을 펴지 않았다.

"그 여자들이 떼를 지어 나를 죽일 듯이 했다니까……."

지리학자는 육십이 넘은 나이를 잊고 버럭 고함을 질렀다. 명선은 못 들은 척 아무 반응이 없더니 알아들을 수 없는 낮은 조선말을 몇 마디 중얼거리고 밖으로 나갔다.

밖으로 나갔던 명선은 곧 여자 한 명을 데리고 왔다. 광대뼈가 툭 튀어나오고 눈이 날카롭게 찢어진, 낮은 목소리를 냈던 여자였다. 명선이 조선말로 몇 마디 묻자 여자는 눈을 찌푸리며 그녀의 호주머니를 가리켰다. 그 안에 시계가 들어 있었다.

명선이 이야기하기도 전에 지리학자는 시계를 꺼냈다. 시계 가는 소리가 더 크게 났다. 째깍 째깍, 여자는 그 시계 소리를 듣고 도망가듯이 방에서 나갔다. 명선은 서양의 시계는 이 나라에서는 귀신 취급을 받는다고 했다.

여자가 다시 오더니 나뭇가지를 방 밖에 꽂고 돌아갔다. 명선이, 귀신을 쫓아내는 복숭아나무 가지라고 했다.

"그까짓 나무가 귀신을 쫓는다고?"

지리학자가 콧방귀를 뀌자 명선이 그 여자 편을 들었다.

"그 여자는 이 동네의 유명한 점쟁이입니다. 십몇 년 전에는 왕후의 환궁 시간도 맞추었는걸요."

"왕후?"

지리학자는 되물었다. 떼를 지어 몰려왔던 여자들이 자기들끼리 왕후 이야기를 했던 것 같기도 했다. 명선은 이곳이 왕후의 고향이라고 했다. 그리고 자신이 본 것처럼 왕후 이야기를 하기 시작했다. 13년 전, 임오년에 있었던 일이라고 했다.

2

왕후는 빗소리를 들었다. 어둠 속이라 방문을 연다 해도 비는 보이지 않을 것이었다. 홍이라 밝힌 별감은 뒤를 돌아다보며, 대원군께서 푼 군사들이 저 비처럼 촘촘할 것이라고 했다. 그러니 어서 옷을 갈아입고 궁을 빠져나가야 한다고 했다. 왕후는 아무 말도 듣지 못한 척 가만히 있었다. 도저히 영문을 알 수 없었다.

"내가 꼭 이래야 하느냐."

왕후는 무릎 앞에 놓인 상궁의 옷을 내려다보며 말했다. 홍은 아무 말이 없었다.

"주상께서 계시는데 왜 내가……."

"난군이 중전마마를 향한다 하옵니다."

"이유가 무엇이라 하더냐? 그래서 뭘 어쩌겠다는 말이냐? 주상은 어디에 계시냐?"

왕후는 한꺼번에 많은 질문을 쏟아 부었다. 홍은 질문이 너무 많다는 듯 바닥 가까이 머리를 수그리고 들릴 듯 말 듯 대답했다.

"희정당에 계시옵니다."

"그곳에 계시면서 나에게 상궁의 옷을 입고 상궁의 가마를 타고 궁을 빠져 나가라고 하시더냐?"

왕후의 말끝이 바르르 떨렸다.

"황공하옵니다."

홍이 머리를 조아렸다.

"저들이 왜 나를 향한다더냐?"

왕후는 그 대답을 듣지 않으면 꼼짝을 않겠다는 듯이, 똑같은 질문을 다시 했다. 홍의 눈빛이 흔들렸다.

"마마, 어서."

왕후는 홍이 조금만 더 지체하면 곧 답을 하리라고 생각했다.

"무슨 이유더냐?"

왕후는 문득 궁궐 문을 지키고 있는 별감 따위에게 이런 말을 하고 있는 자신이 초라해져, 입을 다물었다. 난군의 소리가 더 가까이에서 들렸다. 홍의 얼굴엔 초조한 기색이 역력했다.

"대원군께서 말씀하시기를 마마께서 저들을 죽일 것이라고⋯⋯."

홍의 말이 그의 눈빛처럼 흩어졌다. 왕후는 입 안 가득 고인 침을 삼켰다. 그러고는 아무 말도 하지 않고 상궁의 옷을 입었다.

"내게 그럴 힘이 있으면 이렇게 도망을 가겠느냐."

왕후가 대답을 한 것은 북문을 빠져나온 후 여염집 윤태준의 집에서였다. 반점이 훨씬 지나 있었다.

홍은 보이지 않고 늙고 귀가 어두운 윤태준이 머리를 숙이고 있었다.

"소신이 어떻게든 길을 뚫어보겠습니다."

왕후는 머리를 숙여 얼굴을 감춘 늙은 신하를 바라보았다.

'내가 살지 못하면 저 늙은이도 곧 죽겠구나!'

그 생각을 한 후에야 왕후는 몸을 일으켰다. 비는 여전했다.

여염집 규수가 타는 2인교의 지붕에 비 떨어지는 소리가 들렸다. 가마꾼의 두 다리가 빗방울보다 더 빠르게 움직였다. 이미 인정이 지났으니 도성문은 잠겨 있을 것이었다.

가마는 왕후의 예상대로 잠깐 멈추어 섰다 싶었는데 곧 도성을 통과했다. 왕후는 나라의 질서가 순식간에 무너지는 것에 무척 놀랐다. 몇 걸음 앞서 홍이 말을 타고 가고 있었다. 가마 안을 두드려 홍을 불렀다. 홍이 말에서 내려 걸어왔다.

"어찌된 일이냐?"

"병판 집 마님이신데……. 친정에 위급한 일이 있다고."

병판이라면 이경하였다. 오래전부터 시아버지 대원군의 수하였다. 그가 푼 군사들이 지금 내리고 있는 비처럼 보이지는 않지만 촘촘할 것이었다. 그 경계를 뚫고 나갈 사람은 주상이 아니라 병판 이경하밖에 없을 것이었다.

"알았다."

왕후는 홍을 돌려보냈다.

도성을 빠져나온 직후 비가 그치자 가마의 문틈으로 연기 같은 박명이 스며들었다. 그 틈으로 사람들의 목소리가 들렸다. 왕후는 순간 대원군이 보낸 군사를 떠올렸다. 그러면서도 여전히 자신이 왜 옷을 바꿔 입고 여염집 규수의 가마를 타고 도성을 빠져나왔는지 그리고 군사들은 왜 이 먼 곳까지 자신을 잡기 위해 왔는지 알 수가 없었다.

"마마."

홍의 낮은 목소리에 다급함이 묻어 있었다. 희정당에서 상궁의 옷을 입으라고 재촉했던 얼굴이 떠올랐다.

"무슨 일이냐?"

왕후는 살짝 가마 문을 열었다.

"사공이 배를 내지 못한다고 하옵니다."

뱃전에 선 사람들이 눈 가득 들어왔다.

"도강 금지령이라 하옵니다. 다행히 아직 군사는 없사옵니다."

홍이 사방을 곁눈질하며 말했다. 밤사이에 눈이 움푹 파인 것 같았다. 깊게 파인 두 눈에 두려움이 가득했다. 왕후는 저 눈이 어쩌면 자신의 눈일지도 모른다고 생각했다. 느끼기만 했던 두려움을 눈으로 본 것 같았다. 그 두려움에 강을 건너고 싶다는 열망이 뒤엉켜 희번덕거렸다.

"사공은 있느냐?"

왕후는 강 언덕에 모인 사람들을 보며 낮게 말했다.

"그러하옵니다."

홍이 다급하게 말했다. 무엇인가를 재촉하는 듯한 목소리였다. 왕후는 가운데 손가락에 끼고 있던 금반지를 뺐다.

"이걸 사공에게 건네라. 사람들과 떨어진 곳에 급히 배를 대라 이르라."

홍의 발소리가 멀어지자 왕후는 가마 뒤에 있던 요강을 찾아 밤새도록 참았던 오줌을 누었다. 실타래처럼 풀려나오던 오줌이 멎자 가마꾼의 말소리가 들렸다.

"어, 저기 오라는데. 그러면 그렇지, 병판 집 마님이시라는데 그깟 도강금지령이 무슨······."

가마꾼이 가마를 들어올리며 중얼거렸다.

강을 건너 왕후를 맞이한 신하는 머리와 눈썹이 하얀 노인이었다.

"부원군께서 살아계실 때 뵌 적이 있사옵니다. 그때 마마께서는 예닐곱, 아주 어렸사옵니다."

노인의 말에 왕후는 그제야 바깥을 내다보았다. 초가는 기와가 되고 겨우 방 한 칸이던 별채는 제법 큰 마루를 달고 있었다.

"이 방이 그럼⋯⋯."

"그러하옵니다."

왕후는 벌떡 일어나 별채 앞에 있던 거북을 찾았다. 거북은 여전히 목을 돌려 왕후를 보고 있었다. 가슴이 쿵 내려앉았다. 저것이 저 힘센 것이 아직도 저러고 있구나. 세상에서 가장 오래된 동물, 움직이지 않는 듯 끊임없이 움직여 저 둔한 듯 날카로운 발로 나를 낚아챌 것 같았는데⋯⋯. 어릴 땐 흙으로 눈을 가렸지만 이젠 꼼짝없이 당하겠구나. 어떻게 하다 이 꼴로 돌아와⋯⋯. 눈물이 흘렀다. 늙은이가 어느 틈에 눈물을 보고 머리를 더 낮추었다.

"소신이 죽을힘을 다해 왕후마마를 지키겠습니다. 많은 사람들이 소신과 뜻을 같이한다는 것을 잊지 마시옵소서."

늙은이가 눈물을 떨구었다. 왕후는 황급히 눈물을 감추며 말했다.

"많은 사람들이?"

"그렇사옵니다. 모두 한마음으로 마마를 지킬 것이옵니다. 너무 심려하지 마시옵소서."

"말만 들어도 고맙소."

왕후의 목소리가 가늘게 떨렸다.

"대원군께서 이곳까지 군사를 푼 모양입니다. 이곳도 안심할 수 없사와 곧 다른 곳으로 모시겠습니다."

두려움에 눌린 듯 아주 낮은 목소리였다. 그러나 무표정한 얼굴이었다.

"마마, 집을 나서야 하옵니다."

아직 날이 새기도 전이었는데 늙은이가 두 번째 재촉을 했다. 창에 붙어 있는 어둠을 바라보며 왕후가 일어섰다. 늙은이의 며느리가 방문 밖에서 왕후를 맞이했다. 늙은이는 마당에 놓인 가마 옆에서 허리를 숙이고 있었다. 옷고름을 매만지고 방을 나서던 왕후가 걸음을 멈추었다. 늙은이의 머리와 수염만 하얀 게 아니라 갓까지 하얀색이었다.

"무슨 일이냐?"

왕후는 갈라진 목소리로 물었다. 밤새 목 안이 꽉 잠겼다. 침 한 방울도 넘길 수 없었다. 영감은 그래도 못 들은 척 고개를 숙이고 있었다. 이미 궁에 들어간 지 수십 년이었다. 듣지 못함이 아니라 대답을 하지 못하고 있음을 잘 알고 있었다. 이럴 땐 말없이 기다림이 대답을 재촉하는 방법이었다. 그 사이에 핑 어지럼이 돌았다.

"국상이라 하옵니다."

늙은이가 땅바닥에 엎드리며 머리를 조아렸다. 늙은이의
눈물이 새벽어둠을 적시고 있었다.

"국상이라니, 누가 죽었단 말이냐?"

왕후는 처마 끝의 기둥을 잡으며 겨우 물었다.

"망극하옵니다."

늙은이의 머리가 땅에서 떨어지지 않았다. 삼키지 못한 흐
느낌이 땅바닥으로 새어나오고 있었다. 왕후는 몸이 싸늘하
게 식는 것을 느꼈다. 몸이 와들와들 떨렸다.

"나의 국상이냐……. 그렇다면……. 이미 죽은 몸인데 이렇
게 나서야 하느냐."

왕후의 목소리가 꽉 잠겼다.

"시신을 찾으려는 군사들이 수백 명 도강을 했다 하옵니다.
여기 이 젊은이가 안전한 곳으로 모실 것이옵니다."

영감은 더 납작 엎드렸다. 자신의 목숨이 영감의 목숨이었
다. 다른 누구도 아닌 아비를 기억하는 늙은이였다. 영감보다
두 배는 커 보이는 젊은이 하나가 입이 없다는 듯 가마 옆에
가만히 서 있었다.

"별감인가."

홍이 아닌 줄 알면서도 물었다.

"홍 별감은 돌아갔사옵니다. 이웃 마을의 청년인데……. 안

심하셔도 될 듯하옵니다."

왕후는 알겠다는 듯이 고개를 끄덕였다.

"앞장서거라."

왕후는 마루 밑으로 내려섰다.

"대감마님. 산을 넘어야 할 일이라 이걸 좀……."

가마 옆에 있던 청년의 목소리였다. 새소리처럼 고운 목소리에 왕후의 귀가 열렸다 닫혔다. 어디서 들은 적이 있는 목소리 같다는 생각이 들다가 말았다. 살아 있는 사람의 장례를 치르는 시아버지에 대한 공포로 온몸이 얼어붙어 있을 때였다.

"이게 무언가."

늙은이가 대신 물었다.

"귀마개이옵니다."

왕후는 소리 나는 쪽으로 얼굴을 돌렸지만 청년의 얼굴은 보이지 않았다.

머리가 어지럽고 속이 메슥거렸다. 왕후는 눈을 떴다. 낯선 곳이었다. 이부자리에서 퀴퀴한 곰팡내가 났다. 창문도 누렇게 변색되어 있었다. 국상이라더니 진작 죽은 것인가. 왕후는 살짝 손가락을 꼼지락거렸다.

"마마, 정신이 드셨사옵니까."

방문 쪽에 앉아 있던 부인이 한 걸음 앞으로 다가오며 인사를 했다. 으음. 왕후는 알아들었다는 듯이 인사를 받고 귓속을 만졌다. 어젯밤에 틀어막은 마른 삼잎이 그대로 들어 있었다. 젊은이는 귀를 틀어막고 가마 문을 밖에서 잠그며 어떤 일이 있더라도 가마 밖으로 나오면 안 된다고 했다. 깜깜한 밤길이었다. 짐승 소리가 들리는가 싶더니 어느 순간 울음 소리였다.

어마마마, 어마마마!

세자였다. 가마를 세우라고 고함을 지르고 발로 차고…….
그 이후로는 기억이 없었다.

"저는 여주 민 대감댁의 둘째 며느리이옵니다. 충주댁이라 부르십시오."

부인이 한 걸음 더 다가와 인사를 했다. 민 대감의 집에서 대감의 둘째 며느리 집으로 옮겨온 곳이었다.

"여기가 어디냐?"

"아버님께서 돌아가실 궁만 기억하시라고 아뢰라 하셨사옵니다."

왕후는 고개를 끄덕거렸다. 하기야 궁 안과 궁 밖의 차이일 뿐 그 외의 것은 무슨 의미가 있겠는가.

"그런데 가마꾼은?"

어디서 본 듯한 가마꾼이 생각나 물었다.

"돌아갔사옵니다."

짧게 대답하고 돌아서 가는 충주댁을 불러세웠다.

"주상 전하와 세자께서도 무탈하시냐?"

"그러하옵니다."

충주댁이 다시 짧게 대답했다. 왕후는 고개만 끄덕였다. 왜 나만 이곳에 있는지 모르겠다는 말이 입 안에 가득했다.

"국상은 어떻게 되었다더냐?"

충주댁은 나가다 말고 다시 엎드렸다.

"비가 몹시 퍼부은 며칠 전 대원군께서 대국에 부음을 전했다고 하옵니다. 장례는 마마의 옷을 관에 넣어……."

충주댁이 차마 더 이상 말을 하지 못하겠다는 듯 엎드렸다.

"알겠다. 물러가거라."

충주댁이 물러가자 왕후의 어깨가 후드득 떨렸다. 꽉 다문 이 사이로 울음이 새나왔다. 죽은 시체를 꺼내 다시 죽이는 것은 봤지만 살아 있는 사람의 장례식을 치르는 경우는 본 적이 없었다. 자신의 가슴에 축축하고 붉은 흙이 뿌려지는 것 같았다.

여름밤은 한참 더뎠다. 왕후는 저녁상을 물린 뒤 계속 방 안을 서성거렸다. 방을 몇 바퀴나 돌았다. 짐승 울음소리가 났다. 왕후는 문을 열고 충주댁을 찾았다.

"무슨 동물의 울음이냐?"

"여우인 줄 아옵니다."

"여우라고?"

왕후는 고개를 끄덕였다. 꼭 사람 목소리 같았다.

덩덩! 아주 낮게 종소리가 들렸다. 관아에서 치는 인정 소리였다. 성문이 닫히고 통행이 금지되면 주상의 전언도 더 이상 기다릴 필요가 없었다. 그 소식을 기다리는 일이 피신 온 왕후가 하는 유일한 일이었다. 그런데도 인정 소리가 그치면 이상하게 귀가 밝아졌다. 대문 쪽에서 무슨 소리가 들리는 것도 같았다. 왕후는 대문 쪽으로 귀를 기울였다.

"중전마마, 조금만 더 견디면 원수를 갚을 것이옵니다."

왕후는 깜짝 놀라 문을 열었다. 유난히 하얀 저고리와 검은 치마를 입은 여자가 대문 앞에 엎드려 있었다. 제법 먼 거리인데도 꼭 귓가에서 하는 것처럼 또렷하게 들렸다. 왕후는 칼날이 목에 닿은 것처럼 섬뜩했다. 자신을 알리는 것도 죽음이요, 자신의 마음을 알리는 것도 죽음이었다.

"걱정 마십시오. 이 말은 중전마마만이 들을 수 있습니다."

여자의 목소리가 다시 또렷하게 들렸다. 그런데 여자는 입을 꼭 다물고 있었다.

"내가 드디어 헛것을 보는구나."

왕후는 입술을 깨물었다.

164

"요망한 것. 썩 물러가라."

왕후는 부들부들 떨리는 목소리를 애써 다잡으며 말했다.

"소인, 아랫동네의 무녀이옵니다. 다른 날 뵙게 될 것입니다."

여자는 큰절을 하고 물러났다.

아침이면 저녁 일을 아는 사람이 있고, 날이 새기도 전에 밝은 날 일어날 일을 아는 사람이 있었다. 내년 일을 아는 사람도 있고 10년 뒤를 아는 사람도 있었다. 애꾸눈 박유봉은 사가(私家)에서 연을 날리던 어린 소년을 보는 순간 곧 주상 전하가 될 분이라며 엎드려 절을 했다고 했다. 몇 년 뒤 소년은 왕위에 올랐다. 바로 지금의 주상이었다. 왕후는 국장을 지켜보고 있는 자신이 죽었는지 살았는지 알 수가 없었다. 그것만은 알고 싶었다.

왕후는 사흘 뒤 충주댁을 시켜 여자를 불렀다. 여자 역시 기다리고 있었다는 듯이 눈에 띄지 않게 밤에 오겠다고 했다.

무녀는 키가 크고 야위었다. 코끝이 고드름처럼 뾰족했다. 아래위로 하얀 저고리와 하얀 치마를 입었고 두 눈은 짐승의 눈처럼 반질거렸다. 새벽 초승달처럼 흰 가르마를 드러낸 채 고개를 약간 숙이고 있었다. 머리카락 한 올 빠져나온 게 없었다. 하얀 이마에 두 손을 갖다대고 천천히 절을 하기 시작했다. 왕후가 받아본 절 중에서 가장 긴 절인 듯했다. 왕후는 입술을 깨물며 무녀의 느리고 느린 절을 받고 있었다.

"내가 이 이후로도 중전일 수 있겠느냐?"

왕후는 절을 마치고 문 앞에 무릎을 모으고 앉은 무녀에게 물었다.

"그렇사옵니다."

무녀의 목소리는 남자보다 더 굵은 목소리였다.

"환궁을 한다고? 언제 말이냐?"

"달포는 기다리셔야 할 것입니다."

이상한 목소리였다. 축축하고 독한 느낌이었다.

"너는 사람 모양을 하고 사람 옷을 입고 사람의 말을 하니 사람일 테지만 어쩐지 조금 요망한 느낌이 드는구나."

왕후는 하얗게 드러난 가르마를 쪼개듯이 쏘아보며 물었다.

"그렇게 말씀하시니⋯⋯."

무녀는 조금 당황한 듯이 고개를 숙였지만 목소리는 변함이 없었다.

"아버지와 간통 후 죽은 여식의 혼을 덮어쓴 몸입니다. 어찌 요망하지 않을 수 있겠습니까?"

왕후는 인상을 찌푸리며 물었다.

"아비와 간통을 하다니⋯⋯. 그렇게 인륜을 저버린 혼을 덮어써야만 미래를 알 수 있단 말인가?"

무녀는 더 고개를 숙였다.

"미천한 것이 어찌 더 알 수 있겠습니까?"

목이 가늘고 눈이 길게 찢어진 무녀는 눈앞의 사람이 왕후
라는 사실을 잊은 듯 목을 빳빳이 들었다. 낮은 목소리에서
쇳소리까지 나서 남자인지 여자인지 구별이 되지 않았다. 발
없는 짐승이 빠르게 기어가는 듯한 느낌이 왔다. 몸만은 호리
호리해서 열두 번도 더 공중제비를 할 정도였다.

"요망한 것. 네 아무리 죽은 자의 혼이 들렸기로서니 지나
간 일도 아니고 어찌 다가올 일을 알 수 있단 말이냐."

왕후는 호통을 친다는 게 오히려 목소리를 낮추고 있는 자
신을 발견했다. 미천한 것은 하나도 움츠러들지 않고 또렷하
게 대답했다.

"우리는 지나간 일 역시 아주 조금만 알 수 있을 뿐이옵니
다."

"말 같잖은 말."

왕후는 다시 한 번 중얼거렸다. 그 말로 무녀에 대한 자신
의 호의를 스스로 가로막았다.

3

개 짖는 소리가 동서남북 사방에서 차례로 들렸다. 크게 작게 날카롭게 혹은 부드럽게. 개 짖는 소리만큼 뚝뚝 끊어진 명선의 이야기가 아주 긴 이야기가 되어 귓가에 들려왔다. 짧게 들은 이야기가 긴 이야기가 되는 아주 기이한 경험이었다. 이야기는, 명선이 전부 해주는 것이 아니라 토막토막 몸속으로 들어와 그 속에서 완성되는 것 같았다. 그런데 지나간 일역시 알 수 없다는 여자의 말만 그대로였다. 입 안에서 맴도는 음식 같았다. 그러다 보니 이야기의 주인은 왕후가 아니라 무녀인 것 같았다.

"그게 그렇게 대단한가요?"

지리학자가 물었다. 왕후의 이야기를 자신의 이야기처럼 막힘없이 하고 있던 명선이 어리둥절한 표정으로 바라보았다.

"궁을 나온 왕후가 환궁을 하는 건 당연한 일일 것 같은데……."

지리학자는 말끝을 흐렸다. 어찌 보면 당연한 일이긴 하나 그렇다고 알아맞힐 수는 없는 일이라는 생각이 살짝 들었다.

"용하다는 소문이 쫙 퍼졌는걸요."

명선은 여자에 대한 설명이 부족했다는 듯이 몇 가지 예를 금방 들었다. 뒷산에서 발견된 유골의 혼을 불러내 가족에게 돌려주었다고도 했고 또 객사한 남편의 혼을 불러 아내와 만나게 해주었다고도 했다. 지리학자는 무녀의 능력을 인정한다는 듯 고개를 끄덕거렸다. 그러나 여전히 다가올 시간뿐만 아니라 지나간 시간도 알 수 없다는 여자의 말이 귓구멍을 반쯤 틀어막았다.

"그 여자 집이……."

지리학자가 물었다. 어쩌면 그 여자를 보기 위해 조선 관리가 작은 배를 구해오고 사공이 게으름을 부렸다는 생각이 그 순간 들었다. 명선이 말없이 고개도 돌리지 않고 팔을 뻗어 남쪽을 가리켰다.

"가보고 싶은데…….

지리학자의 말이 끝나기도 전에 명선이 손을 흔들며 엉덩이를 뺐다. 아주 외딴 곳에 산다고 했다. 특히 밤에는 무섭다고 했다.

"아무리 밤이라도 여자도 혼자 사는데……."

지리학자는 명선을 나무라듯 혀를 찼다. 명선은 엉덩이를 더 빼며 대답했다.

"그 여자는 다른 사람과는 달라요. 사나흘에 한 번씩 자고 열흘에 한 끼씩 먹는걸요. 그것도 뱀 말린 것을⋯⋯."

명선은 말만 해도 징그럽다는 듯이 얼굴을 찌푸렸다.

"그래요?"

지리학자의 눈이 호기심으로 반짝였다. 명선의 말을 듣고 보니 더 가고 싶었다.

"걱정 말아요. 이게 있잖아요."

지리학자는 주머니 속에 든 권총을 살짝 만지며 웃었다. 그리고 한 마디 더 덧붙였다.

"아무리 적게 먹고 적게 자도 사람이잖아요. 그것도 여자인데⋯⋯. 군인이라면서⋯⋯."

살짝 애교까지 떨었는데 명선은 시계가 든 호주머니만 보고 있었다. 그녀는 명선이 시계를 탐내고 있다는 것을 알았다. 지리학자가 시계를 내보였다.

"그 여자 집에 갔다 오면⋯⋯."

명선은 두말없이 일어났다.

마을을 벗어나자 어둠이 더 진해졌다. 주막에서 빌린 등불은 등불 자신만 드러낼 뿐, 발밑은 물속을 걸을 때처럼 여전히 아무것도 볼 수 없었다. 시커먼 어둠이 코와 귓속으로 파고들어 그녀 자신 어둠이 되어 사라질 것 같았다.

발을 디딜 때마다 벌레들이 발에 밟힌 듯 자지러지게 울었다. 그 비명 소리가 자신의 입 안에서 나온 듯 뒷목이 당기고 손바닥이 땀에 젖었다. 무엇보다도 등불을 든 명선이 무서웠다. 그가 자신에게 다른 마음을 품는다면, 자신은 시간도 공간도 사라진 이곳에서 영원히 사라질 것이었다. 겨드랑이에 땀이 고였다.

한 걸음 앞서 걷던 명선이 돌아서서 지리학자의 팔을 잡았다. 아아악, 두려움이 비명으로 터져 나왔다. 육십이 넘고 그렇게 수많은 여행을 하고도 터져 나오는 비명이 있다는 것이 스스로 새삼스러웠다. 그 비명 소리에 명선이 손을 놓았다.

"저 냇물을 건너야 합니다. 불을 비출 테니 잘 따라오세요. 물속에 독뱀을 키운다는 말이 있습니다. 절대 빠지면 안 됩니다."

명선이 잔뜩 겁을 먹은 목소리로 말했다. 냇물은 길보다 훨씬 어두웠다. 물이 아니라 검고 끈적끈적한 기름 같았다. 얼마나 깊은지, 뭐가 사는지 알 수 없었다.

명선이 등불을 들고 징검다리를 건넌 뒤 돌아서 지리학자의 발밑을 비추었다. 냇물이 일렁일 때마다 독뱀들이 밀려오는 것 같아 오금이 저려왔다. 명선이 손을 내민 후에야 겨우 건널 수 있었다.

많지도 않았다. 세 개 혹은 네댓 개의 돌을 건너왔을 뿐인데 마치 세상 밖으로 나온 듯했다. 머리 위의 별들이 바람이 불면 떨어질 듯이 반짝거렸다. 지구의 반을 지나온 것보다 더 새로운 풍경이었다. 노란 꽃이 달린 검은 나무 아래 선 기분이었다. 그것 외에 보이는 것은 아무것도 없었다. 별이 한 뼘만 더 아래 있었다면 지구가 아니라 우주에 서 있는 느낌일 것이다. 움직이는 것도 소리 나는 것도 없었다. 인간이 만든 모든 분별이 사라진 것 같았다. 명선은 그 별들 아래 있는 희미한 불빛을 가리키며 바로 저 집이라고 했다.

키보다 작은 대문을 살짝 밀었다. 마당 건너 있는 방에서 불빛이 흘러나왔다. 아무 말도 하지 않았는데 인기척을 느꼈는지 방문이 열리면서 여자가 얼굴을 내밀었다. 분명 눈이 마주쳤는데도 보지 못한 듯, 아무 말 없이 그대로 문만 열어둔 채 방 안으로 사라졌다.

지리학자는 명선을 앞세우고 방으로 들어갔다. 벽에는 커다란 지팡이를 짚은 한 노인의 그림이 있었다. 그 앞에 조선에 와서 많이 본 과일과 쌀이 수북이 차려져 있고 그 가운데 향이 꽂혀 있었다. 여자는 진작부터 그러고 있었던 것처럼 노인을 향해 눈을 감고 쉬지 않고 염주를 돌리고 있었다.

"생각보다 빨리 왔군."

여자가 말했다. 몇 시간 전 주막집에서 들었던 바로 그 목소리였다. 그 이전까지는 그런 목소리를 들어본 적이 없었다.

뱀이 기어가는 듯했던 소리였다. 지금 들어보니 머리를 물속에 담갔을 때 나는 소리 같기도 했다. 무엇보다도 이상한 것은 지리학자가 그 말을 알아들었다는 것이었다. 아니 정확하게 말하면 그 말을 들은 것이 아니라 그 말이 자신의 머릿속에서 떠오른 것 같았다.

"당신이 사람들의 운명을 안다는 것이 사실인 것 같군요."

말들이 입 밖으로 미끄러져 흘러내리듯이 불쑥 나갔다. 생각이 말로 표현되는 것이 아니라 입이나 코처럼 애당초 있었던 것 같았다. 여자는 아무 말이 없었다. 손에 들었던 구슬들을 더 빠르게 돌렸다. 무슨 말을 중얼거리기도 했다. 똑같은 말을 끊임없이 반복했다. 지리학자는 뭔가 다른 말을 해야겠다는 생각을 한 순간 다시 자신의 목소리를 들었다.

"당신이 죽은 사람의 혼을 불러낼 뿐만 아니라 미래에 일어날 일까지 알고 있다고 들었습니다. 그런데 그것이 어떻게 가능한가요? 당신들은 미래는커녕 아주 오래전부터 있었던 영국이나 프랑스와 같은 나라가 있는 줄도 모르고 있지 않았습니까?"

영어로 한 말을 알아듣기라도 한 것처럼, 구슬 두 개를 돌리면서 눈을 감고 있던 여자가 눈을 떴다.

"그것은 새들이 이미 알고 있는 일이다. 물고기도 알고 있다. 사람들이 물고기와 새들이 아는 것을 알지 못했던 것뿐이

다. 운명이라는 것은 다르다. 그것은 물고기도 새도 알 수 없
는 것이다. 다가오지 않은 시간은 지나간 시간과 똑같다. 지
나온 시간으로 돌아가지 못하듯이 다가오지 않은 시간으로도
갈 수 없다. 그러나 그렇다고 해서 알 수 없는 건 아니다."

　여자의 말이었다. 들릴 듯 말 듯한 낮은 음성인데도 그 말
은 어렵지 않게 알아들을 수 있었다. 지리학자가 영어로 한
것을 여자가 알아듣고 여자가 조선말로 한 것을 지리학자가
알아들은 것이었다. 다시 말하지만 말은 귀로 듣고 입으로 하
는 게 아니라 눈앞에 펼쳐져 있는 것 같았다. 몇십 년간 낯선
곳을 찾아다닌 지리학자도 이런 경험은 처음이어서 어지간한
일에는 눈썹도 꿈쩍 않는 그녀도 입을 다물지 못했다.

　"과거와 미래가 똑같다니요? 미래라는 건 그 시공간에 발
을 디디는 순간 완성되는 것이지 당신 말처럼 완성되어 있는
게 아닙니다. 이미 완성되어 있다면 우리의 생이 모두 계획되
어 있다는 말인데……."

　지리학자는 이번에도 자신이 말을 하는 게 아니라 자신의
말을 듣는 것 같았다. 너무나 이상한 경험이었다. 아아악, 고
함이라도 지르고 싶은데 고작 한다는 것이 쥐가 날 때처럼 아
주 곤혹스런 표정을 짓는 것뿐이었다. 사실, 놀란 것은 조선
을 떠난 후였고 그 순간은 그 모든 게 자연스러워 보였다고
했다.

"보이지 않는다 해서 알 수 없는 건 아니다. 보는 방법이 다를 뿐⋯⋯."

여자는 입도 달싹이지 않고 말을 했다. 살얼음이 낀 듯한 표정은 차갑게 식어 있었다. 지리학자 역시 여자의 말을 알아들었는데, 이젠 정말 말이 여자의 입에서 나온 것인지 자신의 마음속에 들어 있던 것인지 알 수 없었다.

'보는 방법이 다르다면 미래도 알 수 있단 말인가.'

"그렇다."

여자는 잘라 말했다. 분명 생각만 한 일인데 어떻게 그 말을 알아들었단 말인가. 생각조차도 주고받을 수 있단 말인가.

'그렇다면 과거와 현재와 미래가 같이 뒤섞여 있다는 말인가.'

지리학자는 혼자 중얼거렸다. 여자는 이번에는 아무 대꾸가 없었다. 대신 명선이 그 말을 들었다는 듯 낮은 목소리로 말했다.

"저 여자는 사나흘에 한 번씩 자고 하루에 한 끼씩 먹습니다."

생활의 주기가 달라진다면 시간의 주기도 달라진다는 말인가.

이번에도 마음속으로만 생각을 했다. 둘 다 아무 반응이 없었다.

여자의 그림자가 벽에 비쳤다. 커다란 동물 같았다. 등골을 타고 두려움이 번져갔다. 조선에 떠도는 말처럼 여우가 변장한 여자일지도 몰랐다. 한순간에 날카로운 손톱으로 가슴을 파헤치고 늙은 여자의 간을 빼갈지도 모를 일이었다. 지리학자는 몰래 호주머니에 손을 넣어 권총을 찾았다. 손바닥 안에 땀이 흥건히 고여 있었다. 갑자기 여자가 혀를 끌끌 찼다.

"너는 박봉출의 아들이 아니냐. 집에 있어야 할 인사가 어찌……."

여자의 말에 명선이 깜짝 놀랐다.

"어찌 아버지를……."

"백년 묵은 여우를 만나고도 세 번이나 맞재를 넘어온 봉출이를 모르는 사람이 어디 있단 말이냐?"

여자가 꼭 짐승이 으르렁거리듯 말했다.

4

봉출은 맞재를 넘기로 했다. 입추 지나자 해가 많이 짧아졌다. 남은 막걸리를 마저 마신 후 주막에서 일어났다. 막걸리

값을 받고 돌아섰던 주인이 후다닥 쫓아왔다.

"이 시각에 맞재를 넘으려고⋯⋯."

"그렇소이다."

봉출은 짧게 대답하고 걸음을 뗐다. 주인은 큰일이라도 난
듯, 어깨를 잡고 한 번 더 말렸다. 닷새 전에도 한 청년이 해가
질 무렵 재를 넘다가 여우에게 홀려 죽었다는 것이었다.

"그 젊은이가 출발할 때는 이보다 더 일렀지."

주인은 손으로 눈을 가리고 해를 찾았다.

"꼭 장비 같은 사내였는데⋯⋯."

주인은 봉출의 아래위를 훑어보며 겁을 주었다.

"내 명색이 진무영의 군인이외다. 그까짓 여우가 무서워 여
기서 머문다면 양이는 어떻게 물리치겠소?"

봉출은 한시가 급하다는 듯 걸음을 뗐다. 주인이 다급하게
물었다.

"그렇긴 하오만 알아나 둡시다. 집이 어디요?"

"맞재 너머 박 봉사네 집이오."

"아니 그럼, 그 봉사님의 아들⋯⋯."

주인이 뭐라고 몇 마디 중얼거릴 동안 봉출은 이미 주막을
한참 벗어나고 있었다.

기우는 해는 잠깐이었다. 산속으로 들어서자마자 금방 어
둑해졌다. 봉출은 잠시 걸음을 멈추고 소맷자락에서 말린 삼

잎을 꺼내 귀를 막았다. 여우는 사람으로 변하기 전에 먼저 울음소리로 사람을 홀렸다. 목소리에 홀리지 않으면 사람 모습으로 변하지 못한다고 했다. 건너편에서 넘어오던 사람들이 봉출을 보고 깜짝 놀라 걸음을 멈추었다.

"이보시오 젊은이! 이 시각에 이 고개를……."

봉출은 재를 넘어온 사람들이 붙들기 전에 길을 재촉했다. 굽이를 돌고난 뒤부터는 마주치는 사람이 없었다. 깃을 접었던 새들이 놀랐는지 시끄럽게 울었다. 몇 발자국 앞에 있던 사슴이 도망을 갔다. 뒤쪽에서 들리는 여우 울음소리가 신경에 거슬렸다.

열흘 달이라 길은 하얗게 모습을 드러냈다. 달빛을 받은 나뭇가지가 길 위에 그림자를 그렸다. 검은 숲 속에 도깨비불처럼 반짝이는 짐승의 눈동자도 변함없었다. 봉출의 숨결이 흔들렸다. 달빛이 아주 깊숙이 숨겨져 있던 민 첨정 집 외동딸을 그려냈다. 꽉 다문 입술, 퍼렇게 언 얼굴, 앙 터뜨렸던 울음……. 잊지 않겠다는 말을 떠올린 후 봉출은 다시 눈을 감았다. 그새 영악한 여우가 바짝 거리를 좁혀와 낮게 울었다. 하마터면 왕후의 울음소리로 알아들을 뻔했다. 봉출은 도포의 소맷자락에서 돌을 꺼내 여우를 향해 던졌다. 여우와 그 주위를 에워싸던 짐승들이 한 발짝씩 물러나는 듯했다. 그 틈을 타 또 하나의 돌을 주워 소맷자락에 넣었다. 그는 다시 눈을 부릅뜨고 자신을 책망했다.

'그분은 이 나라의 국모이시니라. 사사로운 감정을 품는 것은 역모와 다름없는 일이다.'

휙 다시 돌을 던졌다. 돌에 맞아 비명을 지른 사람은 짐승이 아니라 그 자신인 듯했다.

드디어 정상이었다. 산이 깊을수록 달빛은 밝았고 그 밝음이 봉출을 홀리는 듯했다. 사람들을 홀리는 건 여우가 아니라 달빛인지도 모를 일이었다.

아직 큰 짐승이 움직일 시간은 아니었다. 나무 뭉치를 잡은 손 안에 땀이 칙칙하게 뱄다. 큰 숨을 들이마셨다. 모든 신경을 뒤쪽에 두고 빨리 걸을수록 조심해야 했다. 내리막길이라고 너무 방심한 탓일까. 재를 거의 다 넘어왔을 때 늑대 한 마리가 옆에서 달려들었다. 봉출은 몽둥이를 휘둘렀다. 맞지 않으면 그 자신이 죽을 것임을 직감했다. 다행히 몽둥이는 정확하게 늑대의 머리를 때렸다. 퍽, 나무 둥치가 쓰러지듯 늑대가 길바닥에 쓰러졌다.

멀리 고향 마을이 보였다. 희미한 등불이 군데군데 걸려 있었지만 그보다는 달빛이 훨씬 밝았다. 박 속 같은 달빛이었다. 사방에서 개가 짖었다. 아이 울음소리가 났다. 금방이라도 폭삭 꺼질 것 같은 마을을 그 울음소리가 버티고 있는 것 같았다.

봉출은 마른기침을 하고 사립 안으로 들어섰다. 늘 문을 열고 마당을 내다보고 있던 아버지의 사랑방 문도 굳게 닫혀 있었다. 몇 년째 지붕을 이지 않았는지 지붕의 왼쪽이 폭 꺼져 있었다. 담 아래로 풀이 무성했다. 한걸음에 맞재를 넘어온 기운이 한꺼번에 빠져나갔다.

아내가 부엌 문턱을 넘어서고 있었다. 아니, 아내라고 생각되는 여자가 나왔다. 헝클어진 머리끝에 겨우 비녀가 걸려 있었고 저고리와 치마는 달빛에 봐도 짧고 더러웠다. 많이 변했다. 남자 같지도 여자 같지도 않았다. 그저 삶에 지친, 지쳐서 나이를 알 수 없는 사람이었다. 눈이 마주치자 아내가 들고 있던 설거지통이 땅에 떨어져 깨졌다.

"아이구머니나!"

아내는 짐승을 본 것처럼 외마디 비명을 질렀다. 봉출이 거처하던 아랫방에서 아이의 울음소리가 들렸다. 아내는 깜짝 놀라 그 방으로 달려갔다.

봉출은 마당을 가로질러 아버지가 기거하던 사랑방의 문을 열었다. 아버지는 봉출이 올 줄 알고 있었다는 듯이 방 안에 두 다리를 모으고 앉아 있었다.

"아버님, 소자……."

어떻게 저렇게 비참하게 변할 수 있단 말인가, 말문이 막혔다. 머리카락은 탕건 사이로 빠져나와 산발이 되었고 음식물이 묻은 수염엔 벌레가 꼬물거렸다. 윗목에 둔 요강은 언제 비우고 안 비웠는지 방바닥으로 넘쳐 질척거렸고 지독한 지린내에 숨을 쉴 수가 없었다.

"소자라면 봉출이란 말이냐?"

아버지의 목소리 끝이 바르르 떨렸다.

"그렇사옵니다."

봉출은 검버섯이 가득 핀 아버지의 손을 잡았다.

"긴가민가했는데 내 점이 맞긴 맞구나. 요즘은 세상이 하도 잘 변해서 나도 내 점을 못 믿는다."

"아버님 잠시……."

봉출은 아버지를 이렇게 팽개친 아내에게 화가 났다. 빨리 아버지의 방을 치우라고 할 참이었다. 아버지가 봉출의 마음을 다 들여다본다는 듯이 말렸다.

"가만있어라. 며늘아이가 없었으면 내가 진작 죽었을 거다. 명선이를 내게 맡겨두고 이집 저집 잔일로 먹고 살았다. 탓할 거 없다."

명선이라니? 되물을 사이도 없이 아버지는 불쑥 목을 빼고 큰 소리로 말했다.

"아가, 명선이 데리고 올라오너라."

이 말을 기다렸다는 듯이 아내가 갓난아기를 데리고 올라 왔다. 명선이, 봉출은 아기의 이름을 되뇌었다.

"아직 어리다만 의젓하다. 아프지도 않고, 그놈이 없었다면 할애비와 어미가 살아남았겠느냐. 사대육신이 멀쩡한 사람도 살기 힘들다고 아우성인데."

"계모님과 복돌이는……."

"죽었다고 쳐라."

아버지는 짧게 대답했다. 명선이가 칭얼거렸다. 아버지는 명선이를 아내에게 넘기며 봉출을 재촉했다.

"어서 내려가라. 내일 아침에 보자."

봉출은 아기를 안고 아래채로 왔다. 아랫방도 차기는 마찬가지였다.

"이렇게 얼음장 같은 데서 아이가 잔단 말이오?"

봉출이 버럭 고함을 질렀다. 아내는 아무 말도 없었다. 봉출은 벌떡 일어나 부엌으로 갔다. 나무를 찾아 불을 지필 참이었다. 부엌문은 열 것도 없이 떨어져 나가고 없었다. 사랑 아궁이에 재가 수북이 쌓여 있고 꼭 내일 아침밥을 해먹을 만큼의 나무가 아궁이 맞은편에 세워져 있었다. 한 아름도 안되는 나무였다. 방구들에 직접 불길이 닿도록 재를 쳐내고 깊숙이 넣었다.

"여기엔 그래도 저녁을 지었네. 아랫방에다 지피게."

아버지가 방 안에 앉아서도 모든 것이 훤히 보인다는 듯 말했다. 봉출은 솔가지의 반을 안고 아랫방 아궁이로 왔다. 아버지의 말대로 아궁이는 언제 불을 지폈는지 모르게 싸늘하게 식어 있었다.

사흘밖에 머물 수 없다는 말을 듣고 아내는 말없이 고개를 숙였다. 해가 뜨기도 전에 한 짐 가득 나무를 해오자 벙긋 벌어졌던 입을 다시 다물었다. 실망한 아내의 모습을 보기라도 한 듯이 아버지가 사랑문을 열었다.

"강화도는 나라의 명줄이다. 그렇잖아도 양이가 강화도로 왜구가 부산포로 쳐들어오고 난이 곳곳에서 일어나 나라의 근본이 흔들리는데 오래 머물 수 있겠느냐."

아버지의 말에 아내는 부엌으로 갔다.

봉출은 다음 날 짚을 사서 지붕을 이고 문을 다시 바르고 겨울을 충분히 날 만큼의 나무를 준비했다. 아내와 명선이의 치마저고리 한 감, 이불속 한 통, 아버지의 갓과 두루마기를 사고 나니 벌써 사흘이 지났다. 내일 해가 넘어가기 전에는 어떤 일이 있더라도 집을 떠나야 했다. 아내는 사는 일에 지쳤는지 옆에 오지 않았다. 씻지 않은 아내의 몸에서 냄새가 났지만 봉출은 아내를 안았다.

볕이 좋았다. 닭들이 두엄 밭을 헤치며 모이를 찾고 있었다. 아침상을 치운 아내는 최 진사 댁에 가고 없었다. 잔일도 해주고 침장을 거들면 저녁밥은 얻어올 수 있다고 했다. 어린 명선이 울지도 않고 아버지 옆에서 놀고 있었다. 봉출이 집을 비운 사이 세 식구가 살던 방식인 모양이었다. 떠나기 전 집 안 이곳저곳을 둘러보고 있던 봉출은 장독대에 엎어져 있는 터진 소쿠리 하나를 발견했다. 옆구리가 한 뼘 정도 터져 무나 호박을 말릴 때나 사용하는 것이었다. 그는 울타리에 서 있는 대나무를 잘라 축담 위에 앉았다. 한 자 정도의 살을 다듬었을 때 옆 마을에 사는 박 훈장이 사립 안으로 들어왔다. 그 뒤에 갓 쓴 양반이 따라 들어왔다.

"집 주인이 관상감 첨정이라 그런지 이 집 닭들이 제일 잘 운다오."

박 훈장이 뒷마당에서 놀고 있는 닭들을 가리켰다.

"그리고 저 양반이 아마도 며칠 전 밤에 맞재를 넘어온 봉사님의 아들일 거고……."

박 훈장이 이번에는 봉출을 보며 말했다. 갓 쓴 양반이 고개를 끄덕이며 큰 기침을 했다.

"나라가 수상해서 그런지 닭들이 제대로 울지를 않아요. 아무리 그래도 날이 새는 것은 알아야 할 텐데……. 제일 좋은 장닭 한 마리 파시오."

아버지는 듣고도 아무 말이 없었다. 닭이야 다시 키우면 될 일 아닌가.

"그러시지요."

184

봉출의 말을 듣고 영감이 다가와 돈을 내밀었다. 닭이 아니라 소를 살 만한 돈이었다. 그리고 아주 작은 목소리로 물었다.

"밤에 맞재를 넘어왔소?"

봉출은 고개를 끄덕였다.

내일 밤 가마 하나를 메고 맞재를 넘어주기만 한다면 돈을 곱절 더 주겠다고 했다. 뒤 가마꾼은 귀머거리니 따라가기만 하면 될 것이라고 했다.

내일 맞재를 넘는다면 모레 떠날 것이고 그러면 귀대 시간을 지킬 수 없었다. 그래도 그 돈이면 계모가 팔아먹은 논을 다시 살 수 있을 것이었다. 아내가 남의 집일을 가지 않아도 될 것이고. 봉출은 조금 망설이다가 가마를 메고 맞재를 넘기로 했다.

아내는 하루 밤 더 묵는다는 말에 아껴 먹어야 할 쌀을 한 바가지 퍼내 밥을 짓고 있었다. 봉출은 그 옆에서 봄이 올 때까지 쓸 장작을 패고 있었다.

"아비 들어오너라."

아버지가 문을 열고 봉출을 불렀다. 봉출은 도끼를 장작더미에 두고 사랑으로 갔다.

"맞재를 넘거든 진무영으로 가지 말고 이 편지를 가지고 관상감으로 가거라."

관상감의 전루군이 된 봉출은 또 한 번 맞재를 넘었다. 5년 만이었다.

쿵쿵, 가슴 뛰는 소리가 들려왔다. 아내가 죽었다는 편지를 받고도 딱 한 번 본 아들 생각에 눈앞이 캄캄해졌다.

봉출이 집에 닿았을 때 아내는 이미 땅에 묻히고 없었다. 여섯 살 난 명선이와 눈 먼 아버지가 겨우 장례를 치렀다고 했다. 겨우라고는 했지만 어떻게 치렀는지 도저히 물어볼 수가 없었다. 눈 먼 아버지는 그 광경을 눈으로 다 보았다는 듯이 말했다.

"저 애가 멀쩡한 걸 보면 전염병은 아닌 것 같고."

아버지는 구정물을 둘러쓴 듯한 명선이를 가리키며 말했다. 아버지의 눈길이 닿자 명선이는 부엌 안으로 들어가 깨진 바가지에 물을 떠왔다. 바가지에 음식 찌꺼기가 묻어 있었다.

"어미 죽고 난 다음 사나흘 살까 싶었는데 그래도 몇 달을 버텼다. 저 어린 놈이 음식을 얻어다 나를 거둔 게야."

아버지의 두 개 남은 이가 덜렁거렸다. 명선이 건네준 사발 아래로 가라앉은 밥풀떼기가 떡 조각처럼 커 보였다. 어제 아침 주막에서 주먹밥 두 개를 얻어먹고는 아무것도 먹지 않았다.

"나는 이제 사립 밖을 완전히 잊었다. 명선이가 마을 사람들을 데려와서…….”

아버지는 여전히 아내의 장례 이야기를 하고 있었다. 아버지의 말을 더 듣지 않아도 상황을 이해할 수 있었다. 아들놈은 떨어져 나간 부엌문 앞에서 더러운 옷섶을 만지작거리며 봉출을 물끄러미 바라보고 있었다. 봉출은 아들에게 다가가 손을 잡았다.

“니가 큰 고생을 했구나.”

명선이가 그제야 온몸을 떨면서 울음을 터뜨렸다.

“아비를 용서해라.”

봉출은 어린 아들을 껴안고 같이 울었다.

“니가 돌아왔으니 나는 이제 억지로 살 필요가 없겠다.”

아버지의 말에 봉출은 울음을 그쳤다.

꿈에 죽은 아내의 얼굴이 보였다. 봉출은 화들짝 놀라 깨어났다. 머리 위엔 명선이가 준비해둔 자리끼가, 문 앞엔 읍내장에서 사온 새 요강이 있었다. 봉출은 요강을 당겨 오줌을 눴다. 소변보는 데만 사용하는데도 성기는 늙었다. 그 사람은 내가 무엇이 좋다고 아직도 나를 못 잊어하는 걸까. 시원찮은 소변 줄기를 보다가 봉출은 고개를 돌렸다. 꿈속에서 아내가 있던 자리였다. 아내였을까? 순간 잠이 달아났다. 담장 밖으로 봤던 아내의 얼굴이 아니었다. 강화도에서 돌아왔을 때의

얼굴도 아니었다. 콧날이 높고 입매가 야무지고 목선이 고왔
다. 분명 왕후였다. 봉출은 깜짝 놀라 물 한 대접을 다 마시고
방문을 열었다. 동네까지 내려왔던 살쾡이가 컹 소리를 내고
도망을 갔다. 아차, 맨발로 위채에 달려갔으나 아버지는 이미
돌아가신 뒤였다.

누각의 소금

1

　조금 지난 이야기지만, 전루군이 진술서를 쓰던 장면과 훈련대 대대장이 여장을 하고 추(秋)를 찾아온 것을 기억할 것이다. 대대장은 민 대감이 찾아오면 풀어주라고 했지만 그는 등청길에 의금사에 들렀다. 마음 같아서는 누각에 들어가 바퀴로 가는 시계를 보고 싶었지만 은밀히 확인할 방법을 찾고 있는 중이었다.

　추(秋)를 본 전루군은 핏발 선 눈을 부라리고 잡아먹을 듯이 대들었다.

　"누각을 비우다니 이 무슨 일이오? 임진 병자 난리 때에도 사직의 여전함을 알렸던 누각이오. 설령 내게 죄가 있다 해도 누각을 지키게 한 뒤 물어야 마땅하지 않소이까?"

추(秋)는 피식 웃었다.

"니놈이 누각을 지키지 않아도 파루를 울리지 않아도 사직
은 별 탈이 없고 아침은 여전하다. 누각의 파루가 없으면 날
이 새지 않을 줄 알았더냐."

추(秋)는 '그렇게 물시계가 중요한데 바퀴로 가는 시계를
만든 이유가 무엇이냐'고 묻고 싶은 걸 겨우 참았다. 대신 인
상을 찌푸리고 선 늙은 주사에게 곤장 서른 대를 치고 누각으
로 돌려보내라고 이르고는 전루군이 쓴 진술서를 챙겨 들고
나왔다. 보나마나 자신이 친 파루 시각이 정확하다는 내용일
것이라고 생각했는데 그게 아니었다. 전루군은 거짓말인지
아닌지 구별할 수 없는 이야기를 잔뜩 써놓았다. 마구잡이로
수다스럽게 떠드는 듯해도 이야기는 서로 연결되어 있었고
모든 사건은 제일 처음의 이야기, 민씨 처녀를 업는 장면으로
연결되었다. 여섯 살에 아버지를 잃고 인현왕비의 사저인 감
고당에서 지냈다면, 그 처녀는 왕후마마가 분명했다.

"아무리 건청궁에 유폐되어 힘이 없다 해도 이런 이야기책
에……."

고얀 놈이었다. 곤장 서른 대만 때리고 누각으로 돌려보내
는 게 아니었다. 백 대를 때리고 누각에서 쫓아내야 할 놈이
었다. 추(秋)는 전루군이 쓴 진술서를 탁자 위에 집어던졌다.

그 행동은 터무니없는 이야기에 코를 박고 본 자신에 대한 나무람이기도 했다.

각 부에서 올라온 질의서가 몇 개나 쌓여 있었다. 휴, 추(秋)는 짧은 한숨을 쉬고 그중 제일 위의 것을 집어 들었다. 동문 밖에 사는 박가(朴哥)가 집으로 돌아가던 중 궁궐 문이 닫히자 창덕궁 담을 타넘었는데, 개혁 법령에는 이를 처리할 항목이 없다고 했다. 박가를 대명률에 의거하여 교에 처하라고 답을 내렸다. 누가 가르쳐 주지 않아도 주상의 권한이 약하다는 것은 궁궐 밖의 백성들이 먼저 알고 있는 듯했다. 그 다음은 군부의 질의서였다. 며칠 전에 붙들려 온 정가(鄭哥)의 처리 방법을 묻고 있었다. 양반과 백성의 신분제도가 없어진 뒤 모욕을 당했다며 백성들을 고발하는 양반이 많았다. 붙들려 온 정가는 개화한다면서 여전히 양반세상이라며 분통을 터뜨렸다고 했다. 이편도 저편도 들 수 없어 곤혹스러웠다. 빨리 개화법률을 만들어 이런 분란을 없애야 했다. 다시 붓에 먹물을 묻혀 징역형을 정리할 때였다.

"국장!"

훈련대 대대장이 다시 나타났다. 콧구멍은 벌어져 있고 두 뺨은 발그레했다. 아주 급한 모양이었다.

"전루군은 이미 석방했소이다만."

추(秋)의 말에 대대장이 검은 일본식 모자 밑에 손을 넣어

난처한 듯 머리를 긁었다.

"주사에게 이미 들었소이다. 혹시 하고 왔는데……. 그자의 집이 어디요?"

"집은 알아보면 될 일이지만 무슨 일로 그러시오. 바퀴시계 문제라면……."

여전히 조심스러운 기분이 들어 목소리를 최대한 낮추었다. 말이 끝나기도 전에 대대장이 손을 들어 추(秋)의 말을 막았다.

"지난밤에 왕후께서 누각의 소금을 가져가셨다 하오."

대대장의 목소리는 갈라져서 잘 알아들을 수 없었다. 아니 제대로 들었는데도 무슨 말인지 알 수가 없었다. 왕후 이야기인 것 같기도 하지만, 믿기지 않았다. 이미 건청궁에 유폐된 왕후였다. 건청궁 밖으로 목소리만 들려도 폐위시키겠다고 으름장을 놓았다. 일본으로 도망간 박영효 영감도 그랬고 총리대신도 그랬고 대원군도 그랬다. 일본도 마찬가지였다. 왕후에게 우호적인 세력은 단 한 군데도 없었다. 그런데 일본을 등에 진 대대장이 왕후 일로 밤낮으로 헐레벌떡 다니는 것이 얼른 이해되지 않았다.

'무슨 일이 있었던 걸까.'

전루군이 쓴 진술서가 눈에 들어왔다. 왕후에 대한 그리움을 파루나 인정 소리에 싣는다는 내용이었다.

그렇다면 그걸 누가 벌써 읽고……. 전루군과 왕후의 관계를 이야기가 아니라 실제 있었던 일이라 우긴다면, 전루군을 풀어준 자신도 엮일 수 있는 일이었다. 갑자기 함정에 빠진 기분이었다. 머리 안의 피가 하얗게 증발되는 느낌이었다. 대대장이 이상하다는 듯이 바라보았다.

"내가 귀찮게 해서 그런지 안색이 나쁘오이다. 대신께서 직접 훈련대로 오시어 전루군을 찾아보라고 하시는 바람에."

대대장의 걸걸한 목소리에 추(秋)는 정신을 차렸다. 자신이 짐작했던 문제는 아닌 것 같아 조금 안심이 되었다. 그렇다 해도 한 마디 한 마디가 얼음 위를 걷는 것처럼 조심스러웠다.

"누각에 가면 쉬울 듯하오나 왕후께서 무얼 하셨다 했소이까?"

아까보다 더 낮게 물었다. 긴장 탓인지 목소리가 꽉 잠겼다.

"물시계에서 난 소금을 가져갔다 하오."

더 작은 목소리였지만 알아들을 수 있었다. 그런데 이번에는 그 말이 무슨 뜻인지 알아들을 수 없었다.

"물시계의 소금이라 하셨소이까?"

추(秋) 국장이 믿을 수 없다는 듯 되물었다.

"그렇소이다. 누각의 물시계에서 소금이 생긴다 하니."

자신도 믿을 수 없지만 아는 것도 없다는 듯이 대대장이 퉁명스럽게 대답했다. 추(秋)는 아무 말도 못하고 눈만 껌벅거렸다. 누각의 소금을 가져간 것보다는 누각의 물에서 소금이 생긴다는 자체가 놀라웠다. 소금이 바닷물에서만 생긴다는 것은 세상천지가 아는 일이었다.

"그것이 사실이오?"

추(秋)는 놀라움을 감추느라고 눈만 동그랗게 뜨고 물었다.

"낙선재의 상궁이 한 말이니 사실이 아니면 무엇이겠소?"

대대장의 말이었다. 누각의 물에서 소금이 생기는 것에 대해 물었는데 대대장은 왕후가 소금을 가져간 사실을 말하고 있었다. 추(秋)는 침을 한 번 삼킨 다음, 다시 물었다.

"그 일이 아주 큰일인가 보오."

"그건 왕실의 일이라서, 하여튼 대신께서 전루군을 찾아보라고 했소이다. 그런데……."

서른을 갓 넘긴 대대장은 무슨 문제가 있는 듯 얼굴을 찡그렸다.

"오늘 밤 경회루에서 윤 대감의 귀국 환영회가 있는데 그 준비가 만만찮아서 나 대신 국장께서 좀……. 직접 가셔야 할 듯싶소만."

대대장이 일이 꼬인다는 듯 여전히 인상을 찡그리고 있었다. 국장은 책상 위에 쌓여 있는 수북한 법령들을 힐끔 쳐다보았다.

"대신께서 소리 소문 없이 하라고 어찌나 당부하시는
지……."

대신까지 들먹이는 것을 보니 어지간히 급한 모양이었다.
추(秋)는 고개를 끄덕였다.

"전루군을 다시 붙잡아 오리이까."

국장이 물었다.

"아니외다. 대신께서는 그 소금이 무얼 뜻하는지 알고 싶어
하셨소이다."

"알겠소이다."

추(秋)는 관모를 고쳐 썼다. 그 자신도 궁금하던 참이었다.

대대장이 국장만 믿겠다며 돌아간 뒤 그는 곧 나갈 듯 몸을
돌려 두어 걸음을 걷다가 그 자리에 멈춰 섰다. 그러고 나서
다시 집무실 안으로 들어왔다. 흔들리는 관모를 한 번 더 고
쳐 쓰고 뒷짐을 지고 방 안을 서성거리며 말라가는 먹물을 내
려다보았다. 흙비가 내리고 바닷물이 붉게 변하고 흰 까마귀
가 날아왔다는 말은 들었지만 물에서 소금이 난다는 말은 처
음이었다. 그걸 그대로 믿고 확인하러 가는 일이 어쩐지 부끄
러웠다. 나중에 우스꽝스런 꼴이 될지도 모를 일이고, 이쪽저
쪽 심부름만 하다가 목이 달아날 수도 있었다.

그는 생각난 듯이 사무실 책장 위에 얹힌 시계를 보았다.

일본 고문관이 준 것인데 얼마 전부터 움직이지 않았다. 진고개 어디에 가면 시계포가 있다는 말을 들은 적도 있었지만 그것이 고장난 줄도 모르고 지내왔다. 어느 날 보니 그것이 움직이지 않았다. 신기하기는 했지만 그 시계의 고장 때문에 불편했던 적은 없었다. 그는 사실 시간의 맞고 틀림에는 관심이 없었다. 단지 법의 집행이 중요했다. 오늘 아침 체포한 전루군을 다시 풀어주는 일도 단순했다. 법을 집행하는 것이 그 어떤 것보다 절대적으로 옳은 일이었다. 추(秋)에게 법은 대신의 말이었다. 그는 천천히 협오당 문을 열고 목화를 신었다.

협오당을 나서면 왼쪽으로 해서 영추문으로 가는 것이 빠른데도 버릇대로 수정전 앞으로 나와 영추문으로 향했다. 높고 넓은 수정전 앞을 걷는 것만으로도 가슴이 두근거렸다. 3층으로 된 월대 앞에서 눈이 아린 듯 잠깐 서 있었다. 오로지 대신만이 저 육중한 계단을 밟고 올라가 월대에 설 수 있었다.

"오로지 대신만이……."

추(秋)의 가슴이 팽팽하게 차올랐다. 잠들어 있던 신경세포들이 다시 살아났다. 일본 세상이지 않은가. 머뭇거릴 때가 아니었다. 그는 관모가 흔들거릴 정도로 고개를 끄덕였다.

영추문 좌우로 문마다 서 있어야 할 훈련대 군사들이 삼삼오오 무리를 지어 수군대고 있었다. 훈련대를 해산한다는 소문이 사실인 모양이었다. 별기군 이래로 왜가 가장 공을 들인 것이 훈련대였다. 만약 훈련대를 해산한다면……

추(秋)의 고개가 절로 신무문 쪽으로 돌아갔다. 청나라풍의 집옥재, 그 옆의 흰 노서아 건물, 그리고 조선식의 건청궁이 나란히 서 있었다. 주상께서는 특히 청나라풍의 집옥재를 좋아하신다고 했다. 청의 문물이 곧 서양의 문물이었다. 그런데 일청전쟁에서 청이 패배한 것이었다. 주상은 이제 집옥재를 허물고 새 집을 지어야 했다. 문제는 어떤 나라의 건물일 것인가 하는 것이었다. 왜의 건물은 아닐 것이다. 왜는 늘 주상이 아니라 내각이 국정을 책임져야 한다고, 그것이 개혁의 핵심이라고 했다. 주상은 다른 문물은 받아들여도 이것만은 받아들이지 않을 것이다. 추(秋)는 집옥재와 건청궁 사이에 있는 노서아의 흰 건물을 보았다. 아직도 황제권이 막강한 나라이다.

'그렇다면 훈련대를 노서아식의 군대로……. 이미 내각으로 많은 힘이 옮겨와 있는데…….'

추(秋)는 고개를 갸웃거렸다. 생각에 빠져 걷다 보니 어느새 누각 앞이었다.

전루군은 문을 열어둔 채 머리를 빗고 있었다. 반쯤 세서 그렇지 숱이 많은 머리였다. 목욕까지 했는지 광대뼈가 반들

반들 윤이 났다.

으허엄.

추(秋) 국장은 기침을 했다. 전루군은 그 소리를 듣고 자리에서 일어났다.

"집으로 가지 않고 바로 이곳으로 온 모양일세."

그는 누각을 훑어보며 물었다. 여섯 칸 남짓한 작은 건물이었다. 물시계가 있는 누실이 절반, 당직실과 창고가 절반인 허름한 건물이었다. 추(秋)는 반쯤 열려 있는 누실 안을 들여다보았다. 물이 담겨 있어야 할 그릇이 텅 비어 있었다.

"어째 물시계에 물이 없는가."

추(秋) 국장의 말에 전루군이 힐끔 쳐다보았다.

"이제 물을 뜨러 갈 생각이옵니다마는……."

퉁명스런 대답이었다. 의금사에 붙들려와 곤장 서른 대를 맞고 풀려난 데 대한 감정이 아직도 사라지지 않은 목소리였다.

'요놈 봐라. 진술서를 쓰라 했더니 요상한 이야기만 잔뜩 써놓은 주제에. 어리석은 놈, 왕후를 잊지 못한다는 말이 얼마나 위험한 것인지 모르고…….'

추(秋)는 어금니를 사리물고 물었다.

"그런가, 날마다 물을 새로 붓는가."

"그렇소이다."

여전히 무뚝뚝했다.

"내 이상한 말을 들어 자네에게 확인하러 왔네. 거짓으로 고할 땐 저번처럼 쉽게 풀려나지 못할 게야."

전루군은 상투를 틀다 고개를 돌렸다.

쉽게 풀려나다니요? 나는 잘못한 게 없습니다, 서늘하게 드러난 흰자위를 보는 순간 추(秋)가 떠올린 말이었다. 물론 전루군은 아무 말도 하지 않았다.

"누각에서 소금이 난다는 말이 사실인가."

"그렇소이다만."

전루군은 심드렁하게 말했다. 밥 먹었느냐는 말에 대답하는 것 같아서 오히려 추(秋)가 당황했다.

"아니, 물에서 소금이 어찌……."

하고 싶은 말이 많은데, 자꾸 더듬거려졌다. 전루군은 상투를 다 튼 후 횃대에서 모자를 떼어내고 있었다.

"흰 까마귀도 있고 붉은 강물도 있는데 물에서 소금이 날 수도 있습지요. 그리고 소인은 염부가 아니니 누각의 물이 바닷물일 리가 없지요."

'아니, 저자가 지금. 나랑 말장난을 하자는 건가. 염부가 아니고 염전이 아니라면 물에서 소금이 나도 된다는 말인가.'

추는 치밀어 오르는 화를 겨우 눌렀다.

"그럼 그 소금은?"

"관상감에서 중궁전에 보내는 걸로 알고 있사옵니다."

"중궁전엔 왜?"

추(秋) 국장은 자신이 생각해도 어리석은 질문을 전루군에게 하고 있었다.

"미천한 놈이 어찌 그걸 알겠습니까. 그저 시각에 따라 파루나 인정을 치는 일에나 목숨을 바칠밖에요."

전루군은 건청궁의 우물로 가서 물을 떠와야 한다며 밖으로 나갔다. 정오가 가까워지고 있었다.

2

덩 덩 더엉…….

파루 소리였다. 낮고 무거웠다. 바늘처럼 가는 구멍으로 빛이 새들어올 시간이지만 방 안은 먹물처럼 컴컴하다. 내의원에서 불면을 치료한다고 문을 가린 탓이었다. 별 효과는 없었다. 왕후는 밤새도록 뒤척거렸다. 아니 조금 잠이 든 듯도 하다. 가슴이 답답하고 머리가 아파 자주 깨어났을 뿐, 입 안이 칼칼하고 온몸이 바싹 마르는 것 같아서, 물을 두어 번 마셨고 소변을 두 번 보았다. 그리고 파루 소리였다.

"가리개를 걷도록 해라."

목소리가 뚝뚝 부서져 내릴 듯 갈라졌다. 아무 반응이 없다. 젊은 것들이 잠이 든 것일까.

"숙직 나인 없느냐?"

왕후가 몸을 일으켰다. 머리가 돌처럼 무거웠다. 숙직 나인 대신 김 상궁이 허겁지겁 문 앞에 엎드렸다.

"마마, 죽을죄를 지었사옵니다."

"들어와서 가리개를 걷어라."

왕후는 다시 자리에 누워 눈을 감았다. 머리 안으로 온 몸뚱이가 들어간 것 같았다.

덩 덩 덩

왕후는 숨을 쉬는 것처럼 종소리를 셌다. 다섯 여섯 일곱……. 머리 안의 복잡한 일들이 조금씩 자리를 양보했다.

복잡한 일이란 어젯밤 경회루에서의 연회, 일본에서 돌아온 윤 대감의 귀국 환영회였다. 작년 갑오왜변 이후 주상께서는 부적 환영이니 송별이니 하는 이름의 연회를 자주 열었다. 대신들뿐 아니라 협판들도 자주 불렀다. 돈도 아끼지 않았다. 어제도 외국에서 온 붉은 포도주와 일본에서 온 청주, 러시아에서 왔다는 독한 술, 케이크와 떡, 과일……. 장생포에서 온 고래 고기와 먼 바다에서 잡았다는 주황색 생선알까지 귀한 음식이 지천이었다.

경회루 주변의 나뭇가지에 조롱박처럼 전등불이 달려 있어 따로 등불이 필요 없었다. 전등이 들어온 지도 4 , 5년 전이지만 왔다갔다 마음대로인 데다 위이잉 이쪽 귀에서 저쪽 귀로 뭔가 지나가는 이상한 소리가 나서 왕후는 밤이 되어도 주로 촛불을 사용해왔다. 거기다 어젯밤처럼 그렇게 많은 불이 한꺼번에 켜진 것도 처음이라 꼭 다른 세상에 온 것 같아 걸음이 자꾸 느려졌다. 주상께서는 벌써 다리를 건너고 있었다.

누각 가장자리에도 조롱박 같은 호박등이 달려 있었고 그 누각 뒤에 미국의 상인이 선물했다는 축음기에서 서양 음악이 새나왔다. 말이 어쩌자고 열 번이고 백 번이고 되풀이되는 것인지 왕후는 알아들을 수 없는 서양말보다 그 기계가 더 낯설었다.

주상께서는 서양 술잔에 술을 따라 높이 들고 있었다. 대신들도 술잔을 들었다.

"대군주 폐하와 왕후마마의 만수무강을 축원 드리옵니다!"

주상의 얼굴이 전등처럼 환해졌다. 주상이 술잔을 비우자 대신들도 술잔을 비웠다. 왕후도 술잔을 비웠다. 달면서도 뒷맛이 쓴 술이 목구멍으로 단숨에 넘어갔다. 왕후는 그 쌉쓰레한 뒷맛이 좋았다. 술잔을 내리자마자 이미 단발을 하고 검은 양복을 입은 대신이 하얀 천으로 병 아랫부분을 싼 술병을 들고 다가왔다.

"왕후마마, 소신이 한 잔 올리겠사옵니다."

술기운 때문일까, 보긴 봤는데 누군지 기억이 나지 않았다. 특히 양복을 입고 단발을 한 대신들은 누구인지 구별하기가 어려웠다. 대신은 서양 문물에 익숙한 듯 능숙하게 잔을 채웠다.

"여전히, 이십 년 전이나 다름없이 고우십니다."

왕후는 반쯤 마시던 술잔을 내렸다.

"이십 년 전이라면……."

"법부대신 서광범이옵니다."

왕후의 머리 안이 찡 울렸다. 왕후의 폐위를 주장하던 김옥균, 박영효의 무리였다. 개화를 주장하면서도 대원군과 손을 잡았던 표리부동의 젊은이들……. 그런데 그 사람이 이제 법부대신이라니……. 그 자리를 벗어나고 싶어 잠시 몸을 돌렸을 때 귀에 익은 목소리가 들려왔다.

"왕후는 기억을 못 하실 거외다. 십팔 년 동안 미국 생활을 했으니. 선진 문물을 직접 체험하고 공부하여 지금 나라의 큰 힘이 되고 있소이다."

주상께서는 서광범의 잔 가득 술을 따르고 서양식으로 잔을 내밀어 마주쳤다. 대신 몇몇이 술잔을 들고 그 주위에 몰려들었다.

'주상께서 단단히 착각을 하신 모양이었다. 내가 어찌 김옥

균의 일당인 저자를 모른단 말인가. 그런데 어쩌시자고 이런 반역의 무리들을 다시 궁 안으로 불러 모으시는지.'

왕후는 손이 떨려서 술잔을 들고 있을 수 없었다. 모두 임오년 왕후의 죽음에 동의하거나 찬성한 사람들이었다. 지금은 웃고 있지만 돌아서자마자 왕후의 폐위를 주장할지도 모를 사람들이었다. 폐위를 주장하면서도 사직과 백성을 입에 올린 무리들이었다. 칼을 겨누면서도 웃고 있을 무리들이었다.

왕후는 손에 포도주 잔을 든 채 뒤로 자리를 옮겼다. 등 뒤에서 자꾸 웃음이 터져 나왔다. 날카로운 무기를 가진 사람일수록 더 자주 웃는다는 걸 왕후뿐만 아니라 이 연회에 모인 사람이면 누구나 알고 있었다. 모두들 알고도 모르는 척할 수 있지만 왕후는 모르는 척할 수 없었다.

누각 뒤쪽, 근정전으로 난 짧은 다리에 올라섰다. 건너편에 궁내부의 내관들과 상궁들이 줄을 지어 기다리고 있었다. 왕후를 본 김 상궁이 다리를 건너오자 왕후는 머리가 아프다며 그대로 연회장을 떠났다.

열다섯 열여섯…….

왕후는 달을 들이마시듯 파루의 북소리를 들이마셨다. 달이 갓 돋아오를 때 숨을 멈추고 한 숨통, 두 숨통, 세 숨통 계속 들이마시면 달 기운이 들어와 몸 안이 환해졌다. 3 7 9번의 홀수 번으로 해야 하는데 왕후는 열한 번까지 해본 적이 있었다. 어떤 여자는 스물일곱 번까지 했다는 말을 들었다. 스물 아홉 번을 하다가 숨이 막혀 죽은 여자도 있다고 했다. 오래 숨을 참을수록 달의 힘이 전신으로 퍼져나간다고 했다. 달의 힘이 퍼져나가야만이 떡두꺼비 같은 아들을 낳을 수 있었다. 아들, 아들, 아들 하나만……. 비가 와도 바람이 불어도 여자 들의 염원은 변하지 않았다. 특히 일 년 중 대보름날에는 집 에서 키우는 개하고도 경쟁을 해야 했다. 개는 달을 베어 먹 는 짐승이었다. 보름날 개에게 밥을 주면 개의 힘이 더 강해 져서 결국 그 집 안주인이 마시게 될 달의 힘을 빼앗긴다고 했다.

춘갑을(春甲乙), 하병정(夏丙丁), 추경신(秋庚辰), 동임계 (冬壬癸), 처녀들은 시집가기 전날 친정어머니로부터 씨내리 는 날에 대한 이야기를 들었다. 봄에는 갑이나 을이 든 날, 여 름에는 병이나 정날, 가을엔 경날, 신날. 겨울에는 임날, 계날 을 목이 빠지게 기다렸다. 아들을 많이 낳은 출산모의 개짐을 훔쳐오기도 했다. 아들을 못 낳는 것은 칠거의 으뜸에 해당하 는 중대한 일이었다. 왕후도 마찬가지라고 했다. 가례도감이 설치되었던 운현궁에서 한 시간 넘게 큰 상궁에게 들었던 이 야기였다.

이제 달거리가 끊겼으니 달을 마실 필요도 날을 가릴 일도 없었다. 이날과 저날은 비가 오고 오지 않을 뿐 길흉을 따질 필요는 없었다. 왕후는 숨통 가득 북소리를 채웠다.

스물아홉 서른…….

전루군의 파루 소리가 온몸에 퍼져 있던 어두운 기억을 몰아내고 있었다. 밤새 솟구쳐 올랐던 왕후의 불안들이 그제야 가슴 아래로 가라앉았다. 저 멀리서 아침이 오듯 불안의 색이 조금씩 옅어질 때 왕후는 잠이 들었다.

"왕후마마."

김 상궁의 목소리가 들렸다. 햇살이 눈부셔 눈을 뜰 수가 없었다.

"대군주께서 납신다 하시옵니다."

"주상께서……. 사실이렷다."

왕후는 이부자리를 걷다 말고 다시 물었다. 이렇게 일찍 주상이 온 적은 이제껏 한 번도 없었다. 그리고 어제 연회에서 뵙지 않았는가.

"상선 영감이 직접 전해왔사옵니다. 서두셔야 할 듯하옵니다."

김 상궁의 말이 끝나기도 전에 한 나인이 갈아입을 옷과 손거울, 화장도구를 들고 왔다. 왕후는 화장 거울 앞에 앉으며 물었다.

"지금 시각이?"

"사시 초경인 줄 아옵니다."

사시 초경이라. 새벽에 잠이 들었으니 아직 일어날 때는 아니었다. 그런데 무슨 일로……. 주상께서는 더 늦게 침수 드셨을 테고 아직 기침할 시각이 아니실 텐데……. 왕후가 몇 가지 이유를 떠올리고 있을 때 주상께서 들어오셨다. 상궁과 나인들이 물러나기도 전이었다. 눈썹도 그리지 못하고 분도 바르지 못했다. 왕후는 설핏 법부대신 서광범을 떠올리며 앞가르마 양쪽을 지그시 누르며 고개를 숙였다.

"전하, 이 시각에 어인 일이시옵니까?"

왕후의 말에 주상은 하하하 웃음을 터뜨렸다.

"아직도 과인을 보고 전하라고 하는 사람은 중전뿐이구료."

'아차, 얼마 전에 대군주 폐하가 되셨는데.'

기미 앉은 왕후의 얼굴이 검붉게 변했다. 올해 초 내각에서 왕의 존호를 전하에서 대군주 폐하로 왕비에서 왕후로 바꾼 게 생각났다(이미 알고 있겠지만 이 소설에서는 처음부터 왕후로 통일했다).

"폐하, 미천한 소첩이 미처 헤아리지 못했나이다. 통촉하여 주시옵소서."

"괘념치 마시오. 과인도 중전이라 하지 않았소이까. 어제

일찍 자리를 뜨시기에 어디 몸이라도 불편하신가 하고."

주상이 목소리를 낮게 깔고 물었다. 왕후 쪽으로 몸까지 기울였다. 왕후는 그만큼 물러나 앉았다. 주상께 기미 낀 얼굴을 보이는 것이 두려웠다.

"심려 끼쳐서 송구스럽사옵니다. 소첩의 병이야 다 아는 것이라 병이라 할 것까지……."

왕후는 말을 하다 말고 입을 다물었다. 주상이 병 때문에 온 게 아닐 것이라는 생각이 들었다. 며칠 동안 자리에서 일어나지 못할 때에도 아무 기척도 없던 주상이었다. 역시 기다렸다는 듯 주상께서 말씀하셨다.

"어제 듣자하니 중전께서 며칠 전 누각의 전루군을 풀어주셨다고……."

몸 안의 물기가 일순간 다 사라지는 것 같았다. 세자에 이어 주상까지……. 손끝이 바르르 떨렸다.

"영상, 아니 관상감 영사께 전루군이 친 파루의 시간이 맞다고 하였을 뿐이옵니다. 그런데 전하께서 어떻게 그 일을……."

"지금 내각이 발칵 뒤집혔습니다."

내각이? 왕후는 눈을 감았다. 또 폐위를 주장할 게 분명하다. 도대체 그 말이 왜 그렇게…….

그런데 조금 이상했다. 노기가 느껴지지 않았다. 노기는 커

넝 유쾌함이 묻어났다. 어린 세자가 내전을 어지럽힌 것을 즐거워할 때의 표정이었다. 주상도 역시 전루군이 잘못하지 않았음을 알고 있다는 것일까. 어쨌든 주상의 기분이 좋아진 것 같아 마음이 놓였다. 얼마 전까지만 해도 일본을 등에 업은 개혁파 관료들이 주상을 허수아비로 만들었다고 심기가 편치 않으시다고 전해 들었다. 주상이 해야 할 일은 내각이 결정할 것을 재가하는 것이었고 내각이 하는 어떤 것에도 영향력을 행사할 수 없었다. 급기야 궁 안의 일도 내각의 결정을 따르도록 하는 바람에 내각에서 올라온 서류를 집어던지며 차라리 나를 폐위시키라고 고함을 질렀다고 했다.

"과인이 못 한 일을 했소이다. 내 오늘 중전을 치하하고 싶은 마음에 이렇게 한걸음에 달려왔소이다."

주상의 말은 들으면 들을수록 이해할 수 없었다.

"폐하, 소첩 미천하와 무슨 말씀이신지……."

왕후는 쩔쩔매며 이유를 물었다. 이마에 땀이 맺혔다. 주상은 그제야 웃음기를 거두었다.

"법부에서 왜 전루군을 잡아갔겠소이까? 조선과 일본의 시간을 같게 만들려고 했기 때문이오. 시간이 같아진다면 일본당의 개혁이 일사천리로 진행될 텐데, 그걸 왕후께서 막은 것이지요. 지금 일본당의 대신들이 미우라 공사에게 몰려가 대책을 논의 중이라고 들었소."

"예에? 그게 무슨 말씀이신지. 소첩은 그저 파루의 시각이 잘못되었다기에 그렇지 않다고 했을 뿐이온데……. 그런데 시간에도 조선의 시간이 있고 왜의 시간이 있사옵니까."

왕후는 어리둥절한 표정으로 물었다.

"내 모를 줄 알았소이다. 모르니까 했지 알면 못할 일이지요. 그런데 누각의 소금은 왜 가져갔소이까."

주상이 이마를 찡그렸다. 안색도 음색도 딱딱해진 것 같았다.

"예에?"

왕후의 가슴이 쿵 떨어졌다. 어떻게 그 사실이 주상의 귀에까지……. 김 상궁이 발설했을 리는 없고, 낙선재 상궁의 입막음이 잘못된 것일까. 왕후는 보이지도 않는 문밖의 김 상궁을 눈으로 찾다가 허겁지겁 대답했다.

"흘러가는 시간이 어떻게 흔적을 남기는지 확인하고 싶어서."

쯧, 주상이 혀를 찼다.

"시간을 확인하고 싶으면 누각의 소금보다 거울에 왕후의 얼굴을 비춰보는 게 더 좋은 방법일 듯합니다."

"지당하신 말씀이옵니다. 그러하온데 아뢰옵기 황공하오나 물시계를 바퀴시계로 바꾸면 소금은 어떻게 되는 것이온지."

왕후는 붉게 물든 얼굴을 감추느라 고개를 숙였다.

"바퀴시계라니, 그게 무슨 말이오?"

주상의 목소리가 가늘어졌다. 노기 띤 음성이었다. 왕후가 나설 일이 아니거나 사실이 아닐 것이었다.

"아니옵니다. 소첩이 혼미하여 착각을 한 모양이옵니다."

"그러면 됐소이다. 어서 갖다놓으시오. 백해무익한 일을 했소이다."

주상은 여전히 칼칼한 목소리로 그 말을 하고는 그 때문에 왔다는 듯이 내전을 빠져나갔다.

"백해무익하다고 하셨느냐?"

왕후가 김 상궁에게 물었다. 김 상궁은 아무 말도 들리지 않는다는 듯이 사색이 되어 있었다. 주상께서 이 일을 문제 삼는다면 김 상궁이 제일 먼저 문책을 받을 것이었다.

"별일 있겠느냐? 주상의 말씀대로 갖다 놓으면 될 일이다. 이젠 말이다. 어떻게 물에서 소금이 생기는가 하는 것보다 중궁의 역사를 왜 중궁으로 못 가져가게 하는지 그게 더 궁금하다."

"마마, 왕후마마!"

김 상궁이 그 소리가 더 무섭다는 듯이 신음을 내며 머리를 조아렸다.

왕후는 소금단지를 열었다. 눈처럼 흰 가루로 된 것도 있고 알갱이처럼 된 것도 있었다. 물에서 난 것이 아니고 백성의 몸에서 난 것이고 백성의 마음이라고 했다. 그 마음이 무엇인지는 말하지 않았다.

"그런데 왜 그때 그 말을 했을까?"

왕후는 윗목에 엎드려 있는 김 상궁에게 물었다.

"무슨 말씀이시온지······."

김 상궁은 왕후가 금방이라도 터질 물건을 만지고 있는 것처럼 부들부들 떨고 있었다.

"관상감에서 첫 소금이 올라왔을 때 말일세."

왕후는 말을 하다 말고 문득 입을 다물었다. 수십 년 전의 일이었다. 잊었다고 생각했는데 생생하게 떠올랐다.

왕후는 꼼짝도 하지 않았다. 눈조차 감지 않았다. 이곳이 어디인지 자신이 왜 이곳에 있는지 알 수도 이해할 수도 더더욱 받아들일 수도 없었다. 당신이 기다리고 기다리던 원자가 똥구멍이 막혀 태어났다는 말을 듣는 순간 왕후는 무얼 어떻게 해야 할지 알 수가 없었다. 미역국 한 숟가락도 먹을 수 없었다. 자신의 항문도 막힌 듯했다. 자신의 몸에서 썩어 고약한 냄새가 나고 배가 아이를 낳기 전보다 더 통통 부어오르는 것 같았다. 물 한 모금도 마실 수 없었다. 옆방에서 아기 우는

214

소리가 들렸다. 젖이 부어오른 유모가 울음을 터뜨렸다. 보모 상궁이 울음을 그치라고 했다.

"아기씨의 울음소리를 들어야 하네."

보모 상궁의 말이었다. 왕후는 눈을 감았다. 점점 길을 벗어나 길이 아닌 곳, 꿈에도 생각하지 않은 곳으로 가는 것 같았다.

"무슨 당치 않은 수작인가. 울음소리를 들어야 하다니."

말은 했지만 입 밖으로 나간 것이 아니라 머리 속으로 들어온 것처럼 윙윙 울렸다.

"망극하옵니다. 중전마마."

상궁의 목소리가 아주 먼 곳에서 들려오는 듯했다. 그러고는 마침내 아무 소리도 들리지 않았다.

왕후가 깨어났을 때 내전은 죽은 듯이 고요했다. 원자의 울음소리를 찾아 귀를 기울였지만 아무 소리도 들리지 않았다. 아주 낯선 시간에 온 것 같았다. 온몸이 텅 빈 항아리가 된 듯 그 생각들만 온몸에 울려 퍼졌다.

"김 상궁 게……."

목구멍이 찢어질 듯이 아팠다. 침을 넘기기도 힘이 들었다. 다행히 김 상궁이 기척을 느꼈는지 문을 열고 들어왔다.

"중전마마, 정신이 드셨사옵니까?"

"원자가 자느냐. 왜 울지……."

김 상궁이 쓰러질 듯이 방바닥에 납작 엎드렸다.

"망극하옵니다, 마마. 주상 전하께옵서 마마의 옥체를 염려하시어."

"원자가 왜 울지 않느냐니까?"

왕후는 있는 힘을 다해 고함을 질렀다. 저것이 왜 자꾸 묻지도 않는 말을 늘어놓고……. 생각만으로도 숨이 가빠왔다.

"태를 묻은 항아리 옆에 곱게."

왕후는 그제야 상궁의 말을 알아들었다. 왜 방바닥에 눈물을 떨어뜨리고 망극하다는 말을 되풀이하는지도 알 수 있었다. 그러나 왕후는 알지 못한 척 듣지 못한 척 애초에 깨어나지 않은 듯 입을 다물고 눈을 감았다. 몸이 빠르게 식었다. 이가 딱딱 부딪쳤다. 한기에 몸이 얼어붙을 듯한데 손바닥엔 땀이 고였다. 어의를 부르라는 상궁의 목소리가 아득하게 들렸다.

왕후는 봄이 다 가도록 내전을 떠나지 않았다. 주상과 세 분의 대비, 부대부인이 다녀갔지만 여전히 와들와들 떨리고 이가 딱딱 부딪쳤다. 내의원에선 쉬지 않고 약을 지어왔다. 많은 사람들이 병명을 물었지만 어의는 명확하게 답을 하지 못했다. 왕께서 귀양을 보내겠다고 으름장을 놓았다.

"악몽을 꾸고 계신가 하옵니다."

어의의 대답이었다. 주상은 대답이 적절치 못하다고 역정

216

을 내셨다. 어의는 목이 빠질 듯 머리를 조아렸다. 아무도 어의의 말을 귀담아 듣지 않았지만 왕후는 혼자 고개를 끄덕였다. 자신이 낳은 아들이 태어난 지 7일 만에 죽었다. 형제자매가 얼굴을 익히기도 전에 다 죽었다. 자신을 낳은 후 어머니가 돌아가셨고 아버지는 겨우 여섯 살에 돌아가셨다. 꼭 자신 때문에 그 많은 사람이 죽은 것 같았다. 왕후는 자신의 운명이 두려웠다. 그 두려움을 감당할 자신이 없었다. 그것이 악몽과 비슷하다고 생각했다.

달포 넘게 탕재만 올리던 김 상궁이 어느 날 약사발이 아닌 조그만 단지를 가지고 왔다. 누각에서 올라온 소금이라고 했다. 곧이어 대왕대비께서 나타나셨다. 건강한 원자를 기다리는 백성과 열성조(列聖朝)의 지극한 마음이 흘러가는 시간에 흔적을 남겼다고 했다. 지극한 마음이 어떻게 소금이 되는지 묻지 않았다. 그저 자신의 숨죽인 울음과 몰래 흘린 눈물이 소금이 된 것 같았다.

그리고 몇 년 뒤 지금의 세자를 낳았다. 세자가 스무 살이 넘은 지금까지 한 번도 그 소금에 대해 생각해 보지 않았다. 만약 그때 세자를 낳지 않았다면 어떻게 되었을까.

3

영감은 어젯밤 집에 온 대전별감의 부탁대로 아침을 먹은
후 옥석을 불러 의금사에 갈 채비를 이를 참이었다. 평소에
아침상을 물리자마자 별채로 건너가 치장하기에 바쁜 소실이
그날은 무슨 심사인지 다과상을 들여와 시장스런 왜과자를
입에 넣어주기도 하고 어깨를 주무른다 다리를 주무른다 애
교를 떨면서 바싹 몸을 붙여왔다. 제 스스로 그렇게 몸을 붙
여온 건 영감이 퇴직하고 나서 처음인 듯했다. 어제 상선이
왔다 갔다는 소식을 들은 모양이었다. 맑은 물속을 들여다보
듯 속이 훤히 들여다보였지만 소실의 서투른 손길에 다리를
맡겼다. 소실의 뜨거운 손이 닿기만 해도 삭아가는 뼈에 윤기
가 돌았다. 하루 종일 그러고 싶었지만 대전의 명령을 자꾸
뒤로 미룰 수 없었다. 영감은 허벅지로 파고드는 소실의 손을
떼어내며 자리에서 일어났다. 그때 소실은 친정 조카의 법학
교 입학 이야기를 꺼냈다.

과거제도가 폐지된 이후 관리가 되는 길이 중구난방이었
다. 그중 가장 확실한 방법이 법학교에 입학하는 것이었다.
그 소문을 듣긴 들은 모양이었다. 영감은 소실의 부탁에 된다

는 말도 안 된다는 말도 하지 않았다. 안 된다고 하면 그 이유가 뭐냐고 꼬치꼬치 물을 것이었다. 영감은 알아보겠다고 했다. 그 말을 들은 소실은 미리 준비를 했는지 많은 정보를 쏟아냈다. 그 중심에 일본통인 법부협판이 있었고 그 협판과의 통로로 영감이 어제 만난 국장을 들었다. 멀긴 했지만 제매 사이이니 모르는 척하지는 않을 것이라고 귓속말을 했다. 그의 집과 사는 형편까지 들려주었다. 아들을 잃은 국장의 처는 언문 소설에 빠져 산다고 했다. 더 듣다가는 꼼짝없이 걸려들 것 같아 소실의 말을 자르고 자리에서 일어났다. 해가 벌써 사당의 석축을 지나 마당까지 내려와 있었다.

영감은 아차 싶었다. 젊은 소실의 살에 묻혀 노닥거린 것이 후회되었다. 관모를 쓰는 영감의 손이 부르르 떨리고 다리 뒤쪽이 팽팽하게 당겼다. 겉으로는 느긋한 듯 보이나 실은 성미가 급한 영감이라, 늦었다 싶으면 나타나는 증상이었다. 입으로는 교자꾼을 독촉하면서 영감은 한 손으로 장딴지를 주물렀다.

육조거리에는 벌써 몸에 쫘악 달라붙는 양복에, 대님 같은 끈을 목에 맨 양복짜리들과 신식 군복을 입은 사람들이 몰려다니고 있었다. 영감은 옥석을 보내 국장을 의금사로 모셔오라 이르고 자신은 의금사로 향했다. 그것이 일각이라도 시간을 아낄 수 있는 방편인 듯했다.

의금사 집무실로 들어갈 무렵 옥석이 영감에게로 왔다. 숨을 헐떡이며 이미 전루군이 석방되었다는 말을 했다.

"잘되었구나."

영감은 짧게 대답하고 입을 다물었다. 일은 잘된 듯하나 영문을 알 수 없었다. 아침 일찍 국장이 의금사에 들러 곧장 서른 대를 친 후 누각으로 돌려보냈다는 주사의 말을 들어도 마찬가지였다. 쉽게 발걸음이 떨어지지 않아 잠시 머무르고 있는 사이 별감놈이 나타났던 것이다. 이제 아무 힘도 없는데 훈련대 쪽으로 옮겨달라고 청질을 할까 봐 영감은 더럭 귀찮은 생각이 들었다.

"무슨 일이냐."

영감이 가을 햇빛에 눈살을 찌푸리며 물었다. 별감놈은 인사를 하는 둥 마는 둥하더니 바싹 붙어 귀엣말을 했다.

"어젯밤 왕후께서 누각의 소금을 가져갔다고 하나이다."

"뭣이라."

영감은 하마터면 그 자리에 폭삭 주저앉을 뻔했다. 의금사의 주사가 빤히 쳐다보고 있었다.

"알아들었다."

영감은 서둘러 별감의 입을 막았다. 그러고는 의금사 앞을 떠났다.

'어쩌시자고······.'

영감은 조심한다면서도 실성한 듯이 그 말만 여러 번 중얼 거렸다. 혜성이 떨어진 것이나 달이 해를 가린 것보다 훨씬 더 심각한 일이었다. 별감이 더 할 말이 있다는 듯 입을 쫑긋 거리며 따라왔다.

"대전에서는 뭐라 하시더냐?"

별감은 그것에 대해서는 아는 바가 없다고 했다. 영감은 질 문을 바꾸었다.

"누구에게서 들었느냐?"

"대전별감이옵니다."

"대전별감?"

영감은 홀로 되물었다. 그러고 나서 다시 걸었다. 별감놈이 사라지지 않고 끈덕지게 그림자처럼 따라와 물었다.

"진짜 누각에서 소금이 납니까요?"

영감은 분명히 듣고도 동문서답이었다.

"내 들를 데가 있으니 자네는 궐로 들어가게. 입 조심하 고."

영감은 손에 잡히는 대로 동전 몇 닢을 별감에게 건넸다.

교자에서 내리자마자 영감은 뒷간으로 갔다. 왜과자를 먹 고 난 다음부터 무지근하던 배가 탈이 난 모양이었다. 벌써 속옷이 축축했다. 아무래도 뒷물을 해야 할 것 같았다. 영감 은 속옷을 벗으면서 옥석을 찾았다.

"세숫대야에 물을 대령해라."

옥석이 물을 담아오자 영감은 똥이 묻은 속옷을 건네며, 물에 헹구어 말리라고 일렀다. 설사를 하고 나니 열까지 났다.

"마님은?"

"아침 드시고 출타하셨습니다요."

옥석은 자기가 잘못이라도 한 것처럼 머리를 숙였다. 입 안에 쓴물이 가득 고였다. 영감은 그 길로 사랑에 자리를 펴고 누웠다.

문소리만 나도 누구냐고 물었다. 바람 소리라고도 했고 숫돌을 빌리러 온 다른 대감 집 종놈이라고도 했다. 영감은 그때마다 누웠다 앉았다 방 안을 서성거렸다. 문밖의 옥석이 그런 영감이 보이기라도 한 듯 물었다.

"대감마님, 아직도 편치 않으시면 진고개에 가서 마님을 모셔오겠습니다."

영감이 감고 있던 눈을 떴다. 뒷간에서 나오자마자 소실을 찾았던 기억이 났다. 복통 때문은 아니었다. 너무 엄청난 정보에 외로워진 것뿐이었다.

"허허, 아니다."

영감이 웃고는 돌아누웠다. 소실이 아니라 대전별감을 기다리고 있었다. 벌써 몇 번째, 의금사 앞에서 별감놈에게 들은 말을 떠올렸다.

'그 말이 맞다면······.'

다시 바깥 소리에 귀를 기울였다. 분명 올 시간이 넘었는데, 이상한 일이었다.

서향 방문에 그늘이 끼일 무렵 돌아온 소실이 치맛말기를 두르고 나타났다. 이마에 건성으로 손을 얹고 의원을 불러야 겠다고 호들갑을 떨었다. 영감은 소실을 만류한다고 잠시 눈을 떴다 다시 감았다. 아무리 고민을 해도 무엇을 해야 할지 어떻게 해야 할지 알 수가 없었다. 입궐을 해서 왕후를 뵙고 누각의 소금을 제자리에 갖다놓고 석고대죄를 하셔야 한다고 할지 아니면 못 들은 척 내버려둘지 갈피를 잡을 수 없었다.

별감놈이 분명 대전별감에게서 들었다고 했다. 그놈 말의 절반이 못 쓸 이야기라 하더라도 대전의 일을 허투루 전한 일은 없었다. 그런데 그 말이 사실이라면 대전에서 벌써 사람을 보내 뭔가를 의논해야 했다. 누각의 소금은 주상과 관상감 영사만 아는 일이었다. 그 사이에 주상의 심복인 상선이 있었다. 상선이 주상의 말을 전하면 관상감에서는 소금을 올렸다. 이유를 물은 적이 없었다. 놀란 적도 없었다. 진짜 누각에서 소금이 난 것처럼 올렸다. 그러나 어느 순간부터 미리 소금을 준비하고 있었다. 다 맞아떨어진 것은 아니지만 왕후마마와 관련된 일은 주로 맞았다. 임오년 왕후의 국장을 준비할 때, 갑오년 개혁당에서 왕후의 폐위를 주장할 때, 동학당들이 호남 지방에서 난을 일으켜 왕후를 지목했을 때 등이었다. 그러나 아직도 영감은 주상께서 소금을 요구하는 것이 왕후마마를 보호하기 위해서인지 아니면 그 반대인지 알 수 없었다. 어찌되었건 내전에서 누각의 소금을 꺼내간 것은 하늘의 이치에 의심을 품는 일이었다. 하늘의 이치는 주상의 마음이었다.

왕후에게 첫 소금을 올린 것은 원자가 돌아가셨을 때였다. 주상께서 왕후보다는 이 상궁과 그 사이에서 난 완화군에게 마음을 두고 계셨다. 완화군께서 세자가 되었으면 왕후께서는 폐비가 되실 판이었는데 그때 불란서와의 양요가 일어나 그 일을 처리할 겨를이 없었다. 그래서 소금만 올리고 다음 원자 아기씨를 기다린다는 뜻만 전했다. 일종의 경고였던 셈이다.

영감은 눈을 감고 여전히 대문에서 들려올 기척만 기다리고 있었다. 그리고 이제 이 일만 끝나면 향리로 내려가 다시는 한성에 발을 들여놓지 않겠다고 다짐했다.

어둠이 방문을 덮고 있었다. 소실이 한 번 더 의원을 부르겠다고 요란을 떨었을 뿐이었다. 분명히 주상의 전갈이 있어야 했다. 영감은 불안감에 짓눌려 일어날 수조차 없었다.

"대감마님, 별감이옵니다."

옥석의 목소리에 영감은 후다닥 자리에서 일어났다.

"누구라고 하였느냐."

영감의 목소리가 부르르 떨렸다.

"별감이옵니다."

기다리고 기다리던 대전별감은 아니었지만 들여보내라 했다. 영감은 사실 그놈이라도 불러볼까 생각하고 있었다.

"대감, 병환이옵니까?"

별감놈이 넙죽 엎드리며 물었다.

"팔십 넘은 몸이다. 놀랄 것 없다. 근데 또 웬일이냐?"

영감의 열에 뜬 목소리 끝이 불안을 감추느라고 날카로워졌다.

"글쎄, 미우라 영사가 공덕리의 대원군을 찾았다 하옵니다. 요즘은 너무 자주 영감님을 뵙는 것 같아 모르는 척하려고 했지만 이놈이 그 말을 들은 것만도 벌써 두 번째라……."

다행히 방이 어두웠다. 그러지 않았으면 영감의 굳은 표정을 별감에게 들켰을 것이었다.

"일본 영사야 부임했으니 인사를 하러 가겠지."

영감이 겨우 말머리를 돌렸다. 대원군께서 왕후를 들먹이며 일본 앞잡이 노릇을 한 게 벌써 두 번째였다. 갑신년에 그랬고 작년에 그랬고…….

'그럼 이번에도?'

영감은 소스라치게 놀라 자리에서 일어났다. 그 동작에 놀랐다는 듯 별감이 허둥거리며 앞에 한 말을 보충했다.

"아니옵니다. 총리대신께도 이미 보고되었다고 합니다."

"보고라니? 일본 영사가 총리대신께 뭘 보고한단 말이냐?"

영감이 버럭 고함을 질렀다. 별감은 그저 들은 이야기라며 목을 움츠렸다.

영감은 다시 자리에 누웠다. 기운이 한꺼번에 빠져 달아난 것 같았다. 차마 주상께서도 알고 계시냐고 묻지 못했다. 법부의 별감놈이 알 일을 대전에서 모를 리가 없었다. 일본 영사가 대원군을 만났고 그 일을 총리대신이 알고 있다면…….남아 있는 문제는 왕후께서 누각의 소금을 가져가신 일인데……. 이 일이 일본 영사의 움직임과 관련이 있는 것인지, 관련이 있다면 왜 주상께서 가만히 있는 것인지…….

영감이 다시 자리에서 벌떡 일어났다. 별감놈이 깜짝 놀라 몸을 뒤로 젖혔다. 영감은 아무 말도 하지 않고 뚫어지게 문 밖을 보고 있다가 고개를 몇 번 젓고 자리에 누웠다. 설마라는 말을 겨우 목 안으로 삼킨 후였다.

"나가보아라. 그리고 이제 오지 않아도 된다."

영감은 그 말만 하고 눈을 꾹 감았다. 이제 진짜 집을 팔고 낙향을 해야 할 것 같았다.

4

지리학자는 계획을 바꾸어 그 다음 날 한성으로 돌아왔다. 물론 짐꾼 겸 통역을 담당했던 명선이 때문이었다. 그는 아버지 옆에 있어야 한다는 무녀의 한마디에 여행이고 뭐고 한성으로 돌아가겠다고 선언을 했다. 그 기세가 요란해서 설득이 불가능해 보였다. 그 없이 여행이 불가능하다는 사실에 약간 심통이 났다. 그녀는 한마디 안 할 수 없어 그 밤으로 왜 당장 가지 않냐고 빈정댔다. 명선은 밤에 맞재를 넘을 수는 없다고 했다. 물론 시계를 받은 뒤였다.

"아버지는 세 번이나 넘었다는데."

그녀의 말에 명선은 나는 아버지가 아니라고 고개를 혼들었다. 저 잘생기고 힘센 청년이 못 넘는 맞재를 세 번이나 넘은 그의 아버지가 궁금해 어떤 사람인지 물었다.

"전루군이에요."

명선은 짧게 대답했다.

"전루군이라면?"

지리학자가 문자 물시계를 읽고 해 뜨는 시간과 해 지는 시간을 알리는 관상감의 이속이라고 했다. 지리학자는 서울에서 들었던 북소리가 생각나 머리를 끄덕였다. 둥둥, 그 소리를 타고 어둠이 내려앉고 그 소리를 타고 어둠이 엷어져 가는 것 같았다. 시간을 따라 북이 울리는 것이 아니라 북을 따라 시간이 움직이는 것 같았다. 그런데 그에게 무슨 일이 있다는 것일까. 그녀는 물시계의 물에서 소금이 나는 것이 왕실의 비밀인 것을 알고 왔으면서도 이 나라를 떠날 때까지 그 소금을 전루군과는 연결시키지 못했다. 하기야 왕실의 비밀이 하급 관리와 관련이 있다는 생각을 어떻게 하겠는가.

두 사람은 날이 새기도 전에 여주를 떠나 다음 날 점심 무렵 한성에 닿았다. 명선이 짐 몇 개를 실은 나귀 고삐를 넘겨주고 인사를 하는 둥 마는 둥 쌩 돌아섰다. 돈을 줄 겨를도 없었다. 돈을 주어야 한다고 생각했을 때, 벌써 보이지 않았다.

그녀가 말 두 마리를 끌고 숙소인 선교사의 집 마당으로 들어서자 안채의 응접실 문이 열리며 게일 선교사와 공사관 직원이 손뼉을 치며 환영을 했다. 알고 보니 그럴 만도 했다. 왕후께서 지리학자를 초대한다는 연락이 왔다는 것이었다. 내일쯤 지리학자가 여행 중이라 초대에 응할 수 없다는 연락을 할까 했다는 것이다. 게일 선교사는 왕후의 초대를 미리 알고 있었냐고 물었다. 지리학자는 살짝 웃었다. 배에 구멍이 난 것이나 무녀를 만난 일들이 왕후를 만나기 위해 일어난 것 같기도 했다.

"그런데 오시 초경이라면……."

지리학자가 물었다. 직원은 오시는 오후 1시에서 3시인데 초경은 그 가운데 즉 두 시라고 했다. 이 시간을 서양식으로 고치지 않으면 조선은 영원히 조선으로 남을 것이라는 말도 덧붙였다.

"편리하긴 하겠군요."

그녀는 짧고 간단하게 대답했다.

"그런데 심부름 온 통역관이 영국에는 거꾸로 시간이 흐르는 토끼굴이 있는가 묻더군요. 그게 무슨 소리인지."

직원이 투덜거리는 소리를 듣고서야 지리학자는 아차 싶었다. 앨리스가 들어간 곳이 토끼굴과 거울 속인데 시간이 거꾸로 가는 곳은 거울 속이었다. 그걸 토끼굴이라 했으니 왕후께서는 이야기가 아니라 현실이라고 생각한 것 같았다. 뵙게 되면 꼭 정정해야겠다고 생각했다.

지리학자는 대충 짐을 풀고 점심 식사에 합류했다. 버섯 냄새가 향긋했다. 조선의 버섯은 향이 좋고 쫄깃쫄깃했다. 아주 쾌활하고 부지런한 직원은 목소리를 낮추고 몸을 앞으로 조금 내밀고 말했다.

"왕후 때문에 일본 공사관에서 화가 났다고 합니다."

"아니 무슨 일로?"

뜻밖의 말이라 그녀는 버섯을 입에 넣다 말았다.

"자세히는 모르나 일본 고문관이 잡아넣은 전루군을 왕후께서 석방시켰다고 합니다."

전루군이라면? 명선의 아버지였다. 그에게 무슨 말이 일어날 것처럼 이야기를 한 무녀의 말이 생각났다.

"왜 전루군을?"

지리학자는 명선을 떠올리며 물었다.

"그 이유는 잘 모르지요……. 그런데 누가 통역을……. 웨일즈 씨인가요."

직원이 다시 물었다. 웨일즈 씨는 공사관의 통역이었다.

"아닙니다. 궁에 영어와 조선어에 능통한 외국인이 있었습니다."

지리학자의 말에 공사관 직원은 잠시 생각에 잠긴 듯 말했다.

"손탁이라는 여자일 겁니다. 그 여자가 왕후를 믿고 일본을 깔보는 말을 해대서 공사관에서 벼르고 있다는 말이 공공연한 걸요."

그는 누구나 다 알고 있는 것이라는 듯 몸을 뒤로 젖히며 말했다. 영국 사람이 러시아 사람 욕을 하는 건 조선에서 며느리가 시어머니 욕을 하는 것처럼 흔한 일이었다.

직원이 공사관으로 돌아간 후 지리학자는 겨우 거처인 별

230

채로 돌아왔다. 원래 조선 세도가의 집이라 건물이 많고 복잡했다. 건물들은 모두 마루가 가지런하고 기와가 반들거려 어디가 어디인지 구별하기가 힘이 들었다. 건물과 건물로 통하는 문을 겨우 찾아 열면 방향만 다를 뿐 똑같은 집이었다. 지리학자는 결국 하인의 도움으로 별채로 돌아왔다. 안채는 서양식으로 개조를 했지만 별채는 조선식 그대로였다. 그래도 방 안에 매트리스를 깔고 책상이 있어 불편하지는 않았다.

지리학자는 책상에 앉아 노트를 펼쳤다. 눈으로 보고 귀로 들은 것을 글로 옮기는 시간이었다. 눈으로 보고 귀로 들은 것은 글을 통해 새롭게 태어났다. 수많은 사람이 이미 다녀간 곳이지만 글을 쓰는 순간 그곳은 그녀가 처음 오고 처음 본 곳이었다. 세상에 단 하나뿐인 곳이었다. 어찌 보면 대단한 일이었지만 준비는 간단했다. 짐꾼도 통역도 필요 없었다. 깨끗한 종이와 펜만 준비하면 끝이었다. 그런데 이 일이 만만하지 않았다. 얇은 얼음 위를 걷는 것처럼 정신을 바짝 가다듬어야 했다. 그렇게 늘 정신을 가다듬어도 결과가 똑같은 건 아니었다. 펜 안에서 글이 새나오기라도 한 듯 줄줄 써질 때가 있었고 몇 시간 동안 단 한 줄도 못 쓸 때도 있었다. 오늘은 여행 전에 만났던 왕후에 대한 만남을 더 늦기 전에 정리해야 한다.

지리학자는 다시 잉크를 적셨다. 몇 줄 적었다가 지운 것까지 합하면 벌써 세 번째였다. 이상했다. 음성도 모습도 생생한데 글로 표현할 수 없었다. 어떤 말도 적당하지 않았다. 눈으로 덮인 산도 거친 파도도, 도저히 글로 옮기기 어려운 새 울음소리도 이렇게 힘들지 않았는데……. 몇 시간 동안 서너 줄밖에 쓰질 못했다.

'왕후의 머리카락은 반짝반짝 윤이 나는 칠흑 같은 흑발이었고 눈빛은 차갑고 날카로우며 예리하게 빛나는 표정이었다.'

그 다음은 도저히 생각이 나지 않았다. 지리학자는 고개를 갸웃하며 자리에서 일어났다. 왕후 생각만 하면 자꾸 무녀가 떠올랐다. 내일 한 번 더 뵙고 다시 쓰자고 생각했다. 그녀는 그 몇 줄의 글이 왕후에 대한 매우 중요한 기록이 될 것이라고는 생각하지 못했다.

며칠 전에 통과했던 바로 그 문이었다. 긴 아치형의 문에 검은 군복을 입은 수문장이 서 있었다. 어깨 위에 일본식 총을 메고 있는 것도 똑같았다. 지리학자는 며칠 전보다 덜 긴장된 모습으로 그 문을 통과했다. 동쪽 앞에 궁에서 가장 높은 건물이 보였다. 웨일즈 씨는 왕실의 혼인이나 즉위식 같은 큰 행사를 치르는 곳이라고 했다. 그 주위로 지붕과 지붕이 머리를 잇대고 있어 위에서 봐도 그 안을 들여다볼 수 없게 만든 여러 건물이 있었다. 건물마다 중국 글자로 이름을 붙여 놓았지만 어디가 어디인지 구별할 수가 없었다. 푸른색 기와에 미끄러진 햇살에 눈이 부셨다. 웨일즈 씨는 연못 옆으로 난 길을 따라 올라갔다. 왕후의 거처는 궁궐 가장 북쪽이었던 것 같았다.

늙어 비틀어진 나무들이 노랗고 빨간 나뭇잎을 무수히 달고 있었다. 저 늙은 나무 안에 어떻게 저런 고운 색깔이 숨어 있었는지 하아, 절로 탄성이 나왔다. 그뿐 아니었다. 지붕 처마의 무늬와 궁녀들이 입고 있는 옷도 가을 나무 같았다. 궁궐 전체가 가을이었다. 그래서 어디가 어디인지 더 구별하기가 힘이 들었다. 북쪽으로 하얀 대리석 건물이 눈에 띄었다. 그 오른쪽 옆이 왕후의 거처였다. 그 왼쪽 옆에 푸른색의 중국식 건물이 있었다.

청나라는 조선에서 가장 큰 영향력을 행사하던 나라였다. 조선은 스스로 독립국이라 하나 그 나라에 오랫동안 길들어 있었다. 그러나 작년 일본과의 전쟁에서 지고 말았다. 청이 가졌던 영향력을 차지하는 것이 일본이 전쟁을 일으킨 목적이기도 했다. 그걸 모르는 사람도 나라도 없지만 그것이 가능한지에 대해서는 아무도 장담할 수가 없었다. 왕이 가만히 있을 리 없었다. 많은 나라의 외교관을 만나 일본을 견제한다고 했다. 그중 지리적으로 가장 가까운 러시아에 많은 기대를 하는 것 같았다. 아무도 러시아의 수도 모스크바가 이곳에서 얼마나 먼지 모르는 것 같았다. 그들이 얼마나 호전적인지도.

'아니겠지. 알면서도 어쩔 수 없겠지.'

늙은 지리학자는 발밑으로 떨어지는 낙엽을 보며 생각을 달리했다.

초록색 옷을 입은 상궁이 연못 왼쪽을 돌아 나오는 것이 보였다. 늙은 지리학자는 그녀가 김 상궁이란 것을 알았다. 김 상궁이 가볍게 목례를 하고 웨일즈 씨에게 낮은 목소리로 이야기를 했다. 이제부터 자신이 모실 테니 그만 돌아가라는 말인 듯 웨일즈 씨는 지리학자에게 인사를 하고 오던 길로 되돌아갔다. 무표정한 김 상궁이 지리학자를 힐끔 돌아보며 앞서 걸었다. 상궁은 근위대가 서 있는 문 반대 방향, 궁 앞의 작은 연못에 놓인 다리를 건넜다. 한쪽 눈을 감고도 한눈에 들어올 정도로 규모가 작은 다리였다.

세상 어느 나라의 국왕이 왕후를 위해 이렇게 좁고 짧은 다리를 놓을 수 있는지, 정자로 가는 다리는 너무 작아서 가슴이 저리도록 아름다웠다. 왕후는 정자 안에 벌써 와 있었고 그 옆에는 통역을 맡아 했던 손탁 여사가 앉아 있었다.

왕후는 호박 자수를 놓은 능라 저고리에 진홍색 매듭에 장식술이 달린 노리개를 달고 있었다. 머리는 진주와 산호 장식으로 된 비녀로 쪽을 찌고 있었다. 정자는 두 평 정도여서 조

234

선에서 관례로 하는 큰절을 할 수 없었다. 알현실에서 보았던 상궁도 내시도 보이지 않았다. 자세히 보니 상궁 두엇과 대신 한 명이 벽과 벽 사이 움푹 들어간 곳에 눈을 내리뜨고 있었다.

정자 밖에 있던 상궁이 차를 내왔다. 밀가루를 밀어 만든 듯 얇은 상이었다. 빛깔은 해처럼 붉었다. 그 위에 다시 하얀 찻잔과 일본에서 들여온 양과자가 놓여 있었다.

아주 짙은 차 냄새가 정자 안을 꽉 메웠다. 지리학자는 그 것이 조선의 인삼차라는 것을 알고 있었다. 왕후는 찻잔을 만지작거리다 낮게 가라앉은 목소리로 물었다.

"여행을 갔다고 들었소만?"

"남한강을 따라 여주까지 가보았습니다."

여주라는 영어를 듣고 왕후의 눈이 반짝였다. 손탁 여사가 그 말을 통역할 동안 정자 밖에 있던 대신이 정자 쪽으로 귀를 기울이고 있는 것이 보였다. 지리학자는 점심 때 공사관 직원에게 들은 말이 떠올라 더 이야기를 할 수 없었다.

왕후는 차를 한 모금 마신 후 낮게 가라앉은 목소리로 물었다.

"가서 무엇을……"

여주에서 만난 무녀 생각이 나서 고개를 들었다. 반짝이는 눈이 지리학자의 수그린 머리 위에 고정되어 있었다. 재미난 이야기를 해달라던 때와 비슷했다. 시간이 거꾸로 흐르는 곳은 토끼굴이 아니라 거울 속이라는 것을 이야기해야겠다고 생각했다. 그런데 이 복잡한 내용을 어떻게 전달할지 조금 막막했다. 지리학자는 우선 차를 한 모금 마시며 팔걸이에 놓여 있는 왕후의 손가락이 꼼지락거리는 것을 잠시 보고 있었다.

"영국에도 영국의 시간이라는 게 있습니까?"

왕후가 찻잔을 내리며 갑자기 생각났다는 듯 빠르게 말했다. 손탁 여사가 왕후와 지리학자를 번갈아 보며 더듬거리며 통역을 했다. 뜻밖인 듯한 표정이었다. 그건 지리학자도 마찬가지였다.

"그렇습니다만, 영국의 시간은 표준시라 세계의 기준이 됩니다."

"세계의 기준이라니요? 그렇다면 세상의 모든 시간이 영국의 시간과 같다는 말인가요?"

왕후는 제대로 통역을 하라는 듯 한 마디 한 마디 신중하게 또박또박 말했다.

"그렇지는 않습니다. 영국을 중심으로 멀어질 때마다 몇 분씩 늦기도 하고 몇 분씩 빠르기도 합니다. 그러나 하루를 똑같이 이십사 등분하는 건 똑같습니다."

지리학자는 되도록 알기 쉽게 설명을 했지만 손탁 여사는 무슨 내용인지 잘 이해가 안 된다는 듯 인상을 찌푸리며 아주 천천히 통역을 했다.

"밤낮의 길이가 다른데 어떻게 똑같이 나눈다는 말입니까?"

왕후는 눈을 동그랗게 뜨고 물었다.

"그렇긴 합니다만 기차처럼 멀리 가는 것들은 가는 곳마다 시간이 다르면 무척 불편하다고 합니다."

"시간은 불변의 것이라 생각했는데, 기차를 위해서 시간을 바꾼다는 말이군요. 그런데 하루 꼬박 가던 길을 한 시간에 간다면 세상이 어떻게 되는 것이오? 혹 줄어드는 건 아닌지……."

"기차가 아무리 빠르다 해도 어떻게 세상의 크기를 바꾸겠습니까?"

"넓어지는 게 아니고요."

왕후는 통역이 끝나자마자 다시 물었다.

"그럴 리가 있겠사옵니까?"

지리학자는 너무 단순한 것을 복잡하게 생각하는 것 같아 서둘러 대답을 했다. 왕후는 생각할 게 있다는 듯 입을 다물었다. 눈에 질문이 가득했다. 무슨 말이 있겠구나, 했는데 아무 말도 없었다. 다시 올려다본 왕후의 눈은 텅 비어 있었다. 팔걸이의 손가락만이 꼼지락거렸다. 왕후의 눈빛이 바람에 뒤척이는 바닷물처럼 일렁였다.

"조선의 왕후께선 시간이 남긴 소금을 가졌다고 들었습니다. 그래서인지 마마께서는 시간에 관심이 무척 많으신 듯하옵니다."

통역의 말이 다 끝나기도 전에 정자 뒤에서 듣고 있던 대신이 수그리고 있던 고개를 들었다. 그 눈빛이 몸에 닿기라도 한 것처럼 왕후가 움찔거렸다. 뒤에 서 있던 왕후의 여비서가 지리학자를 나무라는 듯 쏘아보았다.

"궁금해서 가져와 보긴 했는데⋯⋯. 도로 갖다놓았습니다. 시간이 거꾸로 가는 곳도 있다 하기에. 지나간 시간들이 갑자기 궁금해지더라고요."

그 순간, 왕후의 눈 한가운데서 하얗게 꽃이 핀 것 같았다. 다른 사람은 몰라도 늙은 지리학자는 그것이 무엇인지 잘 알고 있었다. 소금꽃이었다. 버리고 버린 것들이 눈비와 바람을 맞아 하얀 소망으로 피어나는 것, 버리긴 했지만 결코 버릴 수 없는 것들이 울음과 한숨과 불면으로 되돌아와 왕후의 눈 속에 스며든 것이었다.

꼭 이십 년 전 자신의 모습 같았다. 그때 그녀는 여행을 선택했다. 넓고 넓은 바다를 건너 낯설고 낯선 곳에서 말과 글이 통하지 않는 사람을 만날 때 숨이 자유로워졌다. 그것이 자신을 상하지 않게 하는 한 줌의 소금이라고 생각했다. 그런데 아무리 작은 나라이지만 한 나라의 왕후에게서 그 눈빛을 보게 될 줄은 몰랐다.

손탁 여사가 통역을 다 하기도 전에 김 상궁이 왕후에게 다가와 귓속말을 하고 있었다. 왕후의 얼굴이 굳어지고 힐끔 정자 밖 대신을 바라보았다. 뭔가 잘못된 게 분명했다. 하긴 왕실의 비밀이라고 하지 않았는가. 아무래도 실수를 한 것 같았다. 그만 일어나야 할 것 같았다.

"왕후마마, 시간이 거꾸로 흐르는 곳은 토끼굴이 아니라 거울 속이옵니다. 이야기가 헷갈리는 바람에……."

"이야기? 이야기 속이라고 하셨소?"

왕후가 미간을 찌푸리며 물었다.

"그러하옵니다."

지리학자는 혹 또 오해가 생길까 봐 큰 소리로 대답을 했다.

왕후는 아무 말이 없었다. 지리학자가 인사를 하고 일어서려는데 몸을 앞으로 내밀고 물었다.

"이야기도 사람의 일인데 현실과 크게 다를 게 있겠소?"

역시 왕후도 허구의 세계와 실제 세계를 구분하지 못하는 것일까. 지리학자는 왕후에 대한 실망으로 목덜미가 서늘해졌다.

"여사께서는 여행을 통해서 세상과 사람들을 만나겠지만 나는 오로지 이야기책을 통해서만 여행을 합니다. 이야기책을 읽으면 세상을 조금 알 것 같기도 하고요."

왕후는 어려운 고백이기라도 한 것처럼 얼굴까지 살짝 붉히며 이야기했다. 지리학자는 처음으로 이야기도 여행이라는 것을 인정할 수밖에 없었다.

"혹 기회가 있으면 토끼굴로 들어간 앨리스와 거울 속으로 들어간 앨리스라는 이야기책을 보내드리겠습니다."

"그래 주시면 정말 고맙지요."

왕후가 소리 내어 잠깐 웃었다. 김 상궁과 밖에 서 있던 대신들이 깜짝 놀라 고개를 들었다. 왕후의 웃음소리를 처음 들었다는 듯이.

파루

1

　추(秋)는 전루군이 건청궁으로 올라가는 것을 확인한 후 다시 누각으로 돌아왔다. 훈련대 대대장이 말한 바퀴로 가는 시계를 확인할 참이었다. 진작 눈여겨보았던 당직실 옆 창고를 열었다. 찌그러진 문을 몇 겹의 삼줄로 친친 감아놓은 것이 수상쩍었다. 예상대로였다. 항아리 깨진 것과 잣대, 쓰다 남은 깃대 같은 것은 한쪽 구석에 깨끗이 정리되어 있고 그 한가운데 끝이 뾰족한 원판이 서로 맞물려 있는 이상한 물건이 있었다. 바퀴시계인 모양이었다. 속이 빈 나무통에 가는 끈을 몇 겹으로 감아 그 밑에 추를 달았다. 원통 끝의 나사를 돌리자 끈이 감기면서 탁탁 소리를 내며 원통이 돌고 바퀴도 돌았

다. 원통 끝에 달린 시계판의 바퀴도 조금씩 움직였다. 그런
대로 쓸 만한 솜씨였다. 그러나 방 안에 두기에는 너무 컸고
시계판 바늘도 하나뿐이라 이상했다. 나사를 하루에 몇 번이
나 감아 주어야 할 것 같기도 하고…….

'차라리 서양시계를 사는 게 낫지.'

추(秋)는 혀를 차고 밖으로 나와 한 뼘쯤 열린 누실의 문을
살짝 열었다. 커다란 항아리 세 개가 층층이 놓여 있었다. 검
은 색이었다. 제일 아래 항아리에 오늘 새벽까지 흘러나왔을
물이 고여 있었다. 그 옆에 계절마다 달리한다는 잣대가 가지
런히 꽂혀 있었다. 물 항아리에 물을 붓고 그 물이 가운데 항
아리를 거쳐 제일 아래의 항아리로 내려오면 부표에 꽂아둔
잣대가 차츰 떠오를 것이었다. 계절에 맞춰 잣대를 바꾸고 잣
대에 맞춰 인정과 파루를 울리는 일, 그것이 전루군의 일이었
다. 파루가 지나면 물은 흐르지 않았다.

이제 시각은 누실 안이 아니라 누실 밖에 있었다. 추(秋)는
누실을 나왔다. 햇빛에 눈이 아팠다. 누각 왼쪽에 있는 일성
정시의(日星定時儀) 위에 천문관 한 명이 올라가 있었다. 눈
에 보이지도 않고 손에 만져지지도 않는, 냄새도 없고 소리도
없는 시간을 잰다는 것은 어쩌면 불가능한 일일지도 모를 일
이었다. 잰다면 그저 시간이라고 생각되는 그 무엇일지
도……. 며칠 전 파루의 시간을 두고 붙은 시비도 시간을 재

는 방법이 달라서 일어난 것인지도 모를 일이었다. 추(秋)는 모든 것은 변하기 마련이고 시간을 재는 방법도 다를 수 있다고 생각했다. 문제는 소금이었다. 물에서 소금이 나는 일은 듣도 보도 못한 일이었다.

누각의 소금을 중궁전으로 올린다면 분명 누각 안에 무슨 흔적이 있을 것이었다. 추(秋)는 당직실 안을 빠끔히 들여다보다 바로 닫았다. 쾨쾨한 냄새가 났다. 그 때문에 퍼뜩 문을 닫은 것은 아니었다. 문 옆에 수북이 쌓여 있는 이야기책 때문이었다. 그 책을 보는 순간 전루군에 대한 손톱만큼의 호의가 일순 사라졌다.

누실과 당직실이 아니라면······.

추(秋)는 누각의 동쪽에 검은 옹기들이 줄을 지어 있는 것을 보았다.

열닷새, 열엿새, 열이레······.

한눈에 봐도 날짜별로 물을 떠놓는 곳이었다. 열아흐레 옹기의 물이 꽉 차 있고 스무날의 것은 말라 있었다. 햇빛에 물을 말리는 것 같았지만 소금의 흔적은 아무 데도 없었다.

손가락 끝으로 물맛을 보았다. 만약 짜다면 소금이 충분히 나올 수 있었다. 그러나 아무 맛이 없었다. 짜지 않았다. 소금은 염분들의 결정이 아닌가. 그런데 어떻게······. 그는 순간 자신의 혀를 의심하며 이번에는 아예 손으로 물을 떠서 맛을 보았다. 역시 아무 맛이 없었다.

추(秋)는 누각에서 돌아오자마자 훈련대 대대장에게 서신을 보냈다. 전루군에게서 알아낸 게 없다는 내용이었다. 그러고는 몇 시간째 방 안을 돌고 있었다.

'원, 물에서 소금이 난다니……'

몇 번 중얼거리긴 했지만 추(秋)가 방 안을 뱅뱅 도는 이유는 다른 데 있었다. 물에서 소금이 날 수 없기 때문이었다. 그런데도 물에서 소금이 난다면? 그것은 진짜 물에서 소금이 나는 것보다 더 큰일인지 몰랐다. 눈에 보이는 것이나 귀에 들리는 것만이 전부일 수는 없다는 말이다. 중요한 일이 지금 진행 중일 수도 있었다. 그런데 그것이 무엇인지 짐작도 할 수 없었다. 추(秋)는 수북이 쌓여 있는 질의서를 보았다. 몇 달째 협오당에 틀어박혀 법안을 정리하고 있는 자신의 모습이 우스꽝스러웠다. 적어도 미래의 조선을 건설한다고 생각했는데, 먹물이 마르기도 전에 폐기될지도 모를 일이었다. 죽은 아들의 불알을 만지고 있는 것만 같았다. 죽은 아들의 불알이라니……. 추(秋)는 그 무엇보다 그런 생각을 하고 있는 자신이 낯설었다. 이 상태로 더 일을 하고 싶지 않았다. 그는 흔들리는 관모를 꾹 눌러쓰고 집무실을 나섰다.

너무 일찍 돌아와서 그런지 집 안이 낯설 정도로 조용했다. 도종이는 나무하러 갔다 해도 집안일을 하고 있을 찬모도 보이지 않았다. 이 시간쯤이면 마당에서 뛰어놀고 있을 단비도 보이지 않았다.

"단비야!"

아무 대꾸도 없었다.

"단비야!"

아까보다 조금 더 큰 목소리로 불렀다. 그제야 안방 문이 열리고 단비가 나왔다. 눈이 퉁퉁 부은 채 울지 않으려고 입술을 꽉 다물고 있었다.

"무슨 일이냐?"

추(秋)가 다급하게 물었다.

"엄마가."

그는 안방으로 뛰어 들어갔다. 아내는 이불에 누워 배를 움켜쥐고 있었다. 얼굴은 흙빛이었다.

"할멈은 어디 갔느냐?"

목소리가 바르르 떨렸다.

"약을 지으러 보냈습니다."

단비가 할멈을 기다리는지 뒤를 돌아보며 말했다. 아내는 배를 움켜쥐고 일어나다가 꼼짝할 수 없다는 듯 다시 자리에 누웠다. 윗목에 밀쳐둔 상 위엔 쓰다가 구긴 종이가 수북이 쌓여 있었다. 또 이야기책을 베껴 쓴 모양이었다.

'그렇게 하지 말라고 해도……'

추(秋)는 상 위에 어지럽게 흩어진 종이들을 모아 아궁이에 처넣을 기세로 모아 쥐다 다시 펼쳤다. 아무래도 베껴 쓴 것 치고는 주욱주욱 그은 부분이 많았다. 이야기책에 코를 박고 산 지 몇 년인데, 이렇게 서툴 리가……. 뭔가 의심스러운 생각이 들어 아직 구겨지지 않은 종이를 펼쳐 읽었다.

아들 영준이 이야기였다. 그놈이 죽지 않고 장성해서 일본 유학을 준비하고 있었다. 죽기 전에 아내와 한두 번 이야기 했던 아들의 장래 그대로였다.

아내는 소설을 베껴 쓰는 것이 아니라 소설을 쓰고 있었던 것이다. 추(秋)는 그럴 수도 있겠다고 생각했다. 읽을 만큼 읽었겠다 쓸 수도 있으리라. 그런데 그 일을 했다고 저렇게 누워 있는 것일까. 쯧, 혀를 찼다. 그 소리에 벽을 향해 누워 있던 아내가 일어나 종이 뭉치를 빼앗아갔다.

"지금 뭐하는 짓이오?"

추(秋)는 버럭 고함을 질렀다. 머리 안이 찡 울렸다. 금방 일어난 일을 도저히 믿을 수 없었다. 어떻게 사가(士家)의 부인이 남편의 손에 들린 물건들을 낚아채갈 수 있단 말인가.

아내는 아무 대꾸도 하지 않고 종이를 안고 자리에 누웠다. 추(秋)의 눈에서 확 불꽃이 피어오르다 순간 가늘어졌다. 미쳤을지도 모른다는 생각이 잠시 들었다. 죽은 아들 때문에 그럴 수도 있을 것이라고 생각했다.

"이미 죽은 놈이라고 몇 번을 이야기해야 되겠소? 정 생산을 못한다면 집안에서 양자를 들이면 된다고 하지 않았소? 그것 이리 주시오."

추(秋)의 말에도 아내는 아들놈이기라도 한 것처럼 종이 뭉치를 더 껴안았다.

그는 종이 뭉치를 확 잡아당겼다.

"영준이 때문이 아니라니까요?"

아내는 비명처럼 고함을 질렀다. 뜨거운 무엇인가 귓가를 스쳐간 것 같았다. 추(秋)는 얼떨떨했지만 기세를 누그러뜨리지 않고 팽팽하게 물었다.

"영준이 때문이 아니면 무엇이란 말이오?"

아내는 대답 대신 흰자위를 드러내며 쳐다보았다. 눈 속의 붉은 핏줄이 살아 있는 것처럼 꿈틀거렸다. 참고 참았던 말, 한 번도 들어본 적이 없는 말들이 그 실핏줄을 터뜨리고 나올 것 같아 두려웠다. 하지 말아야 할 말을 한다면……. 그러나 이대로 물러날 수는 없었다.

"무엇 때문이냐고 묻지 않소이까?"

아내는 조금 움찔한 모습이었다. 추(秋)는 아내의 반응을 확인한 후 눈을 쏘아보며 다시 한 번 다그쳤다.

"무엇 때문이냐고 묻지 않소?"

"영준이와 영준이의 이야기를 쓰고 있는 나의 관계

가……."

아내는 말 못할 비밀이라도 되는 듯 띄엄띄엄 말을 했다.

영준이와의 관계라니? 추(秋)는 한마디로 기가 찼다. 아득해지는 기분이었다. 영준이가 아들인 줄 모르고 있었다는 말인지, 진짜 정신을 놓았다는 말인지. 목덜미에 찬 수건을 얹은 듯 온몸이 빠르게 식었다. 도저히 믿을 수 없는 사실이었다. 추(秋)는 숨을 들이마시고 내쉬며 자신을 진정시켰다. 잘못 말할 수도, 잘못 들을 수도 있었다. 한 번 더 확인해야 할 내용이었다. 추(秋)는 아까보다 더 큰 목소리로 물었다.

"그게 무슨 말이오?"

아내의 검은 눈동자에서 반짝 빛이 나타났다 사라졌다.

"그러니까 이야기 속의 영준이에 대해서는 모르는 것이 없는데 살아 있을 때의 영준이에 대해서는 알고 있는 게 별로 없다는 생각이 들어 갑자기 내가 누군지……."

이런, 추(秋)는 어금니를 깨물었다. 역시 그 썩어빠진 소설에 대한 이야기였다. 그 이야기라면 단 한마디도 더 듣고 싶지 않았다. 차라리 미친 게 나을 것 같기도 했다.

"듣자 듣자 하니까, 그게 무슨 말이오? 미치지 않고서야 그런 말을 할 수 있소이까?"

그는 문득 입을 다물었다. 이야기 속이지만 영준이를 살아 있게 만든 아내가 갑자기 부러웠다. 그 생각이 추(秋)를 더 화나게 했다.

"아들에 대해 아는 게 없다니? 그러고도 어미였단 말이오!"

단비가 방 안으로 들어오다 고함에 놀라 문 앞에 서 있었다. 손에 종이에 싼 약이 들려 있었다. 추(秋)는 하지 말아야 된다고 생각하면서도, 딸아이 앞에서 아비가 할 일이 아니란 걸 알면서도 딸이 든 약첩을 빼앗아 아내의 머리 위에 팽개쳤다. 종이가 터져 사방으로 약재가 흩어졌다. 머리 위로 어깨 밑으로, 아내는 똥바가지를 덮어쓴 것 같았다. 아내 대신 단비가 흑 울음을 터뜨렸다. 추(秋)는 겨우 목구멍에서 터져 나오려는 욕을 삼키고 안방을 나왔다. 무슨 욕인지는 불분명했다. 사랑에 들어오고 난 다음 그 욕을 떠올리고 경악했다.

'나라가 망하려니 이제 여자까지······.'

그는 자신도 모르게 튀어나오려는 욕에 놀라 그대로 잠자리에 들었다.

2

추(秋)가 돌아간 뒤 봉출은 건청궁으로 물을 길러 갔다. 누각을 나서기 전에 침을 두어 번 뱉은 게 평소와 다른 점이었다. 건청궁 앞 향원정엔 북한산에서 내려오는 맑은 샘이 있었다. 겨울에도 얼지 않고 가뭄에도 마르지 않는 샘이었다. 물줄기를 오른쪽으로 두 번 꺾어 늘 일정한 양의 물이 새어나오도록 했다. 시간도 늘 이 물과 같은 것이라고 생각했다. 아니 이 물과 같아야 한다고 생각했다. 많지도 작지도 않게, 빠르지도 느리지도 않게. 늘 일정한 양 일정한 속도로. 아들놈이 다니던 학교를 그만두고 몇 달 동안 틀어박혀 바퀴로 가는 시계를 만들었을 때도 그는 물보다 정확하게 시간을 재는 것은 이 세상에 없다며 거들떠보지도 않았다.

샘 뒤 건청궁을 바라보는 건 그의 오래된 습관이었다. 궁 뒤 신무문을 지키던 아들놈이 사흘 전 영국에서 온 지리학자를 따라 남한강을 따라간 걸 알면서도 검은 군복을 입은 훈련대만 보면 혹 아들놈이 아닌가, 다시 한 번 얼굴을 보게 되었다. 그러나 꼭 아들 때문만은 아니었다. 아들놈이 훈련대에 들어가기 전에도 건청궁에서 눈을 떼지 못했다. 왕후께서 궁 밖으로 나오시지 않을까, 기다리고 있었다.

봉출은 관상감의 이속이 된 이후에야 자신이 메고 맞재를 넘은 사람이 왕후라는 것을 알았다. 그 이후로 오랫동안 민대감 집의 별채에 서 있던 부인이 떠올랐다. 갓 쓴 양반의 말대로(독자들은 봉출이 진무영으로 떠나기 직전 장닭을 사러

온 갓 쓴 양반에게 한밤중에 가마를 메고 맞재를 넘어주면 큰
돈을 주겠다는 제의를 받아들인 것을 기억할 것이다) 밤이 되
자 한 남자가 나타나 가마가 있는 곳으로 데려갔다. 하늘이
잔뜩 흐려 달도 구경 못한 밤이었는데 남자는 등불도 들지 않
았다. 그야말로 깜깜한 밤에 흰 옷도 아닌 검은 옷을 입은 남
자를 따라가야 할 일이었다. 저 남자야말로 여우가 변장한 것
이 아닐까. 겨드랑이가 땀으로 흠뻑 젖었다.

"이제 다 왔소."

산을 빠져나온 남자가 낮게 말했다.

"눈이 있을 수 있으니 각별히 조심하고 소리를 내지 마시
오."

남자는 그렇게 이르고 더 빠르게 걸었다. 개들이 사방에서
짖기 시작했다. 개 소리를 듣고 사람들이 몰려나올까 봐 목줄
기가 뻣뻣해졌다. 잠시 주춤하는 사이 남자를 놓쳤다. 어디가
어디인지 한 치 앞을 구분할 수 없었다. 개는 더 사납게 짖고
숨을 쉴 때마다 어둠이 목구멍을 틀어막은 듯했다. 누군가 불
쑥 손을 내밀어 봉출을 끌어당겼다.

"이쪽이오."

남자의 낮은 목소리가 없었으면 그대로 주먹을 날릴 뻔했다.

"잘 보시오. 이 길로 가야 하니까."

남자가 귀에 바싹 대고 말했다.

"눈에 보이지도 않는 걸 어떻게 보란 말이오?"

봉출도 낮게 말했다.

"어둠을 익혀야 하오. 소리와 소리 사이에 길이 있지 않겠소."

남자가 짧게 말했다.

'소리 사이의 길이라니.'

막막하기 짝이 없는 말이었다. 거기다 축시와 인시 사이에 맞재를 넘는 일이었다. 여우가 가장 둔갑을 잘하고 큰 동물의 움직임이 가장 활발할 시간이었다. 절대 불을 사용하면 안 된다고 했다. 논 서너 마지기 욕심내다가 목숨을 내놓을 판이었다.

다행히 가마는 가벼웠다. 그러나 여우의 울음소리를 듣고 가마 문을 열라는 여자의 목소리는 날카롭고 앙칼졌다. 어찌나 오랫동안 가마에 발길질을 해대는지 귀머거리가 뒤에서 짐승처럼 소리를 질렀다. 맞재를 거의 다 내려왔을 무렵에는 정신을 잃었는지 아무 소리도 움직임도 없었다. 장호원 입구에서 기다리고 있던 갓 쓴 양반에게 가마를 넘긴 것이 다였다.

붉은 나뭇잎이 연못에 떨어져 있었다. 그 주변의 나무가 노랗고 붉게 물들었다. 나무는 그때 그 시간에 꼭 그만큼씩의 물이 드는 것 같았다. 왕후께서도 저 나무를 보시겠지, 봉출은 가장 고운 나뭇잎에 오래도록 눈을 둔 이후에 물통을 들고 일어났다.

누각 앞 간의대에서 흰 기가 올라왔다. 정오였다. 수호를 막고 있던 구멍 마개를 빼고 제일 아래의 수호에 잣대를 넣었다. 이젠 인정까지 흐르는 물의 양을 지켜보기만 하면 될 일이었다. 긴장이 풀렸는지 잠이 쏟아졌다. 며칠 전 의금사에 끌려가 맞은 엉덩이도 욱신거렸다. 그래도 눅진한 당직실보다 햇빛이 좋아 누각 앞 앉을깨에 앉았다.

누각으로 들어오는 급한 발자국 소리가 들렸다. 소리 나는 쪽으로 목을 돌리던 봉출의 눈이 휘둥그레졌다. 아들놈이었다. 영국에서 온 학자를 따라 열흘쯤 여행을 하고 오겠다는 놈이 단 사흘 만에 돌아왔다. 그것도 허겁지겁 누각까지 찾아왔다. 거기다 죽은 제 어미가 살아오기라도 한 것처럼 새하얗게 질린 얼굴이었다.

"무슨 일이 없었습니까?"

오히려 봉출이 묻고 싶은 말이었다. 얼굴 가득 무슨 일이 일어난 듯했다.

"허겁지겁 와서 고작 한다는 말 하고는……."

봉출은 이틀 전 의금사에 붙들려간 일을 들었을지도 모른다고 생각하면서도 짐짓 나무랐다. 아들놈은 머리를 긁적이고 서 있었다.

"여주에 갔더니 어떤 점쟁이가 아버지 곁에 가 있으라고 ……."

여주의 점쟁이라면? 봉출은 겨우 물음을 삼키고 물었다.

"모시고 간 손님은?"

"제가 돌아가야 한다니까 어쩔 수 없이……."

"에끼, 이놈……."

봉출은 솥뚜껑만 한 손바닥으로 아들의 등을 내리쳤다. 아들놈은 등짝을 만지면서 창고로 가고 있었다. 훈련대에 들어가기 전에 밤낮없이 만들던 그 바퀴시계였다. 영어학교에서 주운 그림책과 그 학교 선생이 버린 고장 난 시계를 뜯어서 만든 시계였다. 시계 구실을 하고 말고는 놔두고 그림의 떡이었다. 절기마다 달라지는 밤낮의 길이를 재자면 여러 개의 시계판이 있어야 할 터인데…….

아들놈이 딱딱 움직이던 바퀴를 멈추어 세우고는 원통 끝의 나사를 돌리며 말했다.

"자시와 오시에 한 번씩만 감아주면 됩니다."

"달라지는 밤 시간은 어쩔 건데?"

"이 서양 시계처럼 밤낮을 똑같이 나누면……."

아들놈이 손에 든 동그란 시계를 내보이며 말했다.

"이놈, 큰일 날 소릴랑 하지 말라고 해도. 집에 있다가 내일 귀대나 해라."

봉출은 옆에 있던 잣대를 들어 아들의 어깨를 때렸다. 아들은 그래도 늙은 아비의 얼굴에서 눈을 떼지 못하고 있었다. 쭈뼛쭈뼛 무슨 말을 더 할 듯하다가 밖으로 나갔다.

여주의 무녀라면 알 것 같기도 했다. 쉿 쉿, 사람의 소리가 아니라 짐승이 내는 소리인 것 같은데, 듣고 보면 사람의 소리가 되어 있었다. 박 현감의 딸과 결혼하기 싫어 집을 나와 강둑에서 만났던 여자였다. 운명이라고 받아들이라고, 아버지도 똑같은 말을 했지만 아버지의 말보다 훨씬 힘이 있었다.

무슨 일이라니?

봉출은 이틀 전 의금사에 붙들려간 일을 두고 한 말인가 생각했다. 그렇게 생각하고 억지로 잠을 자기로 했다. 자고 나면 흙물이 가라앉듯 복잡한 일들이 말갛게 가라앉는다고 생각했다. 이 시간이면 습관적으로 자기도 했으니 머리만 땅에 닿으면 잘 것 같기도 했다.

살짝 잠이 들었던 것 같기도 했다. 다시 나와 보니 해가 서쪽으로 한 뼘 넘게 기울어져 있었는데, 무슨 일이 일어날 것이라는 점쟁이 여자의 말만 머리 안에서 맴을 돌았다. 의금사에 붙들려간 것을 말하는 것이라고 생각하면서도 자꾸 불안했다. 추(秋)가 갔다 왔기 때문에, 더 정확하게는 추(秋)가 한 말 때문이었다. 이십 년 동안 누각에 있었지만 누각에서 소금이 난다는 사실을 아는 사람도 그 이유를 캐묻는 사람도 없었다. 해가 서산 가까이 닿을 때까지 갈까 말까 고민하던 봉출은 충동적으로 자리에서 일어나 관상감으로 향했다.

"자네 웬일인가?"

입직실에서 나온 낡은 관복의 첨정이 물었다.

"당상 영감을 보러왔소이다. 꼭 드릴 말씀이……."

첨정은 사무실을 바라보았다. 전루군 따위가 당상 영감을 볼 수는 없지만 파루 문제로 며칠째 궐 안이 시끄러운 때였다. 첨정이 아뢰기도 전에 동실의 문이 열렸다. 봉출을 들어오게 하고도 영감은 고개를 들지도 않고 계속 글을 쓰고 있었다. 붓이 지나간 곳마다 심은 모처럼 글자들이 가지런히 늘어섰다.

"무슨 일인가?"

영감이 붓만 멈추고 물었다.

"법부의 추 국장이 다녀갔습니다."

"그런데?"

영감은 여전히 고개를 들지 않았다.

"누각에서 어떻게 소금이 나는지 궁금해하더이다."

그제야 영감은 고개를 들었다. 영감의 눈빛이 한 번 흔들린다 싶었다.

"뭐라고 했느냐?"

"예전 영감에게 들었던 말대로……."

"난들 그 말 말고 더 할 말이 있겠느냐."

영감은 가보란 듯이 고개를 숙였다.

처음 누각에 왔을 때 옹기에 쌓인 소금을 보고 깜짝 놀라 어떻게 물에서 소금이 나느냐고 관상감에 달려간 적이 있었다. 도저히 이해가 되지 않았다. 미리 말은 들었지만 실제로 보니 믿을 수가 없었다. 설명을 해달라고 했다. 당상은 딱 잘라 말했다. 그것은 왜 해가 있냐고 묻는 것과 같은 것이라고 했다. 봉출은 다르다고 했다. 당상은 뭐가 다르냐고 했다.

"해에게는 질서가 있사옵니다. 봄 여름 가을 겨울, 밤과 낮. 변하긴 해도 그 안에 내일을 예측할 수 있는 질서를 가지고 있습니다. 그러나 물에서 소금이 난다는 것은 다르옵니다. 그건 어떤 식으로든 설명이 되지 않사옵니다. 어떻게 밤새도록 누실을 지키고 있는 제가 모를 수 있다는 말입니까."

관상감 당상은 눈살을 찌푸렸다.

"미천한 전루군에게 그런 것까지 설명할 수는 없다."

봉출은 물러나지 않았다.

"아니옵니다. 설명해주셔야 합니다. 제가 만약 소금 한 주먹을 갖다놓고 누각에서 나왔다고 하면 어쩔 것이옵니까?"

당상은 기침을 한 번 한 후 또박또박 말했다.

"다른 건 몰라도 니놈이 죽어야 되는 건 알 수 있다. 시간은 하늘의 이치이고 곧 왕실의 이치이다. 소금 역시 하늘이 내는 것이다. 니놈이 알고 모르고의 문제가 아니라는 말이다."

그 뒤로 봉출은 소금에 대해서 의문을 가져본 적이 없었다.

영감을 만나고 오니 불안이 가라앉는 것 같았다. 누가 뭐래
도 누각에서의 물은 어제도 내일도 바람이 불고 비가 와도 똑
같은 것이었다. 봄 여름 가을 겨울 일 년 내내, 천년만년 변하
지 않았다. 시시각각 미친 듯이 변하는 이 세상에서 시간만큼
똑같은 것이 있을까. 소금이 아니라 금이 나온다 해도 다를
게 없는, 세상에 단 하나뿐인 것이었다.

봉출은 천천히 제일 아래의 물 항아리를 지켜보면서 생각
을 정리했다. 부옇게 떠오른 생각들이 말갛게 가라앉았다. 잣
대가 조금씩 떠오르고 있었다. 이렇게 시각을 지킬 수 있다면
모든 소란함은 진정될 것이었다. 그는 어느 때보다 물 항아리
가까이에서 물이 흐르는 것을 지켜보았다.

해가 사라졌고 동쪽 하늘에 달이 떠올랐다. 팔월 열아흐레
의 도톰한 달이었다. 그동안 수라간에서 저녁을 먹었고 천문
관 친구에게 곧 훈련대가 해산될 것이란 소문을 들었다. 그
소문을 떠올리자 심장이 항아리에서 떨어지는 물보다 조금
더 빠르게 뛰었다. 여주의 점쟁이가 한 말이 이것인가, 생각
했다. 어렵사리 들어간 훈련대가 해산된다면, 아들놈이 새로
운 일거리를 찾아야 할 텐데……. 생각 같아서는 누각 일을

가르치고 싶지만 그놈이 할지 모를 일이었다. 요즘 젊은 것들은 조선의 것들이라 하면 모두 낡은 것이라고 고개부터 저었다.

1경 3점, 인정이다. 하늘의 별자리를 따라 스물여덟 번 종을 울렸다. 조금만 늦거나 일러도 교대할 수문장이거나 궐내 각사들이 난리가 났다. 당달봉사의 눈처럼 희미하게 남아 있던 빛이 종을 칠 때마다 조금씩 사라지고 있었다. 하늘의 이치는 그대로 나라의 법이었다. 이제 아무도 성 안을 왕래할 수 없었다.

어젠 경회루에서 연회가 밤늦게까지 전깃불이 환하게 밝혀져 있었지만 오늘은 하늘에 박혀 있는 별처럼 궁궐 안팎에 횃불이 걸려 있었다. 궐 밖으로 야경꾼의 딱딱이 소리가 들렸다.

아무것도 보이지 않고 아무 소리도 들리지 않았지만 그 어느 때보다 많은 사람들이 나타나고 많은 소리가 들렸다. 죽은 사람, 살아 있는 사람, 평생 보고 싶지 않은 사람들의 모습도 보였다. 들은 이야기인지 듣고 싶은 이야기인지 구별할 수 없는 이야기가 귓속에서 맴을 돌았다. 그러다 어느 순간 그 얼굴을 따라 누각을 빠져나갔다. 젊고 늙음에 따라 빠르고 늦고의 차이는 있지만 누각을 빠져나가는 것은 똑같았다. 오십이

넘은 박가도 달포 전에 슬그머니 누각을 나갔다. 숙부상이라
고 그럴 듯한 핑계를 댄 것이 젊은이와 다른 점이라면 다른
점이었다.

봉출은 이야기책을 자주 봤다. 세책가에서 빌려온 책들이
었다. 언문으로 된 책은 읽지 않은 것이 없었다. 두 번 세 번
읽은 것도 있고 종이에 옮긴 것도 있었다. 그의 오래된 꿈은
이야기책을 짓는 것이었다. 그러나 읽기는 쉬워도 짓기는 어
려워 밤마다 한숨을 내쉬었다.

잣대가 한 눈금 더 올라왔다. 축시를 넘어섰다. 온몸에 물
이 찬 듯 무겁다. 이명이 들렸다. 이야기책을 덮은 지도 오래
였다. 누실에 밝혀둔 등불도 어둠에 물든 듯 흐릿하다. 물 항
아리에 떨어지는 물을 한 번 더 확인하고 눈을 감았다. 똑똑
물 떨어지는 소리만 귀에 남았다.

잣대의 눈금이 올라올 때마다 가늘게 눈이 떠졌다. 그때마
다 몸 안의 어둠이 조금씩 차올랐다. 가슴 밑까지 차오르면
숨 쉬기가 답답했다. 잣대가 올라오는 것이 느껴지는데도 눈
이 잘 떨어지지 않는다. 눈꺼풀이 무거웠다. 목구멍까지 물이
차오른다고 생각되는 순간, 잣대가 완전히 떠올랐다. 5경 3
점, 파루였다.

옷 속으로 얼음 덩어리를 넣은 듯 정신이 번쩍 들었다. 봉
출은 이때껏 그래왔던 것처럼 단숨에 잣대를 꺼내고 물을 떠

서 누실 동쪽의 문을 열었다. 누실의 불빛이 두 줄로 늘어선 열다섯 개의 검은 옹기들을 비추었다. 오늘은 스무날이었다. 굳이 셀 것도 없었다. 어제 열아흐레의 물이 넘칠 것처럼 출렁거리고 있었다. 스무날 옹기에 물을 부으려고 하던 봉출이 짧고 날카롭게 비명을 질렀다.

몸이 떨렸다. 숨을 쉬는 것조차 힘이 들었다. 흰 종이를 가지러 누실로 들어가는 봉출의 두 다리가 옆에 선 나뭇가지 보다 더 흔들렸다. 소금이 아니라 금이 나도 놀랄 것 없다고 했지만 물에서 소금이 나는 것을 가장 믿지 않는 사람은 자기 자신이라는 것을 그는 알고 있었다.

종이를 두 겹으로 펼치고 옹기의 소금을 종이 위에 쏟았다. 유골가루 같았다. 물기가 조금 남아 있었던지 바닥에 소금이 붙어 있었다. 봉출은 검지 끝에 소금을 묻혀 맛을 보았다. 짰다.

수십 년간 해온 것처럼 스무날의 그릇에 물을 붓고 나머지를 그 옆자리에 끼얹었다. 소금 때문인지 아니면 소금을 본 때문인지 물의 알갱이들이 어둠 속으로 들어가 빛의 통로가 되지 못하고 자리 밑으로 그대로 사라지는 것 같았다. 밤이 영원히 계속될 것 같은 느낌이었다. 파루를 쳐서 사람들을 깨우고 싶은 마음에 종각으로 올라가는 그의 두 다리가 후들거렸다.

북채를 잡은 손에 힘이 들어갔다. 간혹 몸이 아프거나 날씨가 좋지 않을 때 그럴 수 있었다. 이럴 땐 숨을 한 번 더 고른 후 북을 쳐야 하는데 오늘은 마음이 급했다. 그대로 북채가 바람을 갈랐다.

덩.

첫 번째 북소리다. 낮고 무거웠지만 어둠 속을 파고드는 날카로움이 느껴졌다. 봉출은 북채를 뒤로 뺀 채 심호흡을 했다. 소금이 나든 금이 나든 시간은 늘 일정해야 한다, 일정해야 한다, 그는 자신을 타이르며 깊게 숨을 들이마시고 내쉬었다.

덩.

두 번째 북소리는 어둠 속으로 스며들어 어둠을 옅게 하는 것 같았다.

열여섯 열일곱.

북채가 일정한 강도와 속도로 북을 쳤다. 이제 북을 치는 것은 북 스스로였다. 어둠 저쪽에서 불어오는 바람처럼 끊어질 듯 이어졌다. 늘 이즈음이면 봉출은 자기 자신이 사라지는 것을 느꼈다.

스물아홉 서른.

누각 안으로 누군가 들어오고 있었다. 어둠 속이지만 서넛은 되어보였다.

'무슨 일로?'

봉출의 손에 다시 힘이 들어갔다. 북소리의 끝이 날카로웠다. 종루로 올라오는 발소리가 요란했다. 손이 부들부들 떨렸다.

서른둘.

군사들이 봉출의 손을 잡았다. 또 다른 군사가 손을 뒤로 틀어 결박을 지었다.

"왜들 이러시오?"

봉출이 고함을 지르자 키 큰 남자가 북소리보다 더 크게 대답했다.

"니놈이 누각의 물에서 소금이 난다고 허무맹랑한 말을 퍼뜨려놓고서는 불충하게 바퀴시계를 만든 것을 알고 있다. 뭣들 하느냐. 그놈을 당장 묶어라."

3

아무 기척 없이 오는 죽음은 없다. 너무 조용하고 은밀해서 듣지 못했거나 들어도 무시했거나 아니면 너무 늦게 들었거나 했을 것이었다. 아무리 둔한 사람도 죽기 직전에는 뭔가

변화가 있다고 하지 않는가. 게다가 왕후는 말이 없고 아주
예민한 사람이었다. 아무리 그 사건이 비밀스럽게 진행되었
다 해도 변화가 없을 리가 없었다. 후에 궁에서 나온 김 상궁
에게 누군가 이 질문을 한 모양이었다. 김 상궁은 고개를 갸
웃거렸다. 즉위하자마자 폐위의 위험에 시달렸으니 그날이라
해서 특별한 건 없었다고 했다. 있었다면 어디로 멀리 떠나고
싶어했던 것뿐이라고 했다. 밤새도록 지도책을 펴놓고 부산
인천 의주 어디론가 떠나기 위해서는 반드시 닿아야 하는 곳
에 오래 눈이 머물러 있었다고 했다. 죽음에 대한 예감이었다
고 고개를 끄덕거릴 만했다. 담배도 평소보다 훨씬 많이 피우
셨다고 했다.

　누각에서 담배를 피운 것은 영국에서 온 지리학자가 인사
를 하고 향원정을 떠난 다음이었다. 담배를 피우는 것 특히
모든 사람이 볼 수 있는 장소에서 담배를 피우는 것은 덕 있
는 왕후가 할 일이 아니라는 말은 한두 번 들은 것이 아니었
다. 왕후께서도 알겠다고 가볍게 수긍을 하셨고 되도록이면
처소 밖에서는 담배를 피우지 않으셨다. 그런데 영국 여자를
만난 날에는 그런 주의를 까마득하게 잊으신 듯 오랫동안 담
배를 피우셨다. 김 상궁은 집옥재 쪽으로 쏜살같이 사라지는
내관들과 향원정 아래로 급히 내려가는 별감들을 몇 명이나
보았다고 했다.

266

궁내부 대신이 옥호루 왕후의 처소로 찾아온 것은 저녁 수라를 물린 후였다. 내명부와 왕실의 모범을 보이라는 내각의 뜻을 전했다.

"누각의 소금을 가져오는 것도 그것에 대해서 이야기하는 것도 담배를 피우는 것도 안 된다면 왕후가 할 수 있는 일은 무엇인지, 그 일을 알아오시오."

왕후의 가느다란 손가락이 바르르 떨렸다. 바닥을 보고 있는 궁내부 대신들의 눈이 반짝 빛이 났다.

궁내부 대신이 나간 뒤 인정이 울렸다. 왕후는 저승에 가서야 알았겠지만 그때 일본군 대위 오리모토는 대원군 대감의 집으로 향하고 있었다. 대원군 대감은 그로부터 세 시간 뒤 거처였던 아소정을 떠났다. 조선인 훈련대와 훈련대로 변신한 일본인들이 그 뒤를 따르고 있었다. 그로부터 두 시각 후 대원군은 광화문 앞에서 문을 열라고 했다. 왕의 부친이시고 여전히 조선의 권력 중 일부를 가지고 있는 노인이었다. 문을 열지 않을 수문장은 없었다. 문이 열리자마자 그 앞에서 기다리고 있던 일본 군인들이 궁 안으로 들어갔다. 그중 네 명이 누각으로 가서 전루군을 포박했다.

그 시각쯤에 왕후는 주상이나 세자를 기다렸다. 궁내부 대신들을 그렇게 쏘아붙인 후라 굳은 얼굴로 처소로 건너올 줄 알았는데 아무 기척이 없었다. 주상께서도 연회 다음 날 처소로 건너오신 후로, 용안을 뵌 적이 없었다. 소금을 갖다놓았느냐고 내관을 통해 물었을 뿐이다. 왕후는 소금을 갖다놓지 않았다. 관상감 당상을 불러 언제 소금이 나는지 그 의미는 무엇인지 물어본 후 갖다놓으리라고 생각하고 있었다. 어디서나 흔히 볼 수 있는 쌀알만 한 소금이었다. 물이 남긴 것이든 시간이 남긴 것이든 흐르고 흘러야 할 것들이 이렇게 남아 있다는 게 여전히 낯설었다. 영국 여자는 이야기라고 했지만, 시간이 거꾸로 흐른다는 토끼굴 같은 게 있을 것만 같았다.

왕후는 영국 여자가 선물한 수박만 한 지구본을 오래도록 보고 있었다. 여자가 여행을 했다는 미국, 뉴질랜드, 일본, 중국……. 낯선 나라는 하나도 없었다. 일 년에 몇 번씩 그 나라에서 온 사람이거나 그 나라에 갔다 온 사람들을 만났다. 그들은 그 나라들과 조선을 비교하며 여행의 즐거움과 고통을 이야기했다. 그리고 영국 여자보다 비싸 보이고 진귀한 것을 선물로 가져왔다. 그들은 모두 목적지에 안전하게 닿은 느낌이었다. 그러나 그 늙은 여자는 왠지 달랐다. 아직도 배를 타고 항해 중인 것 같았다. 그 나이에…… 여자가……. 왕후는 검은 관음죽 담뱃대를 물었다. 담뱃대보다 더 가는 손가락이 담뱃대를 잡고 있었다. 백금으로 된 담배

통에 발갛게 불이 일었다. 왕후의 볼이 홀쭉해졌다. 왕후의 작고 단단한 콧구멍에서 연기가 세차게 뿜어져 나와 방 안 이곳저곳으로 퍼져갔다. 술시가 가까워서야 왕후는 침소로 들었다.

임오년 이후로 왕후는 밤이 무서웠다. 누군지 알 수 없는 적들이 소매 속에 감추어둔 칼과 총을 꺼내들고 궁으로 쳐들 어올 것 같았다. 궁녀와 내관들도 믿을 수 없었다. 낮엔 주상 편이었던 사람들이 일본 편이 되기도 했고 심지어 대원군 편 이 될 수도 있었다. 제일 무서운 건 일본 편과 대원군 편이 손을 잡는 것이었다. 그렇게 된다면 갑오왜변처럼 속수무책 으로 광화문이 열릴 것이었다. 그리고 대원군께선 수십 년간 그래왔듯이 우선은 주상이 아니라 왕후에게 칼을 겨눌 것이 다. 그 다음 장손자 재원에게 양위를 시키실 것이고. 이제 믿 을 사람은 아무도 없었다. 왕후는 눈을 감고 파루만 기다렸 다. 날이 밝아오면 적들도 칼을 다시 소매 속에 감추어야 할 것이다.

둥.

드디어 북소리였다. 왕후의 곤두섰던 신경이 누그러졌다.

열여섯 열일곱…….

왕후는 종소리를 세다가 봉출이라는 이름을 떠올렸다. 그 말을 듣는 순간 심장 한 곳이 따끔한 기분이었다. 낯선 이름을 들을 때마다 나타나는 증세였다. 누군가 파놓은 함정에 빠질 때 제일 먼저 듣게 되는 것이 낯선 이름이었다. 그래서 왕후는 무조건 모른다고 했고 또 그렇게 생각했다. 이름을 다 듣지도 않고 모른다고 할 때도 있었다. 한 마디만 더 해도 불길한 것에 점점 다가가는 느낌이 섬뜩하기만 했다. 그런데 그 이름은 듣는 순간 기억이 났다. 심장 한쪽이 따끔한 정도가 아니라 허벅지 안쪽을 물어뜯기는 것 같았다.

비에 젖어 딱 달라붙은 바지저고리와 단단한 허벅지와 큰 가슴이 생각났다. 큰 동물을 본 것처럼 숨이 멎었다. 그런데 조금 달랐다. 무서운 것만 아니었다. 어쩐지 조금 더 보고 싶기도 했다. 고개를 빠끔 내밀고 있다가 눈이 마주쳤다. 등잔만큼 커지던 눈. 그 눈도 생생하다. 아직까지 자신을 그렇게 걱정하는 눈을 본 적이 없었다. 냇물이 아니라 바다라도 건널 것 같았다. 새소리처럼 맑았던 목소리도 생각났다. 날이 새면 한번 불러봐야겠다고 생각을 하고 있는데 북소리가 뚝 그쳤다. 서른세 번을 쳐야 하는데 분명 서른두 번이었다.

"김 상궁."

왕후가 갈라진 목소리로 물었다. 궁에 들어온 지 수십 년이 된 늙은 상궁들은 눈을 뜨고도 잘 수 있을 정도였다.

"이게 무슨 일이냐. 파루가 서른두 번에서 그치다니."

"즉시 알아보겠나이다."

김 상궁이 당장 나갈 듯이 몸을 돌렸다.

"아니, 기다려보자꾸나."

왕후는 마음을 바꾸어 김 상궁을 제지했다. 자신이 잘못 셌을 수도 있고 설령 서른두 번을 쳤다 해도 나설 일이 아닌 듯했다.

머리에 손을 얹었다. 그곳에 그 누구도 아닌 왕후 자신이 있었다. 왕후는 아주 오랫동안 그렇게 머리에 손을 얹고 있었던 것 같았다. 그 이마를 만질 때마다 뭉클하게 설움이 돋았다. 그런데 이상했다. 외롭지도 서럽지도 않았다. 따뜻한 기운들이 손바닥 아래로 번져갔다. 누군가 이마를 짚어주는 것 같았다. 누군가라니…… 왕후는 놀라면서도 전루군의 이름을 떠올렸다.

빌고 빌어 제 속으로 난 세자까지도 가끔 희미할 때가 있는데 어린 시절 만난 박봉출만 어찌 이리 생생한지…… 왕후는 일순 시간이 정지되어 있는 것 같았다. 사직을 위해서, 왕후를 위해서 누각의 종을 울린다는 영상의 말이 귀에 생생했다. 왜 서른두 번을 치다 말았을까, 혹 무슨 일이 있는 것일까.

"김 상궁, 누각에 나가보아라."

왕후는 무심하게 말하기 위해 애를 썼다. 다시 살짝 잠이 든 것일까, 김 상궁의 움직임이 느리게 느껴졌다. 김 상궁의 발소리 뒤에 아주 멀리서 무슨 소리가 들리는 것도 같았다.

무슨 소리인지 알 수 없었다. 귀 안인지 귀 밖인지 알 수 없었다. 새가 우는 것 같기도 했고 산짐승이 우는 것 같기도 했다.

"마마, 군부대신께서 아무 일도 없다 하시옵니다."

김 상궁의 목소리였다. 누각이라면 영추문 안이고 반점은 넘게 걸릴 텐데, 금방 다녀왔다. 이상한 일이었다.

"이 시각에 군부대신을 만났단 말이냐?"

뜻밖의 말이라 왕후의 목소리가 갈라졌다.

"그러하옵니다. 궁 앞을 지키고 계셨사옵니다."

얼굴이 반지레하고 말이 빠르고 왜어에 능통한 군부대신의 얼굴이 떠올랐다.

"노고가 크시다고 일러라."

왕후는 애써 덤덤하게 말했다. 소리는 여전했다. 새소리나 산짐승 소리는 아니었다. 무슨 소리인지 알 수 없었다.

'아무 일도 없다는데……'

왕후는 빠르게 번져가는 불안을 겨우 쫓아냈다. 다시 방문 밖에서 소리가 났다. 새소리도 산짐승 소리도 아니었다. 김 상궁을 다시 큰 소리로 불렀다. 김 상궁이 반쯤 화장을 하다 만 모습으로 나타났다. 분명 총소리였다.

"어찌된 영문이냐. 군부대신께 알아보라고 일러라."

김 상궁이 다급한 얼굴로 나갔다. 파루가 울렸다고 하나 아직 날이 새려면 반점은 넘게 있어야 했다. 왕후가 이상한 불안감에 손을 움켜쥐고 있을 때 나인 하나가 비명을 지르며 내전으로 뛰어들었다. 곧이어 내전의 시위 상궁이 달려 들어왔다. 임오군변 때의 일이 생각났다.

'저 옷을 다시 입어야……'

아악, 비명 소리에 왕후의 생각이 끊겼다. 피비린내가 확 끼쳤다. 나인 한 명이 다시 뛰어들어와 허겁지겁 고했다.

"왜인들이 큰 칼을 들고……."

그 말이 채 끝나기도 전에 누군가 방문을 차 넘기고 들어왔다. 나인이 말한 대로 왜인들이었다. 큰 칼을 들고 있었다. 날이 시퍼렇다. 왕후는 눈을 뜨고 침을 삼켰다.

등 뒤의 왜인이 목덜미에 칼을 들이댔다. 목 안으로 칼날이 스며든 것처럼 섬뜩했다. 왕후는 비명을 삼켰다.

'그런데 무슨 죄로……'

왕후는 그 말을 해야겠다는 듯 입을 약간 벌렸다. 오랫동안 가슴 밑바닥에 깔려 있던 것이었다. 계절이 바뀌고 해가 바뀌고 수십 년이 흘러 검은 머리가 하얗게 될 때까지 단 한 번도 입 밖으로 낸 적이 없는, 그 말을 해야 할 순간이었다. 오랫동안 불면에 시달린 것이 아니라 한 번도 깨어나지 못한 것이었다. 너무 늦었지만 이제 깨어나 '현재'에 다다른 것 같았다. 이 순간이, 그 말이 자신을 죽음 너머로 데려갈 것이었다. 왕후는 처음으로 팽팽하게 차오르는 자신을 느꼈다. 반드시 그 말을 하겠다는 듯이 눈의 흰자위가 하얗게 드러났다.

'혹시……'

왕후의 생각이 한순간 칼날에 동강났다.

후기

    왕후가 죽은 며칠 뒤 지리학자는 중국을 거쳐 영국으로 갔고, 민 대감은 낙향하여 한일의병을 조직했다. 협판으로 승진한 추(秋) 국장은 등청 길에 일본 앞잡이로 몰려 백성들이 던진 돌에 맞아 죽고, 남은 모녀는 한성을 떠났다고 했다. 아들놈은 바퀴시계에 대한 미련을 접고 영어학교에 다시 입학을 했고…….

    무엇보다 가장 큰 변화는 나의 눈이 먼 것이다. 의금사에 끌려가 장 백 대를 맞고 나온 후 찾아간 누각은 이미 폐쇄되어 있었다. 수호는 산산조각이 나 있었고 잣대는 누각 마당에 뒹굴었다. 아들놈이 만들던 바퀴시계도 마찬가지였다. 숨이 끊어진 뒤 불에 타 버려졌다는 왕후의 몸이 생각났다. 앞이 캄캄해졌다. 그 순간부터 눈이 조금씩 보이지 않더니 왕후의 국장을 치를 무렵에는 아예 보이지 않았다. 눈은 얼굴에만 있는 것이 아니라 마음에도 있다는 아버지의 말이 생각났다. 그 눈은 진짜 눈으로 보는 것보다 더 잘 보이고 잘 들렸다. 그렇게 보이는 것들을 글로 썼다. 2년이 걸렸다. 그러나 다 쓴 것들을 다시 볼 수는 없었다. 아들놈에게 읽어보라고 주었다. 잘은 모르지만 이곳저곳을 지우거나 고친 모양이었다. 물론 어떻게 고쳤는지, 읽을 수 없으니 알 수가 없었다. 알고 싶지도 않다.

그런데 한 부분은 궁금하다. 왕후께서 돌아가시기 전에 하신, 단 서너 마디의 말이다. 나는 그 부분을 쓰고 지우고 또 쓰고 지우느라 종이를 몇 장이나 버렸다. 나는 '혹시 여자이기 때문에…….' 라고 했는데, 아들놈은 '네 놈이 누구냐?' 라고 물어야 한다고 했다. 그건 왕후가 말한 죽음 너머의 문제인데, 나는 몇 날을 생각해도 아무 답도 할 수 없었다.

아들놈이 뭐라고 썼든 이 후기만은 손을 대지 말고 그대로 두라고 할 참이다. 지금은 아무도 기억하지 못하지만 내게는 을미년 팔월 스무 날에 치지 못한 서른세 번째의 북이자 왕후에게 올리는 마지막 소금이기 때문이다.

덩 덩 덩,

왜놈들이 자정에 치는 종소리다. 이제 시간은 하늘의 순리와 관계가 없다. 묘시에 해가 뜰 때도 있고 진시에 해가 뜰 때도 있다. 놀랍게도 사람이 시간을 만든 것이다. 시간에 맞춰 살다 보면 시간이 사람을 만들지도 모른다.

시간이란 도대체 무엇인지 예전엔 묻지 않아도 알 수 있었는데 이젠 물어도 알 수 없을 것 같다.

여자에게 보내(지 않)는 편지

— 정영선, 『물의 시간』

양윤의(문학평론가)

1. 가장 보통의 죽음

특별한 죽음이라는 말이 가능할까? 죽음은 어느 누구에게
나 특별하면서도 동시에 보편적인 사건으로 받아들여진다.
죽음은 삶의 차원에서는 예상할 수 없는 잉여의 영역을 포함
한다. 어떤 기발한 상상력으로도 채워질 수 없는 텅빔의 영역
에서 일어나는 사건이기 때문이다. 우리는 타인의 죽음을 통
해 그 순간을 잠시 엿볼 수 있을 뿐 자신의 죽음을 체험하거
나 이해할 수 없을 것이다. 여기 한 여인의 죽음으로 시작하
는 이야기가 있다. 작가 정영선의 말을 빌자면 누구나 알고

있지만 누구도 말할 수 없는 진실(비밀)에 대한 이야기이다. 한 시대의 영락과 새로운 시대의 도래의 징후는 누구나 경험적으로 지각하고 있을지는 모르지만 이성적으로 설명하기는 힘들 것이다. 정영선의 장편소설 『물의 시간』은 한 개별적인 인간의 죽음과 한 시대의 죽음을 '시간'이라는 테마 속에 겹쳐놓은 작품이다. 소설 속 공간은 역사적인 죽음과 개별자의 죽음 사이의 낙차를, 상징적인 죽음과 물리적인 죽음 사이의 시차를 가시화한다. 작가는 그것을 '조선의 시간'과 '근대의 시간' 사이, 혹은 틈새라고 부른다.

『물의 시간』은 조선의 마지막 국모인 명성왕후의 시해사건을 재구성한 역사소설이다. 우리가 타인의 죽음을 목도한다고 하더라도 그 죽음이 설명 가능한 것은 아니다. 설명할 수 없는 죽음, 이해할 수 없는 죽음은 남은 자들의 애도행렬 속에서 천천히 용해되는 게 아니라 순식간에 침잠한다. 비밀스러운 소멸의 순간은 작은 결정체처럼 완전하게 사라지지 않고 남는다는 말이다. 그런 점에서 『물의 시간』은 아련하게 지워지는 죽음에 대한 이야기가 아니다. 오히려 시간이 흐르면 흐를수록 더욱 선연해지는 한 인간의 불가해한 죽음 그 자체를 소설화했다고 말할 수 있다. 한 번도 자신의 '생'에 주인인 적이 없던 이 인간은 죽음을 통해 사라지는 것이 비로소 작은 결정체로 존재하게 되는지도 모른다. 작가는 '묻지 않아도 알 수 있었는데 이제는 물어도 알 수 없는 것'이라는 표현을 통해 자신이 주목하는 시대의 상징적이고 정치적인 의미를 설명하려고 공을 들였다. 그것은 역사적인 인물의 '몰락'의 순간이 얼마나 비참하고 비극적이었는가를 보여주는 데 그치지 않는다. 그것은 역사적인 죽음을 숭고한 기념비로 만드는 미화의 방식이 아니라는 말이다. 인물은 죽음을 당하기 전까지, 죽어가는 자신의 육체와 몰락하는 자신의 세계를 마주 보려고 노력하고 있다. 정영선이 강조하는 보편적인 죽음은 극적인 파토스를 담고 있는 역사적인 전환점이기도 하면서, 작은 내적 공황이 반복되는 일상적인 순간들이기도 하다는 말이다. 그러한 낙차는 몸이 기억을 통해 체험할 수 있다.

여기서 정영선이라는 텍스트를 기억해볼 필요가 있겠다. 정영선은 등단한 지 10년이 넘은 중견 작가이다. 작가가 보여주는 시간에 대한 사유는 『실로 만든 달』(문학수첩, 2007)에서 이미 확인된 바 있다. 『실로 만든 달』은 죽은 자와 산 자 사이의 소통을 소설화한 작품이다. 그것은 나와 타인 사이의 거리이면서 현재와 과거 사이의 거리이기도 하다. 죽은 자와 산자가 실처럼 가느다란 이해의 통로를 갖게 되는 과정은 여성의 수난사를 동반한다. 여기서 정영선의 여성에 대한 관심 역시 드러난다. 『실로 만든 달』의 '영매'가 1919년과 2004년 사이의 긴 시차(時差)를 연결한다. 『물의 시간』에서는 조력자의 역할을 하는 '무녀'가 등장해 조선 내부에서 몰락의 시간을 경험하는 여인의 시선과 조선의 외부에서 혼란의 시간을 관찰하는 여인의 시선을 매개한다. 이러한 시차(視差)를 통해 작가는 과거와 현재를, 나와 타인을, 남자와 여자를, 내부인과 외부인을 매개한다. 작가의 목소리는 소란스럽지 않고 담담하지만 진지함이 담겨 있다. 그것은 작가의 성찰의 깊이를 드러내는 것이기도 하겠고 인물들에 대한 애정을 보여주는 사례이기도 하다.

모든 편지가 그러하듯이(편지는 수신자와 발신자 사이의 '거리'를 전제한다), 작가가 우리에게 보낸 편지는 시간적으로나 공간적으로 매우 먼 곳에서 온다. 편지를 통해 작가의 역사의식이나 세계관을 확인할 수도 있을 것이다. 그러나 편지의 비밀은 연인이 손수 써 내려간 필체 속에 담긴 그리움과 사랑의 흔적이 아니겠는가. 작가는 한 편의 연애편지를 손에 들고 우리에게 천천히 읽어주고 있는 셈이다. 한글을 깨치지 못한 노모에게 이야기책을 읽어주듯이, 조선말을 모르는 외국인에게 낯선 나라의 이야기들을 통역해주듯이 말이다. 우리가 알고 있었던 한 여인의 죽음(비밀)에 대해서, 그리고 우리가 모르고 있었던 한 여인의 삶(이야기)에 대해서 말이다.

2. 이상한 나라의 시계(時計)

　『물의 시간』은 명성왕후라는 역사적인 인물의 상징성을 통해 조선의 시간과 근대적 시간의 단락(短絡)에 주목한다. 그런 점에서 소설 속에 숨겨진 주인공은 '시간time'이라고 말할 수 있다. 소설 속 인물들은 너무 이르거나 너무 늦게 도착한다. 그들은 누군가를 만나기 위한 적시를 놓치며 어디론가 한참을 달려가도 아무도 만나지 못한다. 이들은 잃어버린 시간(젊음)을 되돌리기 위해 위험을 무릅쓴다 해도 어느 경우든 실패하고 만다는 사실을 알게 된다. 정영선은 인물들이 시간 속에서 실패와 절망을 발견하는 계기에 주목하는데, 그것을 슬픔이나 고뇌로 표현하지 않고 순리와 이치로 받아들이는 자들의 내면을 성숙의 근거로 삼고 있다. 그것은 주인공이 폐경기의 여인으로 설정되어 있다는 설정을 통해서 강조된다. 이때 여성으로서의 표지가 사라진 늙은 육체를 발견하는 여인의 시선에는 자학이나 자위가 아니라 객관화된 거리가 전제되어 있다. 그러한 시선을 생의 시간보다는 죽음의 순간에 가까워진 자의 체념적 사유라고 볼 수도 있지만, 굴곡진 체험을 통해서 식견과 연륜을 배운 자의 사유라고 말하는 것이 더 온당하겠다. 그러한 깨달음은 단지 물리적인 시간이 주는 선물은 아니라는 말이다.

길 아래 모래밭이 세상 밖으로 나가는 길처럼 하얗게 펼쳐져 있었다. 지리학자의 마음에 그 탄식만큼 구멍이 났다. 이것저것 세상의 많은 것과 싸웠고 죽음조차 두렵지 않았지만 이렇게 이 세상 것이 아닌 듯 아득한 것을 볼 때는 할 말이 없었다. 빤하게 보이는데도 과거인지 현재인지 미래인지 구분할 수 없는 곳이었다. 아무도, 설령 북극을 등반한 사람일지라도 저 강변에 다다르지는 못할 것이었다. 그곳은 삶 이전의 것이고 삶 이후의 것이었다. 그 어떤 것도 흔적도 없이 사라지는, 영원의 공간이었다.(144 ~145쪽)

왕후의 말벗이면서 이방인의 시선으로 조선으로 관찰하는 유일한 인물인 '비숍 여사'의 말이다. 그녀는 소설 속에서 '지리학자'라고 불린다. 여기서 지리학자의 시선은 문명화된 공간과 비문명화된 공간을 시간적으로 환산하는 폭력적인 근대의 의인화로 보이기도 한다. 그것은 어느 정도 의도된 것으로 보이는데, 근대라는 개념 자체가 자생적인 것이 아니라 서구에서 유입된 것이기 때문이다. 그러나 지리학자는 단순히 서구의 이론으로 조선을 평가하려 들지 않는다. 여행하는 자가 체험을 통해서 얻은 교훈은 경계의 모호함에 대한 자각에 가깝기 때문이다. "삶 이전의 것이고 삶 이후의 것", "영원한 공간"이 보여준 세계의 비밀은 "구분할 수 없는 곳"이라는 혼돈 그 자체이다. 눈치 빠른 독자라면, 비숍 여사가 들려준 「이상한 나라의 앨리스」의 토끼동굴이 왕후의 공간과 갖는 상동성을 알아차릴 수 있을 것이다. 시간이 과거와 미래 양방향으로 흐르는 토끼굴은 과거의 시간과 미래의 시간이 혼융된 왕후의 시계(視界)와 일치한다.

여성적인 공감대와 이야기에 대한 관심을 통해 왕후와 비숍 여사, 무녀 등의 여성인물들과 명선과 같은 어린 인물들은 시제를 제대로 구분하지 못한다는 특성을 공유한다. 또한 세계의 변화와 사태의 변곡점들을 직감적으로 감지한다는 공통점이 있다. 때문에 이들은 통역이 필요한 사람들이면서도 언어가 필요하지 않은 사람들이다. 작가는 지리학자의 내면을 통해 "자신이 말을 하는 게 아니라 자신의 말을 듣는 것 같았다"고 표현한다. 그것은 불가능해 보이는 소통의 가능성을 보여주는 표현일 것이다. "보이지 않는다 해서 알 수 없는 건 아니"며 "보는 방법이 다를 뿐"이라는 다소 직설적인 표현은 소통이라는 이 소설의 핵심적 테마를 보여주는 것이다. 다양한 시간성이 뒤섞여 있는 공간에서 만나는 사람들 간의 소통은 언어의 소통가능성이 아니라 언어의 소통-불가능성에 의해서, 비로소 가능해진다. 지리학자는 왕후(가 사는 공간)를 여행하려 한다. 그녀는 왕후의 음성과 행동이 눈앞에 생생하게 그려지는데도 불구하고 그것을 글로 옮길 수가 없다는 데서 난처함을 느낀다. 그것은 언어의 무기력함이 보여주는 체험의 강력함이다. 그것은 언어로 옮기거나 통역할 수 없는 직감의 세계를 작동시키는 동력이다.

3. 눈먼 자들의 여행

소설 속에서 '시계가 죽는다' 라는 문장은 점차 '하나의 세계가 죽는다' 라는 문장으로 대체된다. 여기서 경점(更點)을 알리는 전루군을 설명할 필요가 있겠다. 소설 속 사건은 파루(罷漏)를 알리는 전루군이 시간을 잘못 알렸다는 사건에서 출발한다. '파루'는 조선시대에 통행금지 해제를 알리기 위해 종(쇠북)을 치던 일을 가리킨다. 그것은 단순히 시간을 의미하는 것이 아니라 시간의 구획, 즉 통행과 금지, 허용과 배척의 기준이 되는 근거를 공식화하는 행위이기도 하다. 종을 28번 쳐서 인정(人定)을 알리면 도성(都城)의 문이 닫혀 통행금지가 시작되고 오경삼점(五更三點)에 종을 33번 쳐서 파루를 알리면 도성문이 열리고 통행금지가 해제되었다. 전루군의 북소리는 도성을 드나드는 사람들의 출입을 가능하게 하는 일종의 제도이다. 그러나 사람들이 시간에 대한 감각을 이미 몸으로 익혔다는 점에서 의례적인 행위에 불과하다고 말할 수도 있다. 시간에 대한 감각이라는 공통점은 왕후와 전루군을 조우하게 한다. "시간이란 게 원래 몸에 새겨지는 게 아니겠소이까. 내 수십 년간 그 소리를 듣고 아침저녁을 맞았습니다. 이제 내 몸이 그 북소리에 익숙해져 있을 터인데 오늘 새벽의 파루는 내 몸과 한 치의 빈틈이 없었소이다. 내 자세히는 모르나 그 전루군은 아주 오랫동안 누각에 있었던 것 같은데……." (61~62쪽)

물시계가 멈춘 사건은 그 자체로 시간의 멈춤이라는 상징성을 환기한다. 왕후의 죽음에 가까워져 올수록 물시계의 죽음이 시대의 죽음과의 유비를 완성한다. 시간의 멈춤은 시간 자체의 정지가 아니라 시간을 측정하는 개념의 폐기를 의미한다. '이전'과 '이후'를 나누는 기준은 지속되는 사태의 추이와 단절된 이후의 상황과의 연속적 맥락 속에서 이야기될 수 있다. 어떤 '순간'도 길게 펼쳐진 생의 한 지점일 뿐이라는 점에서 '경과점'이지 '목적지'가 될 수 없기 때문이다. 그럼에도 불구하고 이전과 이후를 나누는 기준점이 삶과 체험에 기반한 것이 아니라는 충격, 그것이 소설 속 인물들이 겪는 첫 번째 혼란이다. 인위적으로 구획된 분쇄 기계(시계)에 의해 생의 연속점이 무시되고 연속성의 시간(물시계)이 분절의 시간(표준시간)으로 대체된다.

표준시간을 가리키는 (서구의) 시계는 근대에 대한 관습화된 은유이다. 흥미로운 것은 전통의 흐름(물시계)이 멈추는 순간이 한 번에 단절되지 않는다는 것을 강조하는 대목에 있다. 시간은 연속성을 갖는 흐름과 경과일 것이므로 억지로 없앨 수 없는 것은 당연하다. 몸으로 시간을 배운 이들은 시계가 멈추었다고 활동을 멈추지 않는다. 단지 시계는 흐르는 시간의 그림자일 것이기 때문이다. 이들은 새들과 물고기들이 아는 것처럼 흘러가는 세월을 몸으로 익힌 자들이 '사는 법'이다.

소설처럼 삶에도 기승전결이 있을까? 무녀가 말하는 '운명론'은 모든 삶이 예정되어 있다는 결정론처럼 들리기도 한다. 그러나 그것을 달리 말하면 영원성이 갖는 시원적인 흐름을 상정한다는 의미이기도 할 것이다. 그러나 영원성을 띤 그 거대한 운명은 몸의 기억을 통해 나의 몸 안으로 길을 낸다. 운명이라는 단어가 주는 선입견을 잠시 제쳐둘 수 있다면, 운명이 보여주는 거대한 길은 개별적인 행로들을 통해 개별자의 몸속에 각인된다. 그것은 이중적인 의미를 갖게 하는데, 하늘의 뜻이면서 '나'의 의도이기도 하고 하늘이 낸 길이면서 그 길을 걷고 있는 '나'의 선택이기도 하기 때문이다. 그것은 몸의 기억을 통해 시야를 넓힌 이들의 사례를 통해 다시 한 번 확인할 수 있다. 눈 뜨지 못하는(눈 먼) 자들이 볼 수 있는 세계라는 역설적인 표현은 몸의 흔적이 만든 세계가 보여주는 소멸되지 않는 감각의 영역을 보여준다.

　정지용은 뇌수를 쪼아대는 한밤의 초침소리를 탁목조에 빗댄 바 있다.("한밤에 壁時計는 불길한 啄木鳥!",「시계를 죽임」) 몸이 기억하는 또 하나의 감각은 불안함이다. 그것은 세계의 변화와 상황의 추락에 맞서서 자신의 영토를 갖지 못하는 사람들이 느끼는 공포와 불안이다. 그것은 이미 죽은 사람으로 취급되는 왕(후)이나 군사(전루군), 혹은 노인의 심정을 통해 드러난다. 서술자가 을미년 팔월(12쪽)에서 과거로 회상하는 서술 시점을 선택한다는 점에서 기억을 통해 주인공의 삶을 재구성하고 '자기 찾기'의 한 방식을 제시한다고 말할 수도 있을 것이다. 그러나 영토 없는 자들의 자기 찾기는 경과점이지 도달점이 될 수 없다. 수단이지 최종목표가 아닐 것이기 때문이다. 여러 물줄기가 흘러가듯이 겹쳐져 있는 인물들의 시간들은 한 지점에서 멈춰 서거나 한 지점으로 수렴되지 않는다. 여러 국면을 통해 만났다가 어긋나기를 반복한다. 전루군의 목소리를 빌려, 작가는 "숨이 끊어진 뒤 불에 타 버려졌다는 왕후의 몸이 생각났다."(275쪽,「후기」)고 회고한다. 그런 점에서 문장은 한 여인의 죽음을 애도하기 위한 것이 아니라, 한 여인의 몸(기억)을 환기하기 위한 것이라 말할 수 있겠다.

　"시간이란 도대체 무엇인지 예전엔 묻지 않아도 알 수 있었는데 이젠 물어도 알 수 없을 것 같다."(277쪽) 인물들은 몸에 각인된 분명한 시간감각을 가지고 있음에도 불구하고 새로운 기준을 통해 규정해야 하는 난처함을 경험하고 있다. 이것은 단순히 근대를 경험하는 충격에 그치는 것이 아닐 것이다. 우리가 일상 속에서 경험하는 감각적 시간이 구획된 표준 시간에 의해 소외될 수밖에 없다는 비판을 담고 있기 때문이다. 그런 의미에서 눈먼 전루군의 황망함은 현재성을 갖는다.

4. 침묵으로 이루어진 결정(結晶/決定)들

무녀의 말처럼 "우리는 지나간 일 역시 아주 조금만 알 수 있을 뿐이"다.(167쪽) 운명을 안다는 것은 "다가오지 않은 시간은 지나간 시간과 똑같다. 지나온 시간으로 돌아가지 못하듯이 다가오지 않은 시간으로도 갈 수 없다." "그렇다고 해서 알 수 없는 건 아니다."(174쪽) 여행을 통해 지리학자가 다양한 날짜변경선을 넘는 것처럼, 성장하는 인간 역시 과거와 현재를 오가며 시간의 경계선을 넘나들 수 있다.

왕후를 마음에 품은 전루군인 봉출이 왕후를 위해 북을 칠 수 있었던 이유 역시 그 둘이 공유한 기억이 과거와 현재 사이를 오가는 매개자의 역할을 했기 때문이다. 공식적인 기억을 기록하는 언어가 한문이라면 이때 문자 언어는 지배자로

서의 남성의 언어이다. 그에 비해 여자와 노예의 언어는 침묵의 언어이다. '누각의 소금'이 "여자가 남길 수 있는 기록의 전부"(128쪽)라는 말은, 여자의 말은 어떤 방식으로도 기록되거나 공식화될 수 없다는 것을 말한다. 봉출의 사랑이 소설의 핵심적인 부분을 차지하면서도 세속적인 열정으로 그려지지 않는다는 점에 주목할 필요가 있다. 여기서 사랑은 남녀 간의 사랑이면서도, 그것은 침묵해야 하는 자들의 공감과 연민의 다른 표현이기도 할 것이다.

지리학자 역시 왕후와 침묵 속에서 대화한다. 그리하여 이 방인의 눈을 통해서 우리는 왕후의 눈 속에서 '소금꽃'을 볼 수 있게 된다. "그 순간, 왕후의 눈 한가운데서 하얗게 꽃이 핀 것 같았다. 다른 사람은 몰라도 늙은 지리학자는 그것이 무엇인지 잘 알고 있었다. 소금꽃이었다. 버리고 버린 것들이 눈비와 바람을 맞아 하얀 소망으로 피어나는 것, 버리긴 했지만 결코 버릴 수 없는 것들이 울음과 한숨과 불면으로 되돌아와 왕후의 눈 속에 스며든 것이었다."(238쪽) 그것은 사랑이라는 이름으로 불리는 '소통'의 계기를 보여준다고 말해야 할 것이다. 이들의 침묵이 왕후에게 어떤 메시지로 닿았는지 알 수 없다. 그러나 우리는 이러한 왕후의 답변을 들을 수 있다. "빌고 빌어 제 속으로 난 세자까지도 가끔 희미할 때가 있는데 어린 시절 만난 박봉출만 어찌 이리 생생한지……. 왕후는 일순 시간이 정지되어 있는 것 같았다. 사직을 위해서, 왕후를 위해서 누각의 종을 울린다는 영상의 말이 귀에 생생했다." "이상했다. 외롭지도 서럽지도 않았다. 따뜻한 기운들이 손바닥 아래로 번져갔다. 누군가 이마를 짚어주는 것 같았다. 누군가라니……. 왕후는 놀라면서도 전루군의 이름을 떠올렸다."(271쪽)

다시 죽음으로 돌아가 보자. 이 소설은 한 인간의 죽음을 전하는 비통한 부고이자, 한 인간의 삶을 보여주는 아름다운 연서이다. 비극적인 죽음으로 봉합된 왕후의 삶은 물기가 마른 뒤 종이 위에 남은 작은 소금 알갱이처럼 딱딱하게 굳어 있다. 그것은 검은 잉크로 쓴 글씨를 지우지 않는 작은 알갱이에 불과할 것이다. 작가는 그것을 '여인의 역사'라고 불렀다. 그것은 누구나 볼 수 있지만 누구도 읽지 못하는 형상이다. 알갱이는 지울 수도 없는 어떤 흔적에 불과하지만 그보다 강력한 표지 역시 없을 것이다. 죽었으나 아직 죽지 못한, 살았지만 삶을 유지하지 못하는 저 인간을 보라. 설명할 수 없는(말할 수 없는) 죽음은 역사라는 의미맥락 안에 포섭되기보다는 역사를 향한 질문으로 끝없이 되돌아온다. 그것은 우리가 "외롭지도 서럽지도 않아도" 떠오르는 질문이다. 작가는 여자에게 보낸 편지를 읽어주고 있다. 동시에 우리는 여자들이 받지 못할 편지를 읽고 있기도 하다.

작가의 말

　당신은 말하고 싶을 거다. 아직도 명성황후냐고. 작년에도 재작년에도 재재작년에도 영화, 드라마, 뮤지컬, 장편소설이 줄줄이 나온 걸 모르냐고. 한심함을 감추느라고 짐짓 아주 심각한 표정을 지을 것이다. 난들 왜 그 사실들을 모르겠는가. 진짜 몇 번이나 포기하고 싶었지만 아래의 두 문장 때문에 끝내 포기하지 못했다.

　二十日卯時。王后崩逝于 坤寧閣。
　묘시에 왕후가 곤녕합에서 붕서하다. 고종 32년 을미 8월 20일.

　二十九日。宮內府布達第四號, 從前人定及罷漏時鐘을 廢止ㅎ고

午正例를 依ᄒ야 子正에도 鐘을 撞흠。 報時와 更鼓의 節次는
一體廢止흠。

인정과 파루, 시간을 알리는 북을 치는 것을 모두 폐지하고 정오
의 규례대로 자정에도 종을 쳐서 시간을 알리게 하다. 고종 32년
을미 9월 29일.

왕후가 운명하신 지 한 달 만에 밤의 시작과 끝을 알리던
누각의 물시계가 멈춘 것이다. 마흔 중반, 폐경 직전이거나
갓 폐경을 맞이했을 왕후가 자주 생각났다. 어디 왕후뿐이겠
는가. 조선도 폐경 직전이었고 그럼에도 옳고 그름, 좋고 나
쁨을 떠나 오직 조선의 것이기 때문에 지키고자 했던 사람들
의 아름다움이 자꾸 들려왔다. 언제부턴가 여행안내서와 여
행상품을 읽는 것으로 여행을 대신하는 나의 삶을 스스로 위
로하고 싶기도 했다.

『조선과 그 이웃 나라들』, 『이사벨라 버드』 외에도 『장영실
과 자격루』, 『서운관지』, 『명성황후 시해의 진실을 밝힌다』,
『명성황후, 제국을 일으키다』, 『저상일월(渚上日月)』, 『'오주
연문장전산고'를 통해 본 조선 후기 생활 문화』 등 가까이 두
고 수시로 본 책이 여러 권이다.

표지 작업을 위해 사진을 주신 동의대 송근배 교수님, 몇

년 전 금정산성에서의 맹약대로 원고를 맡아준 산지니 출판사, 2010년 창작지원금을 주신 문화예술위원회 심사위원님들께 특별히 감사드린다. 가장 가까이 있어야 할 아내와 엄마를 늘 직장과 소설에 뺏긴 남편과 당과 온, 두 딸의 쓸쓸함을 이 소설이 조금이라도 위로해주었으면 좋겠다. 그동안 내 몸에도 시간이 겹겹으로 스며들었다. 볼 때마다 깜짝 깜짝 놀라는 흰머리, 낡은 문처럼 삐걱거리는 소리를 내는 관절, 조금씩 불어나다 어느 순간 나를 지배한 뱃살… 이 시간을 함께한 모든 분들에게 안부를 전한다.

돌아가신 부모님, 돌아가신 후 며느리를 보신 시아버님께 용기를 내어 이 소설을 바친다.

부산 수정동 교정에서
2010년 3월, 정영선

295

물의 시간

초판 1쇄 펴낸날 2010년 5월 3일

지은이 정영선
펴낸이 강수걸
펴낸곳 산지니
등록 2005년 2월 7일 제14-49호
주소 부산광역시 연제구 거제1동 1493-2 효정빌딩 601호
전화 051-504-7070 | **팩스** 051-507-7543
sanzini@sanzinibook.com
www.sanzinibook.com

ⓒ정영선, 2010
ISBN 978-89-92235-89-1 03810

값 12,000원

* 2010년 한국문화예술위원회 문학창작지원금을 수혜하였습니다.
* 이 도서의 국립중앙도서관 출판시도서목록(CIP)은 e-CIP 홈페이지
  (http://www.nl.go.kr/cip.php)에서 이용하실 수 있습니다.
  (CIP 제어번호 : CIP 2010001336)